点墨芳华

蒲海燕 著

吉林文史出版社
JILINWENSHICHUBANSHE

图书在版编目（CIP）数据

点墨芳华 / 蒲海燕著. -- 长春 ：吉林文史出版社，
2020.6（2022.2）

ISBN 978-7-5472-6957-2

Ⅰ. ①点… Ⅱ. ①蒲… Ⅲ. ①长篇小说－中国－当代

Ⅳ. ①I247.5

中国版本图书馆CIP数据核字(2020)第100178号

点墨芳华

DIANMOFANGHUA

著　　者：蒲海燕
责任编辑：钟　杉　王　新
封面设计：四川悟阅文化传播有限公司
出版发行：吉林文史出版社有限责任公司
地　　址：长春市净月区福祉大路 5788 号　　邮编：130118
电　　话：0431-81629363（总编室）　　0431-81629372（发行科）
网　　址：www. jlws. com. cn
印　　刷：三河市嵩川印刷有限公司
经　　销：全国新华书店
开　　本：160mm×225mm　1/16
印　　张：17.75
字　　数：209 千字
版　　次：2020 年 8 月第 1 版　2022 年 2 月第 2 次印刷
定　　价：58.00 元
书　　号：ISBN 978-7-5472-6957-2

印装错误可与印刷厂联系退换。

目录

CONTENTS

01

芳心未动安如山

叶晶第6次收到了蓝色妖姬，当她准备往垃圾桶扔时，花被丁蓝蓝一把夺过。

"这么雍容华贵的蓝色妖姬，12朵呢，你竟然要把它扔进垃圾桶，暴殄天物！真是暴殄天物！"丁蓝蓝一边将花束放在她的桌子上，一边说，"这宝贝，归我了。"

"这……"叶晶说，"不好吧。"

"为什么？"

"你知道12朵蓝色妖姬代表什么意思吗？"

"不知道。"

"哦，我的玫瑰情人，我要挑逗你、诱惑你、宠爱你、纵容你！我要你做我的蓝色精灵，对全世界扬起骄傲的唇角，在爱的天空中翱翔。"

"哇！"丁蓝蓝拍着手说，"好浪漫啊，要是有男生送12朵蓝色妖姬给我，我会幸福得几天都睡不着！"

"可我觉得恶心！"叶晶说，"他每送一次蓝色妖姬，我就发一次信息拒绝他，可他不但没有停止，而且花越送越多，烦人！"

叶晶烦的送花人是她的第一个相亲对象。

叶晶是大四的学生，在A大土木系1班就读。她正值青春妙龄，长得花容月貌，浑身上下散发着一种独特的气质，又是土木系1班唯一的女生，每天过着众星捧月的日子，被她拒绝的帅哥多如牛毛，从初中到大学被那些失败的追求者称之为"冷面女神",她还用得着相亲?

她是被逼相亲的,逼她相亲的人,她得罪不起。

"万院长的儿子朱达看上你了,他托我无论如何要让你们见上一面。我知道你不乏追求之人,更知道你讨厌相亲,可是,院长的面子我不得不买,请你看在我的面子上和朱达见上一面吧,成不成我都可以交差,拜托了!"

系主任的话虽然说得很无奈,却是以退为进,威逼加利诱,没有给叶晶留下一点儿回绝的余地。

人,很多时候被迫做自己不想做的事情。

尽管叶晶十分讨厌系主任的做法,可还是碍于他的面子去见了那个朱达。不过,她没等朱达将恭维和赞美她的话说完,就说他们不合适,没等朱达反应过来,她就径直离开了。哪想到朱达偏不死心,每天开车将蓝色妖姬送到宿舍门口,托管宿舍的阿姨转给她。每一次,她都把花扔进了垃圾桶,然后发短信拒绝,言辞开始还委婉,越往后就越直接、犀利。可那家伙偏偏不知趣,除了天天发信息请求约会,还天天送昂贵的蓝色妖姬。

丁蓝蓝看了看面带愠色的叶晶,说:"看在这12朵蓝色妖姬的分儿上,我教你怎么让那朱公子不再对你死缠烂打。"

叶晶说:"有什么好办法?"

丁蓝蓝说:"租一个男朋友,在他面前疯狂秀恩爱。"

丁蓝蓝说的办法叶晶不是没有想过,只要她一开口,班上那群男生一定会趋之若鹜。只是,她还没有谈过恋爱,又不是当演员的料,要当着追求者的面儿秀恩爱,太尴尬了。

丁蓝蓝看到叶晶的脸一下子红成了石榴花,说道:"不租也行,那就让你讨厌的那只苍蝇天天围着你转,恶心死你!"

"这……"叶晶皱了皱眉头，给班长何天发了一条求助信息。

吃了早餐，林华正要出门，却被父亲林越拉回沙发坐好。看到林华一脸的不高兴，林越说："你刚从国外回来，屁股还没坐热就要往外跑，是不是找女朋友了，老实坦白！"

虽然林华没有女朋友，可为了早早脱身去宿舍见容易、刘离、费茅三位弟兄，就点了点头。

"有了！"林越双掌一拍，说，"好，你现在马上给我把她带过来。"

林华说："爸，女孩子害羞，改天吧。"

"臭小子！"林越看了林华一眼，骂道，"分明是还没有女朋友，又给我耍滑头了。"

"嘿！"林华摸了摸脑袋，微笑着说，"老爸你神啊，怎么知道我还没有女朋友呢？"

"别以为你聪明，"林越说，"你有没有撒谎，我只要看你的眼神就知道了。你小子再聪明，在我这尊如来大佛面前也只是一只会耍点儿小把戏的猴儿。"

"呵呵，"林华笑着说，"当然了，如果老爸不是智慧无穷、法力无边的如来大佛，又怎么会成为纵横全球的商界巨贾？"

"小马屁精，这话我爱听，"林越拍拍林华的肩膀，说，"去吧，玩玩就回来，把眼睛擦亮点，今年——不，这一周就给我把女朋友带回来。"

林华这时已经转过身，听了林越的话，扭头回话道："这么快，你以为是买啤酒和手机啊，这可是天大的事！"

林越说："不管怎样，最迟这学期要订婚，下学期一毕业就结婚！"

"要订你订，要结你结！"林华一边大声嚷，一边往外走。

"对啦，下午我到香格里拉的米罗阳光西餐厅与凤一鸣谈生意，你过来吃晚饭，听说，他有个女儿刚从国外做交换生回来，或许……"林越冲着林华的背影高声说着，看到林华已走出门去，把门一带，人已消失，只得打住话。

一出宿舍，叶晶便看到一个戴着眼镜、西装笔挺的男生站在那里。

何天不是说已到门口了吗？怎么还没来？叶晶拨打何天的电话，那人的手机竟然响起来。

"哈哈，到底是冷面女神，见到哥们儿竟然装着不认识！"何天大笑两声，说道。

"你是何天？"叶晶诧异地打量着何天，问，"不会吧！"

"不是我还能是谁？"何天摘下眼镜，笑着说。

"呵呵，"叶晶轻笑两声，说，"果然是班长大人，你不是嫌西装和眼镜碍手碍脚，从来不穿戴的吗？生龙活虎的运动健将一转眼就成了斯斯文文的秀才阔少，我的脑子转得再快，也转不过弯来啊。"

何天嘿笑两声，说："有什么办法呢，为了我们土木1班的班花，我这个班长只得带上这些刑具往前冲了。要是没有这身行头，我怕难以镇住那家伙。"

"也是的，辛苦你了。"叶晶说了声"谢谢"后，问何天从哪里搞得这身行头，听何天说他是向一个CUBA富二代球友借来的，禁不住向他道歉。

何天从口袋里掏出一个小袋子塞在叶晶手里，说："我俩一人一枚，记住，快到约会地点时戴上。"

叶晶定睛一看，惊诧地问道："钻石戒指？"

"假的，嘿嘿，"看到叶晶的脸瞬间绯红，何天笑着说，"谁让我们的班花魅力无穷呢。如果我们没有戴上这东东，那家伙能够死心吗？"

叶晶正要将戒指放进口袋，却被她身后的一只手突然抓了过去，回头一看，副班长马伟明一边拿着戒指在何天眼前摇晃，一边说："要得啊，何天，花落你家了，你还藏着掖着的，是怕弟兄们要你请客吧！"

　　七八个男生紧随马伟明身后，听了他的话，将何天团团围住，有的拍肩，有的拉手，一个个都嚷着要何天和叶晶这对新恋人请客。

　　何天见叶晶一脸窘态，忙道出实情，又看看手机，说："约会的时间快到了，我和叶晶先赶过去，你们紧跟我们，隐藏在樱花林里，听到我的哨声后，再围上来，见机行事，今天我们不帮班花把这事摆平，就枉为男子汉！"

　　叶晶和何天赶到樱花湖时，朱达早已在那里恭候。

　　看到叶晶旁边多了一个何天，朱达脸上闪出一丝不快，但迅速转成笑脸，双手将一大束蓝色妖姬递给叶晶，说："亲爱的，这是19朵。"

　　何天一把夺过花，问："请问这位先生，19朵代表什么意思？"

　　朱达望了望叶晶，深情说道："爱是蓝色的海洋，在你我的浪漫世界里，我要爱你疼你保护你，一辈子和你在一起。"

　　"谢谢朱先生，"何天将花献给叶晶时说，"亲爱的，这，是我的心意，请接受。"

　　"你……"朱达正准备质问何天时，看到叶晶手上的戒指，又看到何天戴着戒指，两人戴的戒指是同一款式，分明是情侣戒，顿时，他面如土色，说不出话来。

　　叶晶将蓝色妖姬递给朱达，说："对不起，他是我的未婚夫，这花，你送给别人吧。"

　　朱达没有伸手接花，蓝色妖姬"啪"的一声掉在地上。

　　"叶晶一毕业我们就结婚，或许会提前，"何天面对着朱达，义正词严，高声说道，"不知者无罪，你原来的事我不跟你计较，从现在开始，如果你继续纠缠晶儿，我会对你不客气。"

说完，何天双唇一嘟，吹了一声口哨。马伟明、杨钱等人应声而出，将三人团团围住，吵着要大哥大嫂给喜糖吃。

朱达挤出人群，愤愤离去。

望着他的背影，何天等人爆笑。

叶晶向众人道谢，摘下手中的戒指递给何天。

何天酸酸地说："虽然便宜了一点儿，也是我的心意，你就不能留着吗？"

"何天，接着！"叶晶将戒指扔在何天手里，说，"记住，以后不许再在我面前说这些话！我想一个人静一静，你们都回去吧！"

何天只得接了戒指，手一挥，转身往宿舍方向走，其他人紧随其后。

樱花湖畔，原来是叶晶与苏馨经常漫步的地方。

独自在这里漫步，叶晶的脑海里不断闪着苏馨那张泪眼婆娑的脸。

苏馨是叶晶大学的同班同学，又是一个宿舍的室友，叶晶来自上海，苏馨来自苏州，两人认识一个星期就成了朋友。大一中秋节的那个晚上，苏馨与叶晶在校园的樱花湖畔散步，望着天上和湖中的月亮，苏馨告诉叶晶：她在高三冲刺的最后三个月恋爱了，男友方轩是学校篮球队的队长，因为他只知打球不知读书，高中三年都是天龙班最后一名。班主任曾经几次都跟校长说方轩整天吊儿郎当，升不了二本给班上抹黑事小，坏了班上的风气拉垮一群优生事大。眼见高考冲刺已经开始了，他却带着班上一伙同学在各班教室到处乱窜，说是要在高三年级评出10名高考之花，给大家紧张的高中生活增添几抹亮色和诗意，当他和几个同学走进隔壁班教室时，被那班的班主任推了出去。校长明确地告诉班主任，以方轩的中考成绩，他连这个重点中学都进不了，但他爸爸给学校赞助了500万，看在500万的分儿上，你就耐心做做他的工作。

好歹都只有3个月了。班主任无奈，只得任由方轩留在天龙班。细心的她有一天上课时看到方轩看着苏馨出神，就找她这个班长做工作，要她坐到方轩旁边去，以榜样的力量激励方轩，若能让他改邪归正认真学习，以方轩的聪明和智慧，只要他最后冲刺三个月就一定能冲进一本院校的大门。到时，天龙班的一本升学率就是100%，她苏馨就是第一功臣。苏馨被班主任夸得信心百倍、心花怒放，高高兴兴地坐在了她平时懒得一看的方轩旁边。在她的鼓励下，方轩果然进步了，高考竟以只比她少10分的成绩叩开了南方一所名校的大门。

叶晶还清清楚楚地记得那个中秋节的晚上，苏馨说方轩是天上月、她是水中月时的神情，那神情，幸福又忧伤。叶晶当时想，这，就是爱情？

时光匆匆，岁月无情，中秋节又快到了。可就在半个月前，苏馨收到方轩的手机短信，说自从他选修了某某著名教授的"爱情心理学"课程后，方知他对苏馨只有仰慕没有爱情，说他已经找到了自己的真爱，也祝苏馨早日找到她的真爱。

苏馨不相信她与方轩一年多的爱情会因为手机短信上那几句冰冷的话而结束。于是，她请假回南方去挽救她的爱情，直到到了南方那所名校，她才听与方轩大学同班的高中同学余燕说，英俊高大、能说会道、篮球又灌得很漂亮的富二代方轩一到这里就成了万人迷，一个个美女主动投怀送抱，他焉能不当西门庆？

苏馨不相信方轩会变成西门庆，她不听余燕的劝说找到了他，问他为什么要分手。方轩回答说他如果不是考虑到曾经的班长大人心高气傲一定不能容忍他彩旗飘飘，他西门庆多一面旗帜又何妨！

苏馨在狠狠打了方轩一个耳光后，转身，毅然离开，没有一滴眼泪。

回到Ａ大的苏馨却泪雨滂沱，婴儿一般蜷在叶晶怀里。

叶晶对她说："要么容忍，要么离开。"

可苏馨说，她都做不到。

就在第二天上午，叶晶上课还没回来，苏馨拿起水果刀割了腕，如果不是因为刀子不够锋利，如果宿舍里的丁蓝蓝和戴雪晚来一时片刻，苏馨也许已经香消玉殒了。

难道爱情就非得如苏馨这般爱得心力交瘁而寻死觅活？

想到这里，叶晶为自己没有过早涉足这块园地而庆幸。

从初中起，叶晶就时常收到一些男生的情书；到了高中，追求她的男生如雨后春笋般层出不穷，而她，竟能一心读书而心无旁骛。高三毕业晚会时，她才知大家给她取了个绰号：冷面女神。

让叶晶奇怪的是，同一个绰号竟然在她完全陌生的北国校园再次被叫起。

叶晶读的是土木工程，Ａ大的土木系只有她和苏馨两个女生，两朵鲜花都落在了土木１班，班上的男生一个个高兴得黄脸绽成了迎春花。开学不到一周，她和苏馨收到了全班38个男生发来的求爱短信，竟然都是相同的几句话：

　　戒烟容易戒你难，爱恋的病毒已悄然而至，请允许我把从心中下载的初吻放进你的Ｕ盘，千万不要把它格式化，我相信，你总有一天，会被它融化。

就在中秋节的那天晚上，两人一同数完前前后后收到的短信后，开怀大笑了好一阵子，直到看到坐在旁边的那两个外国语学院的室友戴雪和丁蓝蓝面带愠色，她们才手挽着手到樱花湖散步。就在那个晚上，苏馨倾诉了她高中就已经与帅男方轩恋爱的秘密。

第二天，苏馨站在讲台上当众戳穿了班上男生的荒唐可笑并郑重宣布她已名花有主。

满座皆叹，瞬间寂静。

各个角落里的眼光都朝着叶晶脸上聚焦。

叶晶也不躲闪，依旧粉面含春，娴静如水。

就在那时候，苏馨大声说："瞧你们，一个个的狼眼在绿光闪闪，没有用的，叶晶可是出了名的'冷面女神'。"

"哇，吓死宝宝了！"一名男生拖着小沈阳的腔调说。

"哈哈——"

教室里很快笑声如潮。

潮落之后，班长何天说出了事情的原委。叶晶千想万想也想不到，那些短信竟是班上男同胞群策群力的结果。原来，土木系的其他和尚班里的"和尚们"知道了系里的两个美女全进了木土1班，一个个气得咬牙切齿，发誓要想尽一切办法将两朵鲜花抢到手，打得木土1班的男生一个个颜面扫地。消息传到土木1班，原来各怀心思一盘散沙的男生开始齐心协力抱团取暖，在开过大大小小几次会议之后统一了意见：肥水不流外人田，土木1班的美女绝不能被外来狼抢去。为了防患于未然，大家决定先下手为强，会议一结束就陆续向两位美女展开攻势。为了公平公正，他们选定了同一条求爱短信，到时候，无论班上的哪两位男生得到了两位美女抛出的红绣球，他们都是班上的英雄。在他们成功的那一天，每人凑100元人民币到学校外面的餐馆里隆重庆贺，吵他个沸反盈天，让那些对两位美女虎视眈眈的饿狼们一个个闻风而逃。

又近中秋月圆时，叶晶还是芳心未动安如山。

02

光棍歌

若是平常，在没有课的上午，除了容易一大清早会跑到图书室去泡书海，费茅和刘离不睡到中午前来送外卖的学弟把门捶得像擂一面战鼓，是绝对不会起床的。今天刚到9点钟，他俩就被容易掀了被子捶了屁股拉起床。

刘离瞪眼望着容易，说："白雪公主刚答应做我女友，你这书呆就将我拉起来，你烦不烦人啊？"

容易说："这……"

没等刘离和容易把话说完，费茅也瞪着眼骂："老子好不容易身经百战在比武招亲大战中夺得冠军，与江湖第一美女步入洞房，门还来不及关上，就被你棒打鸳鸯弄散了，你找死啊！"

"这……"容易想对他们俩说：不是你们昨晚嘱咐我的吗？一到9点钟，就算睡死了，无论我用什么办法，都要将你们拉起床，然后大家一起搞卫生迎接老大。

一晚之隔，怎么就变卦了？

刘离和费茅一左一右站在他的两旁，像两只被惹毛的老虎正对着容易龇牙露齿。容易平时说话就有些结巴，被这两厮一逼，哪还能说出话来？

刘离见容易的脸憋得通红，双掌抖成了拳头时，他一肚子的气先自己泄了一半，朝着费茅挤了个眼神，说："肥猫，书呆毛了。"

费茅一听，肚子里的气也泄了一半，开始伸懒腰打哈欠。

原来，书呆容易虽然说话迟钝，却力大如牛，在去年的Ａ大社团武术擂台赛决赛中，他技压群雄，一举夺冠。

虽然是威风凛凛的冠军，容易从不以强凌弱，甚至因为憨厚老实和话语结巴，还经常被室友刘离、费茅捉弄欺辱，闹出许多笑话。容易天生好脾气，对于室友同学的捉弄欺压辱常常不以为意，但如果把他给逼到了山穷水尽，发怒起来，就是山呼海啸、天崩地裂，欺负他的人，就会被他一拳击得屁滚尿流号啕大叫。刘离和费茅的胸膛就曾经很不幸地成了他的拳击沙袋。

久经伤痛，让俩人摸出了容易这个书呆武霸的规律：他脸一红，拳一抖，就是"山雨欲来风满楼"的前兆，若他们不知道偃旗息鼓，他那两掌黑云啊，顷刻就可以霹得他们满地打滚。

见两人都如漏了气的软轮胎，容易绷紧的弦也放松了，说话开始流利起来，说："老大快到了。"

刘离和费茅听了，才想起自己昨晚睡前的叮嘱，方打起精神，开始搞大扫除。

刘离猫着腰，从床下钻出来，正准备将一把臭袜子扔进垃圾桶时，看到费茅拿了一袋薯片往垃圾桶里扔。他连忙边抢边喊："别扔，费茅，让我填填肚子，才有力气搞卫生！"

费茅听了，扑哧一笑，说："这东西你也要吃，到底是只瘦鼠啊，

点
墨
芳
华

快饿昏了吧！"

"这薯片颜色是有点儿陈，只不过放久了一点儿，怎么就吃不得了？"刘离一边回答，一边已将费茅扔进桶里的霉鞋垫捡起来，解开塑料袋，一股臭气直扑他的鼻子嘴巴，钻进肠胃。

"呕……呕……"刘离捂着胸口呕吐起来。

费茅见了，笑得前俯后仰。

正在拖地的容易见了，也笑着说："瘦鼠……你爱吃薯……片啊，我家……多着呢，我让奶奶……寄来……"

"你这死肥猫，我让你猖獗！"刘离站起身，揪住了费茅，握了握拳头。

费茅左手往前一拦，嬉笑着说："我说你这死老鼠啊，你讲点儿道理好不好？刚才分明是你饥不择食，自己抢了我的臭鞋垫就当薯片啃，怎么倒怪起我来了？"

刘离哼了一声，说："都臭得发霉了，你早不扔晚不扔却偏偏在我饿得发昏的时候扔，你这是居心叵测！"

费茅听了，脸笑成了肥冬瓜，说："我是居心叵测，那你呢，看看你扔的这臭袜子，有一桶呢。要是我也像你这样不分青红皂白地来个饿鼠扑食，只怕早给臭得牺牲了！"

刘离听了，意识到了自己的不是。除了容易和老大，他和费茅平时哪里收捡过啊。可是，若费茅朝他张嘴瞪眼，他自会知错无语，可费茅却偏偏朝着他笑。

刘离看不得他那笑，那嘲笑，比刀子还伤人！

他蹲下去的身子迅速蹿起来，捏了拳头想给瘦鼠一点儿教训时，手机却响了。他掏出手机，想搞成静音，却看到屏幕上的"老大"两字，只得马上接听。

"我一小时后就到，你们的卫生搞好了没有？"

"快了快了，好……好……热烈欢迎老大留学归来，欢迎……"刘离话没说完，那边已经挂了电话，他一边将手机扔在床上，一边说，"加快进度，老大一小时后就到。"

大家听了，都不再吱声，按照昨晚的分工各就各位，忙得不亦乐乎。

虽然是9月，北国上午的烈日依然不减威风，火辣辣的热浪穿过玻璃窗帘把三人烤得汗流浃背，他们也不敢休息，直到他们认为宿舍的卫生达到老大的标准时，才停下来。

除了容易拿了一本书坐在桌前看得入迷，只穿了裤衩的刘离和费茅都直挺挺地躺在床上，那油光发亮的身体热气腾腾，就像两根刚刚烤熟的热狗。

"咚咚咚。"

当三声熟悉的敲门声响起，刘离和费茅迅速从床上弹起来，一个箭步迈到门前开门。

林华迈进门，看到刘离和费茅一左一右站得笔直，活像两个正在迎接主人的保镖。他展开双手去搂他俩，说："一年不见了，老哥想死你们了，来，兄弟，抱一抱！"

然而，刘离和费茅同时往下一蹲，泥鳅一般从林华的双臂间滑出去，站起来，横眉冷对着林华。

林华颇意外，轻声问："Why？"

刘离和费茅不约而同地问："礼物呢？"

听到说话声，容易抬头望见林华已站到自己身边，来不及扔下书本，就把林华抱住。

林华被容易双手一箍，身子像被绳子勒住那般生痛，轻声说："书呆，你力气再大点儿吧，老大让你勒死算了！"

容易听了，双手一松，手中的书"啪"的一声掉在地上。

林华捡起书递给容易，说："一年不见，你还这么努力啊。书呆，你什么时候能够放松放松，我就放心了。"

容易听了，竟呜呜哭起来。

林华柔声问："呆子，老哥让你伤心了？"

容易听了，一把鼻涕哭出来，双手一抹，说："没……你……奶奶……你这话像我……奶奶。"

刘离和费茅听了，哈哈大笑。

林华却说："呆子，你还是老哥的好呆子。"

说完，林华张开两臂，双掌一勾，一手扯住刘离和费茅的一只衣袖，说："哪像这两只肥猫瘦鼠，一年不见就成了有奶才是老哥的势利鬼！"

刘离双手握住林华的手说："老大啊老大，老弟不是势利，老弟们这是伤心太平洋啊。"说完，他朝着费茅望了一眼。

费茅马上附和："是啊是啊，老弟们真是伤心啊。"

林华听了，松了手，问："伤心，你们怎么了？"

刘离一手握住林华的右手说："老大，你到国外都一年了，我和肥猫都还单着呢。"

费茅接着说："是啊是啊，这都上大四了，我和瘦鼠再不努力，就会赤条条地滚离Ａ大啊。对了，还有呆子，也还是条光棍。"

林华问："这都怪在我头上？"

刘离说："不不不，只能怪老弟们无能。但是，如果有了老大给的洋礼物，或许那些外院的女生会多看我和肥猫两眼。"

费茅说："是啊是啊，老弟们无能倒也罢了，连老大也给蒙羞了，这才伤心啊。"

林华一笑，问："嘀，真会这样？"

费茅眯着眼睛，脸又笑成了长冬瓜，说："可不是，隔壁住着的那4个现在都抱得美人归了，每次从我们门前过，都故意将美人亲得啵啵响，然后仰天长笑，唱什么'和尚班啊和尚班，没有女来只有男，虽然个个英雄汉，不闻女声汉子难'。你说那气焰，不是将老大也给羞辱了？我就真不明白了，明明只一墙之隔，因为专业不同，这艳遇怎么就千差万别了呢？"

刘离又说："老大啊，你是知道的，隔壁那4个，只因为他们进的是外国语学院，又都被分在了不同的班级，竟都成了一根独棍当上女儿国的国王了。可怜我和肥猫，都三年了，连个美女——不，就是连一只恐龙也抓不着，肥猫的才气和我的帅气，全都白白地给辜负了！"

林华听了，笑着说："既然你们一个才气一个帅气的，怎么不动动你们那猪脑子将美人拦道给劫了，让她们芳心改变而据为己有，就不至于打了我的脸面。"

刘离和费茅面面相觑。

费茅接话说："老大你又不是不知道现在的女生要什么，我和瘦鼠一个是小贩子家庭出身，一个是工薪族家庭出身，拿什么去和人家抢啊！"

林华问："就因为这事，你们就伤心得不认我这个老大了？"

容易听了，插嘴道："没女……女朋友，又怎么了？冷着……饿着你们了？"

刘离说："死呆子，除了啃书，你懂什么！"

容易说："你……才不懂呢，'书中自有颜如玉'，这是……我奶奶说的。"

刘离瞪眼望着容易骂道："你这死呆子！"

容易听了，一手摸住刘离的额头，问："瘦鼠，你发烧了？"

刘离说："我是发烧了，又惹着你了？"

费茅本来还想向林华诉光棍之苦，听了容易的话，笑不拢嘴。

林华见刘离扬起手掌要朝容易打去，一把抓住他的手，说："瘦鼠，别老是欺负呆子，你该�白，他看似呆呆傻傻，实则大智若愚呢。再说，真要是打起来，你只能是吃不了兜着走。大家兄弟一场，实在来得不易。好吧，都怪我不好，只想急着见你们，礼物都忘在家里了。你有什么委屈，就冲我来吧！"

"哇，有礼物啊！"费茅拍着胖手欢呼。

刘离听了，两只鼠眼骨碌碌转，问："什么礼物？"

林华轻咳一声，欲言又止。

全场寂静。

"肥猫瘦鼠。"林华大喊一声。

"到！"费茅刘离异口同声，声音响亮。

"一人一双耐克球鞋！"

"老大伟大！"刘离和费茅异口同声，双手拍得"啪啪"响。

"书呆。"

"在。"

"一款苹果iPhone。"

"啊？"刘离和费茅听了，惊讶得张开了大嘴。

容易却说："我不要苹果。"

林华颇感意外，问："为什么？"

容易说："我只吃葡萄不吃苹果。"

"啊？"

林华、刘离、费茅三人都爆笑。

容易看到三人都在笑，以为他们不相信自己，就说："真的……我……不骗你们，骗人……是小狗……奶奶说的。"

容易这话一说完，三人更是爆笑如雷。

容易见了，脸涨得通红，一个人喃喃自语。

刘离的两只鼠眼珠一转，他忍住笑，把容易拉到一边悄悄地说："等老大拿礼物来了，你先收下，我拿耐克球鞋跟你换苹果，怎么样？"

林华听到了，厉声道："瘦鼠，你又要欺负呆子？"

刘离说："哪里——老大，是你不公平！"

费茅听了，也附和道："老大，你这礼物送得真的不公平。"

林华说："正宗耐克球鞋，你们还嫌弃，不觉得自己贪得无厌吗？"

刘离说："哪敢哪敢，只是你给容易的礼物也太……"

林华挥手打断刘离的话，问："你和肥猫没有手机用吗？"

刘离摇摇头。

林华说："那你们还嘀咕什么不公平。这次回校后，我可能有很多事需要呆子帮忙。我常住家里，这呆子偏偏穷得大四了手机都没有一个，给他手机，是方便我联系，就这样。"

刘离说："那也不至于给苹果嘛。"

费茅说："是啊是啊，这呆子——你随便给他一个就行了，至于给六七千元一款的苹果手机吗？"

林华脸一沉，说："我到美国还搞一款国货回来？"

"这……"刘离、费茅面面相觑，不再吱声。

容易说："原来苹果是手机啊，还……那么贵，我不要……我不用手机的。"

林华拉住容易的手，告诉他自己以后可能经常会找他帮忙，他有了手机，自己才好随时联系。

听林华说他随时用得着自己，容易很高兴，可他又低了头红着脸问林华，能不能将这苹果换成几百元的一般手机，多出来的那些钱能不能归他。

"呆子，想得真美——不呆啊！"刘离一听，一边说，一边用右手指扭住了容易的耳朵。

费茅听了容易的话，嘴巴张成了大鸭蛋。

只有林华，听了容易的话，表情没有一点儿变化。当他看到容易的左耳被刘离捏着，脸羞成了两片薄猪肝，却一动也不敢动地由着刘离欺辱时，不禁双眉一竖，两道寒光直射刘离，轻喝道："放开他。"

刘离松了手，双手往腰间一摊，说："老大，这……你也能容忍啊。"

林华说："呆子还没说清楚他拿这钱做什么，你就猴急了，你这性子能成大事吗？"

费茅听了，说："老大，这钱你可以给呆子，就让他请我们大家到外面的餐馆搓一顿吧。"

"已经是肥猫了，你还想升级为肥猪？"林华眼里的两把刀子又朝着费茅扔过去，说，"再说，我林华的事，什么时候由着你们做主了！"

费茅愣了一下，说："这……对不起。"

林华不再理费茅，眼光转向了容易，问："书呆，说说，你拿这钱做什么用？"

容易已意识到刚才自己要求的无理，不好意思地说："这……不……"

林华瞧着容易窘迫的样子,知道他不敢再开口向自己要钱了,就说道:

"这钱我答应给你，你只要说说做什么就行了。"

容易很意外，低了头，说："还……还……助学贷款。"

容易的话让三人都吃一惊：都什么年代了，上大学还要靠贷款！

林华问他借了多少，容易回答说大学四年的学费全是借的。

"这……"望着容易越发低下的头，林华一把将他抱住，说，"这钱是我自愿给你的，呆子，你要是我兄弟，就抬起头！"

容易听了，抬起了头，双手一把将林华搂住，"呜呜呜"直哭。

林华只知道容易来自贵州乡下，家中困难，没想到他竟穷到大学四年的学费全都靠贷款的程度，想想自己……林华的眼眶湿润了。

刘离和费茅见了，先是一怔，随后，两人都开始意识到他们俩刚才已经狗坐轿子不识抬举了。

为了打破尴尬，刘离大声喊："老大啊老大，你给我的礼物太有威力了，只要我这个超级大帅哥拿着它往脚上一穿，说不定可以炸回一个美女来。"

费茅听到"美女"一词，忙眯了眼睛问："老大，你留洋一年，一定瞧到了很多洋妞吧，有我们Ａ大的漂亮不？"

刘离听了，更来劲了，问："老大老大，你原来说过，全Ａ大的美女都入不了你这个帅哥的眼，那么多洋美人，你总该看得上一个抱回来吧。快快带过来，让嫂子将隔壁那几个搂着的妖精狐狸一个个比下去，气死他们！"

林华掏出纸巾递给容易擦眼泪后，平静地说："我就读的斯坦福大学确实有很多漂亮的洋妞，但我想在那里学到真正的本领，就一心扑在学习上。虽然有很多洋妞使出浑身解数来吸引我，我还是能够做到与在Ａ大一样，千美阅尽，波澜不惊。"

"天啊，真是可惜了！"刘离叹息道。

容易却说："这……才是……老大……老大老大……就是……伟大！"

刘离白了容易一眼，说："呆子，原来你也会拍马屁啊！"

林华说："一年过去了，我和你们一样，依然是一条光棍。在我看来，我们这些大学里的光棍啊，也没什么不好，你看那些有女朋友的，哪一个不是被一根绳子牵着走啊。我们呢，自由，又潇洒。"

容易说："对……还有时间……啃书本。"

刘离和费茅听林华这么一说，不再愁眉苦脸。

林华说："今日我与兄弟们久别重逢，难得有这样的乐事，这样吧，今天的中餐我请了，我们先来一首光棍歌，唱完后，到附近最棒的西餐厅吃吃西餐开开洋荤后，我再回家把礼物拿给你们，怎么样？"

"好！"大家一齐鼓掌后，亮起嗓门儿唱道：

> 每天都伸着懒腰大摇大摆地享受
>
> 这春暖花开多潇洒
>
> 为感情烦琐那太傻
>
> 乘着风满世界嘻嘻哈哈地乱逛
>
> 有太多新奇等我逍遥啊
>
> 天知道寂寞什么滋味
>
> 乘着风满世界嘻嘻哈哈地乱逛
>
> 有太多新奇等着我　逍遥啊
>
> 天知道寂寞　什么滋味　我先开心
>
> 其他的事想它干吗

03

初会许平生

苏馨已经休学，叶晶成了土木1班的一枝独秀，男生们对她更是爱护有加，班里稍重点儿的活儿都不让她沾边，还会在节假日用班费给她买些小礼物。班长何天代言说：对于叶晶这朵班花，他们虽然都不敢觊觎了，却还可以欣赏。虽然不能拥有，但能够观其美、闻其香，比起那些只有到外面的餐馆里才能听到女人声音的和尚班的男生来说，他们知足、幸福。

土木1班的男生们，还蛮可爱的。想到这里，叶晶嫣然一笑。

林华恰巧从樱花路走过，虽然隔着几米的距离，他还是透过樱花脱光了叶子的枝条的缝隙，看到了正在微笑的叶晶。

这浅浅一笑，如一抹秋霞飘进了林华的心里，落成一朵微颤的粉荷。

虽然从未谋面，林华却情不自禁地朝叶晶走去。

很快，距离叶晶只有几步之遥了。林华步履沉稳，心里翻卷起朵朵浪花。当他即将折过遮挡着视线的最后一棵樱花树，就要清晰地目睹到叶晶的绝美容颜时，手机却响了，父亲林越在催他迅速赶到香格里拉的米罗阳光西餐厅包间。

"我马上就到！"林华回答一声，转身往校园外跑去。

这世间竟有这么好听的声音！叶晶抬起头，循声望去。

林华已经跑出几米之外，叶晶只看到一团火红的背影在密密麻麻的樱花枝条间跳动，隐隐约约，瞬间消弭。

点墨芳华

他那磁性爽朗的男中音，却字字珠玑如暖玉，将叶晶如水的心湖，温润得越发柔软。

在五星级酒店香格里拉的米罗阳光西餐厅包间里，林越正在与凤一鸣谈笑风生。

凤飞飞坐在一旁闲得无聊，站在窗户前看了一会儿外面的园子后，围着大餐桌转圈圈，又尖又细的高跟磕得地板"咯咯"响。

林越听了，偏头望向凤飞飞。

凤一鸣见了，说："这孩子，给她母亲惯坏了，哪有一点儿女孩子的样子！"

林越说："活泼机灵，好女孩啊。"

凤一鸣说："观林董这仪表气质，贵公子一定气宇不凡。"

"我看未必！"凤飞飞从餐桌那边袅袅婷婷扭到凤一鸣身边，说。

凤一鸣轻声呵斥："飞飞，不要乱说。"

凤飞飞嘟起小红嘴，娇滴滴地说："才不呢，我看他就是一个青蛙男！"

"青蛙男？"林越和凤一鸣一齐望向凤飞飞，异口同声。

凤飞飞见了，飞转着眼珠说："你们怎么连这都不知道啊，在我们的大学里，青蛙男就是最丑的男生。"

凤一鸣轻声骂道："放肆！"

林越却大笑几声，问："凤姑娘，怎见得呢？"

凤飞飞却说："林伯伯，我能问你几个问题吗？"

凤一鸣一边摇头一边叫："凤儿。"

林越却鼓励凤飞飞问下去。

凤飞飞问："贵公子叫什么名字？"

"林华。"

"他在哪所大学读书？"

"A大。"

"专业？"

"机械。"

"老爸说他到美国读了一年书，刚回来不久，是吗？"

"是。"

"身高？"

"185。"

"谈过几次恋爱？"

"从来没有。"

凤飞飞"呵呵呵"地笑了几声，望着林越说："报告林伯伯，我的回答完毕。"

凤一鸣问："凤儿，你刚才明明是向林伯伯请教问题的，怎么又成你回答问题了，搞错了吧？"

林越却笑着对凤一鸣说："恭喜凤老弟，你有个秀外慧中的女儿。"

"林伯伯厉害，就我爸爸笨，"凤飞飞说，"言归正传，我再等几分钟，要是青蛙男再不来，我就回A大了。"

林越说："应该就要到了。"

林华上了香格里拉二楼，穿过植物相夹的绿甬道，看到了前面写有"米罗阳光"的金色牌子。

林华将门轻敲了两声，才推门进去。没等他开口与林越打招呼，凤飞飞就从沙发上弹起来，问："怎么会是一个帅哥？"

林华望着林越的背影就要打招呼，听到凤飞飞的问话，才注意到有个清秀玲珑的女生正盯着自己。

他回话道："难道只允许你长得漂亮？"

这声音太好听了！

凤飞飞顿时像是被电流击中了，全身酥麻，水灵的丹凤眼痴痴地盯着林华。心想：这声音磁性淳厚，入耳极舒坦；这话说得不卑不亢，既充满了自信，又赞了我凤飞飞，让我心里十分熨帖；这人……

凤飞飞正打算将贮藏在她记忆里的关于美男帅哥的词语罗列出来在心里夸赞林华时，却突然想起，林华从进来到现在，还没有正眼瞧她一眼。

那我就想法让你瞧个够吧。

想到这里，凤飞飞轻摇着身子，徐徐挪到林华的眼前，一边伸出右手去握林华，一边说："你好，我是凤飞飞。"

"你好，我是林华。"林华也握住了凤飞飞的手。

暖流，迅速传遍了凤飞飞全身；幸福，迅速充满了凤飞飞心里。

然而，这幸福太短暂。

只一瞬间，林华的手就松了下去，他朝着他的父亲林越走去，步伐矫健，气宇轩昂。

望着林华伟岸挺拔的背影，凤飞飞恍若梦中。

林越看到儿子走到身边，忙向他介绍凤一鸣。

凤一鸣见了林华，赞不绝口，指着凤飞飞告诉林华，说他女儿虽然也在Ａ大，但只在Ａ大读了一年书，就到英国做了两年交换生，刚回来，对北京还不够了解熟悉，他们家住长沙，人生地不熟的，劳驾林华这个北京通的学长有时间关照一下她。

凤飞飞听了，知道老爸对林华印象不错，心里美滋滋的，水灵灵的眼波朝着林华涌过去。

林华没有回头看凤飞飞，只是极有礼貌地答应着凤一鸣，他会照顾好小师妹。

凤飞飞见林华还是没有看她一眼，两股火蹿上嘴角，就要变成辣酥酥的话语噼里啪啦地落下来时，却突然刹住。只见她两只黑眼珠子一转，嘴角斜挑，那一串串吐之欲出的辣珠子从她半开启的嘴里说出来，竟然娇滴滴软成了水珠子："华哥哥，辛苦你了！"

林华说："没事，应该的。"

凤飞飞说完，走到林华跟前，问林华要手机、QQ和微信号。林华犹豫了一下，看到林越暗示他的眼光，只好问了凤飞飞手机号打过去并告诉她，自己的手机号、QQ号、微信号都一样。

林华加了凤飞飞为好友，就向林越和凤一鸣父女告辞，说自己学校还有事，不能陪吃晚餐了。

凤飞飞故意问："是陪女朋友吧！"

林华笑了笑，说他还是自由身，导师当面指导他毕业论文的时间快到了。

凤飞飞一喜，欲与林华握手再见，却晚了一步，林华已握了凤一鸣的手告辞，转身往门口走去，一会儿从凤飞飞的视线里消失，凤飞飞怅然若失。

吃过晚饭，凤一鸣父女告别林越后，回到了他们住的爱米丽五星级宾馆，恰巧凤飞飞的母亲李虹参加同学聚会回来。两人叮嘱凤飞飞在宾馆里休息，说他们去学校附近的小公寓转转，遇上满意的就租下来，等找到阿姨了，就让她过来伺候凤飞飞的饮食起居。

凤飞飞却嘟起小嘴，说："谁要租房子了，我要住校。"

凤一鸣以为自己听错了，问："什么？"

凤飞飞大声说："我要住校！"

凤一鸣说："你是开玩笑吧？"

凤飞飞说："谁跟你开玩笑了，我要住校。"

凤母说："飞飞，你可要想清楚啊，住宿舍，人多嘴杂；吃食堂，饭菜又脏又差，你向来养尊处优，哪过得了那清苦日子！你可要想清楚。"

凤飞飞却说："老爸老妈，你们忘了平常给我念叨的什么'宝剑锋从磨砺出，梅花香自苦寒来'这句话不成？女儿我都上大学了，再不磨炼磨炼，不仅这一块好钢会锈掉，这一朵好花啊，也香不起来！"

凤一鸣说："不行不行，就是你能吃那苦，我也舍不得。"

凤飞飞说："你们舍不得是吧，这大学我不念了，我现在就跟你们回长沙，继续做温室里的幸福花朵。"

凤母想了想，说："不对啊，租房子请阿姨的事，不是你先要求的吗，怎么只一个下午不见就变卦了？"

凤一鸣听了，摸摸脑袋，一巴掌拍在自己大腿上，说："我明白了，你该不会是为了林华那小子吧？"

凤飞飞说："是又怎么样啊，我喜欢。"

凤一鸣说："我能拿你怎样，那马顺……怎么办？"

凤飞飞："当然是凉拌啦！"

凤一鸣听了，马上说："那不行，绝对不行。"

凤飞飞："怎么就不行啦？"

凤一鸣说："来北京前，我们两家都说好了，寒假就给你和马顺订婚，暑假就让你们结婚，你怎么能扔下他去喜欢别人呢？"

凤飞飞一听，杏眼圆睁，说："订婚？结婚？还那么快节奏，我这个准未婚妻和新娘怎么不知道？"

凤一鸣说："这事是你和马顺到欧洲旅游时两家说好的，你们回来后我和你妈到上海忙生意，回家后又忙着准备你上大学的东西，这事就还没来得及跟你讲，现在讲，也不晚嘛。"

凤飞飞却说："已经晚了，我变心了。"

凤母听了，才明白只一个下午不见，女儿换了喜欢的人，就说道："飞飞，你和马顺青梅竹马、知根知底，恋爱也谈了七八年了，怎能说变心就变心呢？"

凤一鸣也附和着说："是啊，你不能变心的，我们两家……"

凤飞飞打断凤一鸣的话，问："是我恋爱，还是你们恋爱啊？"

"这……"凤一鸣夫妇无语。

"那就不要多嘴，谁要是再劝我嫁给那马顺，谁就嫁给他去！"

凤一鸣夫妇与马顺父母都是大学同班同学，两人能成为星城有名的富商，全靠马顺父母的帮助提携。马顺爷爷当时是星城的公安局局长，有了这老爷子罩着，马顺父母在官道商界中都混得风生水起。作为他们的同学挚友，凤一鸣夫妇也受益匪浅，两人双双摆脱教书匠身份仅仅两年，就华丽转身为商界的CEO。马老爷子离休已多年，在家中闲着无聊，就督促儿媳催马顺早日结婚，以便自己早日抱到曾孙子而安享天伦之乐。所以，马顺爸妈并不反对儿子高中时就与凤飞飞谈恋爱，马顺与凤飞飞一收到大学录取通知书，他们就开始张罗他俩的婚事了。

水能载舟也能覆舟，这马家的婚事岂能反悔？

一想到这里，凤一鸣全身开始冒冷汗，他必须让凤飞飞对林华死心。可女儿凤飞飞的脾气他是知道的，逆她者苦，顺她者乐。

于是，凤一鸣说："马顺是我和你妈看着长大的，那孩子长得帅、人品好，你嫁这样的人我们放心；林华看外表也不错，只是，那人品……"

"停！"凤飞飞手一挥，又打断了凤一鸣的话，说，"在没看到林华前，马顺还真是一个帅哥；当林华一出现在我眼前，他就成了青蛙男了。林华那脸盘、那身材、那气质、那声音……老爸什么眼光啊，竟然拿马顺和林华比，气死我了！"

凤母说："飞飞，那马顺是你自己看上的，都谈了七八年恋爱了，能说扔就扔？这林华你只是第一次见面，岂能说爱就爱？飞飞啊飞飞，爱情婚姻不是游戏，你要慎重啊！"

凤一鸣附和："是啊是啊，你妈说得对。"

凤飞飞回答说："你们谈了8年恋爱才结婚，够慎重了吧。可你们怎么样？还不是整天在家里战斗，离婚复婚都循环三四次了。对林华，我一见钟情，想爱就爱，痛痛快快，又怎么了！"

凤一鸣说："恋爱可以，玩玩可以，不能当真。"

"什么？"这样的话竟然也会从老爸嘴里吐出来，凤飞飞难以置信，问道，"老爸，你不会是要我与你沆瀣一气吧？"

凤母瞪了凤一鸣一眼，说："上梁已不正了，你还想叫下梁歪吗？"

凤一鸣自知说漏了嘴，忙顺着凤飞飞的话说："那林华的确是个大帅哥，但人太帅了，会花心呢。"

凤飞飞回答道："不错，自古美男多薄情，可薄情未必只美男，老妈，你瞧瞧老爸这模样，当时，你一定没有想到他会是一个花心大萝卜吧！既然帅男丑男都薄情，我何不找一个最帅的，至少可以养眼快乐呢。"

凤一鸣给凤飞飞这么一说，无言以对，寻思了一会儿，忽然回想起在米罗阳光里，林华根本没有认真瞧过女儿一眼，凤一鸣断定：林华看不上自己女儿，谈恋爱这事，是一个巴掌拍不响的。想到这里，凤一鸣就像吃了一颗定心丸，说起话来也就不快不慢气定神闲了："飞飞，恋爱是两相情愿的事，今天下午，林华都没正眼瞧你一下，我劝你还是对他死了那个心吧！"

林华那冷傲面孔在凤飞飞脑中一闪，凤飞飞因此有些失落，却说："一见钟情只是个别的，绝大多数人的爱情都是一个循序渐进的慢热过程。老爸老妈，你们女儿的长相虽然不是那种一见摄魂的神药，但至少也是越看越迷人的小清新吧，再加上我有着修炼了多年的媚功，他林华遇上我这小凤仙哪有不缴械投降的！"

凤母听了，望着凤一鸣责怪道："这孩子越来越无法无天不像样子了，都是你惯坏的。"

凤一鸣说："急什么，自己的女儿，我心中有数，她想闹点儿事出来就由着她闹去吧。一个巴掌拍不响，等她折腾得没力气了，就乖了。"

凤飞飞见爸妈都无语了，就说："我住校，一言为定，不许反悔。"说完，她掏出手机拨通了林华的电话，瓮声瓮气地说她今晚要从宾馆搬到学校宿舍里住，要他给学校联系好宿舍。林华说了声"好，没问题"后，就挂了电话。

凤飞飞一边将手机放回包中，一边去提她的两个皮箱，说她马上就去学校里转一转。凤一鸣夫妇见了，一人接了一个皮箱，准备送凤飞飞到学校去。

凤飞飞却一手抢回一个皮箱，要父母赶快回星城做生意，理由很简单：已经是大学生了，不能再做温室里的花朵，她要把自己开成一朵能够迎风傲雪引人注目的红梅花。

04

老公范儿

双手拖着两只LV皮箱的凤飞飞双脚一踏进A大校门，朝后也了一眼，没有看到家里的那辆瑞丽红保时捷跑车时，咧嘴一笑，手松了拖箱杆子，给林华打电话。

林华与容易、刘离等人正在图书馆查阅论文资料，看到凤飞飞的电话，说："进了校门，你往右边的草沙路走，到第一棵桂花树下等。"

林华挂了电话，安排刘离、费茅和容易到桂花树下去接人。刘离和费茅见林华又安排他俩去做苦力，一脸地不高兴。

林华说："女生，白富美，你们不去，我就让容易一个人去。"

刘离和费茅听了，来不及说话，撒腿就跑，容易也跟着他们跑出了图书室。林华望着他们的背影，大声说："加油啊，兄弟，花落谁家，看你们的本事了！"

他很快就会在桂花树下等我，还会为我提箱背包呢！凤飞飞一想到这事，就觉得太浪漫了。虽然背上背了双肩包，又一手拖着一个箱子，她还是兴奋得摇头晃脑，将头摆得如钟摆一般。

她拐进校门，远远瞧见了右道旁的那棵桂花树，想到林华很快就会来接，就放慢了脚步，半闭着眼睛温温柔柔、幸幸福福地往前走。

眼见着就要跑到桂花树下了，刘离却尿急了，吩咐容易和费茅先接人，他撒泡尿就来，轻身欲跑时，看到了朝着他们袅袅婷婷扭过来的凤飞飞。

虽然距离好几米远，从那身段和气质就可以判断出，那是一个绝对的美女。

欣喜之下，刘离的一泡尿竟然逆回膀胱，他不由得两臂化翼，两脚生风，朝着那女子迅速飞去。

"老鼠，你……"费茅也见到了不远处的凤飞飞，心中一喜，跟着刘离跑过去。

凤飞飞正眯着眼睛沉浸在即将与林华重逢的浪漫境界里，忽感双手一轻，两只拖箱被人接过去，她睁开眼睛，哪有林华的身影？两个男生一人拖了她的一只皮箱站在她的两旁，像两座一瘦一肥的驼峰。

凤飞飞来气了，说："谁让你们拖我的箱子了，我有人接的。"

刘离说："我知道你有人接，是林华，对吧？"

凤飞飞诧异地点点头。

费茅说："我叫费茅，他是刘离，林华是我们的老大，是他让我们来接你的。"

凤飞飞听了，缩紧鼻子"哼"了一声。

刘离见了，说："老大在图书馆里，不能来接你。他能让我们来接你，就已经够低姿态了，要是别的女生，他才不会理睬呢。"

费茅也跟着说："是啊是啊，老大是从来不讨好女生的，在这A大啊，只有女生讨好他的份儿。你啊，应该知足了！"

凤飞飞听他们说起林华的事，来劲了，就说："我叫凤飞飞，学工商管理的，只在A大读了一年，在国外做了两年交换生，昨晚刚回来，既然你们是林华的兄弟，可得关照关照我啊。"

刘离听了，乐呵呵地说："当然当然，义不容辞。"

费茅也说："为美女服务，鞠躬尽瘁，肝脑涂地。"

容易这时也赶过来，一边拉下凤飞飞的双肩包背到自己背上，一边插嘴："对……鞠躬……尽瘁……肝……肝脑涂地。"

凤飞飞听了，大笑："哈哈……哈哈……哈哈哈哈哈哈……哈哈……哈哈……哈哈哈哈哈哈……"

这笑声，一串接着一串从她的皓齿里弹出来，珠圆玉润，又清脆婉转，如燕语莺歌，听得刘离、费茅心神恍惚，心花儿朵朵悄悄地开。

看到刘离、费茅的痴样子，凤飞飞飘飘然：只不过是用了最平常不过的一串笑，她俘获男生的十八般魅功还没有使出一招，他们就被她夺魂摄魂了，菜！真菜！这种菜男生，不是风流成性的色狼，就是没谈过恋爱的童子和尚。色狼也罢，和尚也罢，我凤飞飞丹唇一启，笑声一荡，就把他们迷得屁颠颠、傻乎乎，这凤仙的魅力这可见一斑了。

想到这里，凤飞飞敛住笑容，故意大声说："是啊，好好为嫂子服务吧，老大会赏你们的！"

"嫂子？"刘离和费茅吃惊地望着凤飞飞，异口同声地问。

凤飞飞看着刘离和费茅一副色胆包天的样子，便自称是林华老婆，以为这一招既可让他们知难而退，又可以让他们唯己独尊。于是，她得意扬扬地说："对啊，我是你们老大的老婆，你们不叫嫂子叫什么！"

哪料道，她这话语一出，费茅和刘离就爆笑起来。凤飞飞很感意外，大喊一声："不许笑！"

刘离和费茅被凤飞飞狮子吼一震，笑声没有了，笑波却还在脸上荡漾。

凤飞飞感觉出了奇怪，就问："高中大学谈恋爱的男生女生，不是都叫对方为老婆老公的吗？有什么好笑的！"

费茅把肥脸凑到凤飞飞跟前，说："飞飞小师妹，你知道Ａ大自称老大'老婆'的女生有多少吗？"

"这……"凤飞飞没想到费茅会说出这话来，问，"有几个？"

费茅看到凤飞飞很着急，却偏不说了。

凤飞飞向来讨厌说话不利索爽快的人，见费茅停话不说，就口不择言了，大声道："你那细肠子别拐七拐八的，有话就说、有屁就放！"

费茅听了，说："瘦鼠，你告诉她吧，小师妹，我提前给你打个预防针，你得有心理准备，听了，可不准生气哟。"

凤飞飞早已竖眉怒眼，厉声道："哪来那么多废话，快说啊！"

"你答应不生气，那我就说了。"刘离说，"自称我们老大老婆的，在Ａ大，我和肥猫知道名字的就有30多个，不知道名字的有无数个，还有Ｂ大、Ｃ大、Ｄ大、Ｅ大，还有南京、上海、重庆、深圳……还有曼谷、新加坡、吉隆坡、旧金山、华盛顿……我们老大的老婆啊，就像天上的星星一样多。"

刘离一说完，费茅连连点头证实他所说无假。

凤飞飞双眼扫向容易，容易却说："这……乱七八糟的……我哪……知道啊。"

刘离说："这呆子还是只不会开叫的公鸡呢，他真不知道。"

凤飞飞将信将疑，却也不生气，说："美人如云多，超级棒啊，这，就是我老公的范儿！"

哇！

天下竟有这样的大度美女！刘离和费茅简直有些不敢相信了。

费茅望着一脸从容的凤飞飞，说："小师妹，喜欢老大的女生实在太多，连洋妞也追着他不放呢。你啊，就别去那里斗了，天翻地覆，斗来斗去也是输啊；不如找一个单纯的，省事！我和刘离都还是单身狗，一个帅气一个才气，我们哥俩也就不决斗了，由着你抓，你看中谁就抓谁吧。"

刘离听了，马上附和："飞飞，老大的现状真是这样，A大、B大、C大、D大还有南京、上海、重庆、深圳、新加坡、吉隆坡、旧金山、华盛顿的那些自称老大老婆的女生，一个比一个漂亮、一个比一个厉害呢。你，一个初来乍到的小姑娘，赢不了的，趁现在还没有受伤，早早撤了吧！"

凤飞飞听了，又哈哈大笑，她那一连串的笑珠子如飞花碎玉，从费茅和刘离站立的上方天空中飘落下来，激得两人心荡神摇、魂不守舍。

凤飞飞止住笑，两臂一展，一手打在一个人的头上，说："东风吹战鼓擂，我是狐仙我怕谁！"

刘离和费茅被凤飞飞一巴掌拍醒了，费茅两眼一眯，轻声对刘离说："这丫头一看就不是老大喜欢的菜，嫂子她是做不成的；我们，她又瞧不上。看来，我们今天又白干了蓝领的活儿！"

"嗯"，刘离有气无力地回答，"倒霉！"

"帮……帮小师妹，你们……倒霉。"容易很纳闷地说，"你们怎么……这么想啊！"

凤飞飞听了，才知道刘离和费茅对她已经断了念头，并且开始埋怨他们为她瞎忙活了，倒是这不喜欢多话和说话有些结巴的容易在无怨无悔地帮自己。

想到这，凤飞飞把目光转向容易，才发现他脸上长满了青春痘，虎背熊腰，背上背着的正是她的双肩包，双肩包压着的是一条黑布裤子，从裤管里露出来的，竟然是一双穿了黑布鞋的肥脚。

凤飞飞实在忍俊不禁，笑得花枝颤动："哈哈……哈哈……哈哈哈哈哈哈……哈哈……哈哈……哈哈哈哈哈哈……"

容易见凤飞飞盯着自己笑，不知她笑什么，又不好意思问，就摸着脑袋"嘿嘿嘿"地笑。

听到对面传来婉转轻快的笑声，叶晶望过去，看到了着一身火红色超短连衣裙的凤飞飞，身体伴着笑语有节奏地抖动，远远看去，就像一团燃烧跳动着的火焰。

不知是哪个学院的女生，上了大学依然如小姑娘一般天真烂漫。

叶晶这样想着，嫣然一笑。

秋阳西斜，几缕余霞洒在她的脸上，她如花般绽放的脸更加瑰丽迷人。

笑着笑着，凤飞飞突然想起自己还记不得眼前这愣小子的名字，就收敛了笑容问他。听了容易报的姓名，凤飞飞又忍不住要笑，刚开启小红嘴，却半张着僵住了——刘离和费茅竟然放下她的皮箱，转身往右横跑过去。

这两个屌丝，玩什么花样！

凤飞飞诧异了，举目望过去，她看到了叶晶高挑的背影。

凤飞飞瞧刘离、费茅那饿狗扑食的贱样，就知道因为有了这美女做参照物，他们已把她当成了次花杂草而另攀高枝了。

高中三年，凤飞飞是母校师生公认的校花，就是到了 A 大，她也是工商管理学院的院花。

她凤飞飞从来就是一枝海棠艳压群芳，可现在，竟然被那个看上去娇美的背影压了下去。

这两个屎货，都什么审美眼光啊！初瞟那背影一眼，凤飞飞满不在乎。

再看那身影，身高腿长，腰纤臀丰，白衣碧裙，迎风玉立……

"哇！"凤飞飞叫了一声，不禁有相形见绌之感。

哪有刚见其身、未见其容就认输的道理，既然都是鲜花，怎么也得争芳斗艳一番吧。要不，自己就真成了不战自败的窝囊废了，岂不让那该死的瘦鼠笑掉了大牙！

想到这，凤飞飞鼓起勇气，朝着叶晶走去。

性感！迷人！

越靠近叶晶，凤飞飞的勇气越减。

远看一枝花，近看牛屎渣。

凤飞飞突然想起了老妈常用来骂老爸那个情人的话。想到这，凤飞飞勇气倍增，朝着那背影大步迈去。

叶晶正欲提起放在脚边的书袋往前走，刘离和费茅却突然蹿到她的两旁，都伸了手去抢袋子。

"这书不重，我自己来。"叶晶虽然拒绝了两人的美意，却又微笑着问，"你们是……"

刘离和费茅扑了个空，抬头一望，两人都不说话，呆望着叶晶，脚缓缓往后退。

叶晶的美超出了他们的想象，让他们不能承受！

且不说她性感的身材、迷人的脸蛋，单说她的眼睛，清若泓泉，蓝似瀚海，亮如星辰，她只是无意往他们脸上一扫，两束亮光迅速将他们击打得胆战心惊、失魂落魄。

看着刘离和费茅他们缓缓退步之后，又轻身飞快地往回跑，叶晶明白了他们的来意。这样的男生，叶晶在A大的这些年见得多了。他们因为有自知之明而选择了退场，总比那些死缠烂打的令她省心。想到这，叶晶莞尔一笑，继续前行。

凤飞飞眼看就要追上叶晶了，见刘离和费茅往回跑，料想那女生一定就是那只能远看不可近观的"豆腐渣"，觉得如果再去与她争芳斗艳，难免降低了自己的档次。于是，她也跟着刘离和费茅跑到容易身旁。

看见三人折回来，容易也不把手里的两只拖箱还回到刘离和费茅的手里，只是问道："你们……怎么啦？"

凤飞飞指着刘离和费茅说："你问瘦鼠、肥猫。"她想象着两人见到那女生的庐山真面目时被吓成的样子，又笑起来，"哈哈……哈哈……哈哈哈哈哈哈……哈哈……哈哈……哈哈哈哈哈哈……"

刘离和费茅的脑海里还在闪着叶晶的大眼睛，听到凤飞飞的浪笑，知道她误会了，也跟着"哈哈"大笑起来。

容易觉得他们莫名其妙，就说："不就看到一个……美女吗，怎么都……疯……疯了！"

"美女？"凤飞飞哼了一声，说，"如果不是丑到了极点，瘦鼠、肥猫哪能给吓回来！"

容易说："肥猫、瘦鼠，做……做好事，不能分美……美丑的，别那么势利好不好。"

刘离听了，很不高兴，骂道："死书呆子，你懂什么！"

费茅不说话，却瞪着眼睛怪容易多管闲事。

"你们才是死呆子！"凤飞飞拍拍容易的胸膛，说："兄弟，好样的，嫂子欣赏你！"

刘离说："我说凤飞飞啊，实话跟你说吧，老大让我们来接你，可只说让我和肥猫两个中的一个把你逮住做弟媳，你分明只是老大给我和肥猫的赏赐，倒自称起嫂子来了，有什么好得意的！"

"胡说！"

"你问肥猫吧。"

看到凤飞飞望着自己，费茅说："老大真是这么说的。"

费茅一应和，凤飞飞脸一红，说："那是他不了解我，我刚从国外回来，我们才见了一面——等着吧，你们迟早会叫我嫂子的！"

看到凤飞飞脸上又充满了自信，刘离"哼"了一声，说："嫂子，我老大——嫂子多如牛毛呢！"

凤飞飞也不生气，跟着容易往前走，脑子里却想着怎么早日拿下林华。

05

尼姑班

凤飞飞回到宿舍，白菜里的那条青菜虫还是在她的眼前荡过来荡过去的，伴着那虫子晃动的节奏，她呕吐连连。

叶晶将书放在柜子上，正准备上床休息，却听得洗手间里有人呕吐的声音。

丁蓝蓝，还是戴雪，谁不舒服了？叶晶想到这，走进洗手间，看到了正呕得天昏地暗的凤飞飞。瞧着凤飞飞纤小的身影，叶晶以为是丁蓝蓝，掏出纸巾递过去，问她哪里不舒服。

"虫子……菜里……呕……呕……"她接了纸巾，头也不抬，继续弯腰屈膝地呕吐。

叶晶见她只是干呕，并没有吐出什么东西来，知道她只是放大了菜里有虫的恐惧，并没有什么不舒服，就轻声问道："是菜青虫吧，没有吃下去吧。"

凤飞飞说："没有……呕……呕……"

叶晶又柔声说道："没有就好，你可以放心了，别老去想它，在这洗手间里蹲久了不好，来，到房间里坐坐，我那儿有生姜蜂蜜水，你拿来漱漱口，再喝上一两口，就没事了。"

说完，叶晶双手扶了凤飞飞走到床边，看到凤飞飞一坐下，她就从柜子里拿了一只脸盆和一杯生姜蜂蜜水递给她。

凤飞飞接过杯子喝了两口，在嘴里"咕噜咕噜"了几下，吐在叶晶端在她胸前的盆子里。叶晶拿了盆子往洗手间走去，凤飞飞手拿杯子感觉香气扑鼻，就呷了两三口，觉得嘴甜舌香，干脆一口气把剩下的全喝光了。

一杯蜜汁喝下来，凤飞飞神清气爽，头往后一仰，身子往床上一躺，软成一匹红绸缎。听到洗手间里传来冲洗盆子的水响，凤飞飞才想起那背影似乎眼熟，却又忆不起在哪里见过；那长相……她刚才只顾漱口喝汁去了，竟然不曾瞧那女生一眼。

"好些了吧？"叶晶端着盆子从洗手间里走出来，问道。

叶晶的问话，温软，绵柔，像是被秋风揉碎了的暖阳，洒得凤飞飞周身温暖熨帖。

凤飞飞坐起身，正要回答，却支吾了一声，愣住了。叶晶背朝她站着，踮着脚，将盆子复位，那细腰肥臀白衣碧裙——可不就是先前遇见的那个"豆腐……"

"渣"字还没有说出来，凤飞飞戛然而止，因为她看到转过身的叶晶正笑盈盈地朝着自己走来。

叶晶看到凤飞飞呆成一只木鸡，以为她还在想菜青虫的事，低声问道："那只虫子没吓着你吧。"

凤飞飞听了，眼珠子转动起来，回答道："真给吓着了，不过——

是你这条美女蛇！"

叶晶抿嘴一笑，略带娇嗔地说："不敢当，你真是谬赞我了，你才是当之无愧的大美女呢。"

一笑一颦，温婉美艳，妩媚典雅。凤飞飞在心里评价着叶晶。评价完后，她不由得一惊：照常理，自恃美艳的她对叶晶应该是羡慕加嫉妒甚至气愤的，可她现在，哪里有一点儿辣椒味儿？

叶晶见凤飞飞无语，就说："既然都是美女，我们就不用相互吹捧了，来，介绍一下，我叫叶晶，大四土木1班的。"

凤飞飞报上自己的姓名后告诉叶晶，她也刚上大四，但她只在A大读了一年，就交换到曼彻斯特大学学习去了，昨晚才回来。

凤飞飞的闺密得知她到曼彻斯特做交换生，没有不惊讶和羡慕的，她们的那些表情，让凤飞飞心里非常受用。但凤飞飞发现，叶晶了解了自己这些情况后，不仅没有说一句羡慕的话，面目表情也没有一点儿变化。瞧着叶晶依然微笑的神情，凤飞飞觉得自己有些浅薄了。

"来来来，吃零食，我从英国带回来的。"为了掩饰自己的尴尬，凤飞飞打开箱子，拿出一堆零食要叶晶吃。

"Thorntons巧克力！"叶晶轻叫一声，拆开盒子，拿了一块放入嘴里，边品边说，"甜而不腻，唇齿留香，果然很正宗！"

听叶晶说话的口气，分明是吃过甚至常吃Thorntons巧克力。这一点，凤飞飞倒没有想到。她不由得扫了叶晶一眼，发现她吃东西的模样也很迷人，脑子里不禁闪出了一个人来。

林华——他们认识不？一想到这个问题，凤飞飞不由得屏气凝神。

叶晶见凤飞飞突然花容失色，不知自己怎么突然就得罪她了，就不再说话，将嚼巧克力的声音压到了最低。

林华说了他是自由身的，可见他们……想到这，凤飞飞开始气定神闲，可还是有些不放心，又问道："林华，你认识吗？"

　　叶晶摇摇头。

　　凤飞飞彻底释然了，可心里还在想：如果认识了，说不定——不行，为了以防万一，"林华——老公"这块牌子，我得抢先注册。

　　于是，凤飞飞又说："林华，也是Ａ大的，大四机械系1班，我老公！你认识不？"

　　叶晶有些意外，摇摇头，说："你结婚了啊？"

　　凤飞飞说："没有。"

　　"那……林华……你老公？"叶晶奇怪地问。

　　凤飞飞告诉叶晶，现在的高中、大学，男男女女一谈恋爱就老公老婆地喊了。

　　凤飞飞说完，两只眼珠子望着叶晶骨碌碌转。

　　叶晶见了，问："又怎么了？"

　　凤飞飞说："这，你都不知道，难道，你从来没谈过恋爱？"

　　叶晶点点头。

　　"怎么可能？"凤飞飞双手一拍，从床沿上跳起身，说，"你这样的大美女都没有人追，Ａ大的男生们都瞎眼了！"

　　叶晶听了，微微一笑，轻声说："有倒是有，只是还没有遇到让我动心的。"

　　凤飞飞说："Ａ大可是著名的工科学校，帅哥才子多如牛毛，你真的就没看中一个？"

　　叶晶无语。

　　凤飞飞想了想说："我明白了，你一定是在外国语学院吧？听说，我们A大外国语学院的男生都是奇葩和稀罕物，难怪你瞧不上。"

　　叶晶说："我在土木1班，虽然长相过得去，因为班上的另一个女生休学，全班只剩下我这一个女生，自然就成了班花。"

　　"哇！"凤飞飞兴奋地说，"你是一枝独秀啊！"

　　丁蓝蓝和戴雪正推门进来，恰巧听到了叶晶和凤飞飞的话。虽然凤飞飞初来乍到，两人像是没看到似的，都走到叶晶一旁，一人挽住她的一只手臂，一口一个"晶姐"地喊。

　　虽然，丁蓝蓝和戴雪搬进叶晶宿舍已半年了，但是各在一个学院，又非一个省来的老乡，因此，她们与叶晶并不亲近，无论在路上或是在宿舍遇上了，都只是礼节性地招呼问好。现在，听着她们"晶姐晶姐"地叫，叶晶感到有些不习惯，但又觉得正常。因为，她知道两人学的是英语教育，班上的男生少得可怜，一定是还没有找到男朋友，听到叶晶说班上只有她一个女生，当然就将她当成救急的稻草供着了。

　　凤飞飞看到丁蓝蓝和戴雪只顾拉着叶晶和她套近乎，对于自己这个新来的室友视而不见，不由得在心里骂道：不过是急着想找男友嘛，新来室友招呼都不打，简直就是两条女色狼！凤飞飞虽然暗骂着丁蓝蓝和戴雪，但又不甘被冷落和寂寞，她的一双丹凤眼的眼珠子像两只荧光闪闪的飞虫，朝着丁蓝蓝和戴雪叮过去叮过来。

　　女人好色，更好吃！

　　叮着叮着，凤飞飞想到这句话，计上心来。她一边拿了一盒Thorntons巧克力递给丁蓝蓝，一边说："两位室友好，我是新来的室友凤飞飞，初次见面，这盒巧克力就算我给你们的礼物了。"

　　听了凤飞飞的介绍，两人方松了挽着叶晶手臂的手，分别介绍了自己。说完，丁蓝蓝将盒子递给戴雪，问她有没有吃过这牌子的巧克力。戴雪眼睛紧紧盯着Thorntons这个英语单词，摇摇头。

叶晶知道两人怕吃到劣质东西，就说："这是飞飞从英国带来的大师级巧克力，好吃得很呢，你们快吃啊！"

"哇——"两人兴奋地叫了一声后，都迫不及待地去拆巧克力吃，只五六分钟的工夫，一盒巧克力就空了。望着空空的盒子，两人都望向凤飞飞，表情尴尬。

凤飞飞却又从包里拿了几袋零食出来，说："喜欢就好，我这里还有从英国带来的炸鱼和薯条，味道都不错，吃吧吃吧。来，叶晶，你也尝尝。"

叶晶说："谢谢，我先前已经吃过了，吃撑了会不舒服。"

丁蓝蓝说："晶姐节食啊，怪不得你身材这么好呢。"

叶晶说："零食我吃得不多，但一日三餐，丝毫不减。"

戴雪一边嚼着一根薯条，一边说："我就做不到，除了一日三餐，还常常零食不断。"

丁蓝蓝说："我和戴雪一样，尤其是心情不好的时候，就特别想吃，也特别能吃。"

凤飞飞笑着说："我倒有些不同，只是心情好时喜欢吃，越吃越高兴；心情不好的时候呢，就喜欢扔东西，越扔越起劲儿。"

"我啊，心情好也吃，心情差也爱吃，就一个吃货，"戴雪一边摸了摸自己腆着的大肚子，一边说，"才一上大学就被高中时谈的男朋友给甩了。"

大家没想到戴雪会说出这样的话来，不知如何安慰她，都没有说话。宿舍里一片安静，戴雪和丁蓝蓝嚼零食的脆响就格外清晰。

还是叶晶打破了寂静，说："雪儿，你用不着伤心，这男生就像薯条，多如牛毛的，一根被别人吃了，你就抓另一根吃吧。"

凤飞飞听了，捧着肚子呵呵地笑起来。

叶晶问："飞飞，你笑什么呢？"

"呵呵……我笑……呵呵……"凤飞飞还是手捂着肚子边笑边说，"你这么一个端庄贤淑的大家闺秀竟说出这么粗野的话来，呵呵……呵呵……这话，该是我这种辣妹说才对。"

叶晶两唇微启，笑着说："枝上柳绵吹又少，天涯何处无芳草，难道不是这样吗？"

凤飞飞止住笑，说："这才像你说的话呢。"

戴雪听了，表情不再悲戚，说："晶姐说得对。只是，我和蓝蓝都在外国语学院，整个学院啊只有五个男生，而且，四个都在其他年级，我们大四只有一个又待在隔壁班上。"

丁蓝蓝说："就那么一条独棍，大一不到一周就被隔壁班的班长霸占了，唉……"

凤飞飞说："所以，你们班就是百分之百的尼姑班了。"

"可不是。"戴雪又愁眉苦脸，说，"大家都这么叫的。"

凤飞飞望向叶晶，说："怕什么，有晶姐呢！"

戴雪和丁蓝蓝立刻望向叶晶，不约而同地叫："晶姐。"

叶晶的脸红成了两朵梅，说："这……我还没有谈过恋爱呢。"

"没谈过恋爱有何妨。"凤飞飞说，"你找过机会带她们到你班上逛一逛，你们班上那群饿棍子，见到这两个美女不哄抢才怪呢。"

"嗬！"叶晶回想起班上男同胞那一个个火急火燎求偶若渴的眼神，忍不住笑出声，说，"倒也是的。"

戴雪和丁蓝蓝听了，两人都高兴得一把抱住叶晶，"晶姐晶姐"地叫得沁甜。

凤飞飞见了，说："无功不受禄，无禄不立功，你们凭什么让晶姐这个还没谈过恋爱的大美女当红娘啊。"

"这……"戴雪和丁蓝蓝面面相觑。

"瞧你们那紧张样。"凤飞飞说，"这有何难，今晚就请晶姐吃消夜啊，正好我先前吃的都吐出来了，现在肚子空空如也了呢。"

戴雪和丁蓝蓝还是默不作声。

"飞飞。"叶晶望向凤飞飞，示意她不要替戴雪和丁蓝蓝安排。

凤飞飞从叶晶的话语中感觉出戴雪和丁蓝蓝家境并不宽裕，于是说："戴雪、丁蓝蓝，你们请客，我来买单，可好？"

戴雪和丁蓝蓝听了，心中一喜，却又表示不好意思让凤飞飞替她们请客。

凤飞飞解释说宿舍里只有她最后才来，叶晶和她们都是前辈，由她来买单，就是后辈敬前辈，何况，她正饿着呢。

叶晶说："雪儿、蓝蓝，你们就由着飞飞吧。这家伙是土豪，钱放在口袋里不花，慌着呢。"

戴雪说："蓝蓝，我们就领飞飞的情吧，若再不领情，就却之不恭了。"

"谢谢飞飞。"丁蓝蓝说，"晶姐，不好意思，我和雪儿就借花献佛了。"

凤飞飞听了，站起身来，说："现在大家就跟我走，步行街'维也纳斯'西餐厅。"

"好！"三人欢呼着，拥着凤飞飞奔出宿舍。

06

寻人启事

看到偌大的自习室只剩下自己一个人，叶晶开了手机看时间，手机屏上显示时间是16∶12。

今天周六，这蝴蝶们啊都飞走了，一定把满城满校园都点缀得色彩斑斓了吧。想到这，叶晶点了Ａ大论坛，想看看上面的"周末大八卦"上有什么好玩的东东，以放松一下，然后接着看书，坚持到6点后再到食堂吃晚饭。

浏览了几个帖子，叶晶感觉没有什么意思，正想离开时，却看到一则特殊的寻人启事，被寻的照片竟然是一幅画像。

都什么年代了，还用画像寻人？

叶晶觉得奇怪，不由得看了看画像。

这一看，吓了她一跳。

画像上的人，正是她叶晶！

画像的背景很简单，是抽象的Ａ大的樱花湖；画面的中心，正是微笑着的叶晶。

怎么回事？

叶晶迫不及待地往下看。

这是一则非常奇怪的寻人启事：除了标题，正文只写了几个字：Ａ大女生，请你看到自己的图像后，欣赏《寻人启事》这首歌曲，如果你心有灵犀，请拨打联系人电话。

联系人的署名也怪怪的——"容易"，后面写着两个联通手机号码。

《寻人启事》，这是一首歌？叶晶忍不住下看，除了视频链接，还配了歌词：

让我看看　你的照片　究竟为什么　你消失不见
多数时间　你在哪边　会不会疲倦　你思念着谁

而世界的粗糙　让我去到你身边　难一些
而缘分的细腻　又清楚地浮现　你的脸

有些时候　我也疲倦　停止了思念　却不肯松懈
就算世界　挡在我前面　猖狂地说　别再奢侈浪费

我多想找到你　轻捧你的脸　我会张开我双手　抚摸你的背
请让我拥有你　失去的时间　在你流泪之前　保管你的泪

而世界的粗糙　让我去到你身边　难一些
而缘分的细腻　又清楚地浮现　你的脸

我多想找到你　轻捧你的脸　我会张开我双手　抚摸你的背
请让我拥有你　失去的时间　在你流泪之前　保管你的泪

有些时候　我也疲倦　停止了思念　却不肯松懈
就算世界　挡在我前面　猖狂地说　别再奢侈浪费

看完歌词，叶晶点开视频。

音乐声响起来了，屏幕上显示的不是歌手，却是两只剪影般的黑手。

沙画！

叶晶早就听说现在网络歌曲很流行沙画视频，只是她整天忙于学习很少有时间在网络里泡，因此她从来没有见过这玩意儿，现在才得以观看。

当女歌手温柔缠绕的声音响起时，一只手在棕黄的背景上飞舞，只一瞬间，叶晶就看到背景上依次出现了蓝天、白云、一片光秃秃的樱花树，还有一湾清澈的湖水。

Ａ大樱花湖！

叶晶才喊出这几个字，那几根灵动的手指一抹，湖面上就弹出了一行文字：2017年9月12日下午5点16分，我在Ａ大樱花湖遇见了你，从此，我的青春在这里发芽。

随后，叶晶看到几根指尖往中间一并拢，只轻轻几抹，一个穿着白衣绿裙的女生鲜活地跃出来，蓝天白云和樱花湖等背景很快就被几行诗取代：

青春从我爱你开始

在这里发芽

从此一生一世

一世一生

我们的青春在这里开花

叶晶蒙了，因为那女生就是她！

朦胧中，她听到有人在说话，那声音深沉浑厚，很好听很好听。叶晶情不自禁地闭眼睛，全神贯注地聆听那声音在说什么，可无论她如何努力，那声音都若有若无、似幻似真。

当叶晶睁开眼睛时，画面已经变了：一位男生正单腿跪着，吻着女生手上的戒指……

歌曲唱完了，画面停止了变化，留在屏幕上的，是男生和女生盛大的婚礼。

叶晶不由得在心里惊叹：歌曲只播了4分钟，沙画视频却将男生和女生"相识——相恋——求婚——结婚"的故事场景全部图文并茂地表现了出来。

叶晶再回看歌词时，她的胸口有了一些异样的滋味：似酸，似苦，似甜、似暖……这些复杂的情绪丝丝相连，纵横交错，纠结成一团，塞得她胸口紧紧的。

这种奇怪的情愫第一次在叶晶心里产生，久久盘桓在她的心中。她的眼光长时间地聚焦在联系人姓名和那两个手机号上面，心湖开始涌动：试打一个电话过去！

正要拨号，叶晶又感觉有些冒失和不妥，就放下手机，继续看书。只看了几行字，叶晶又情不自禁地拿了手机，快速扫了一眼"寻人启事"上的号码，开始拨号。

当号码迅速拨出来时，叶晶看着屏幕上那一串陌生的数字，脸颊异常地发烫，心跳频率加快。虽然，她用另一只手捂住了胸口，但还是感觉到自己的心脏像一只被困在胸膛里的动物，憋得难受，在里面左冲右突、横冲直撞，似乎要炸裂开来。

矜持！

矜持！

叶晶喊了两声，双唇一咬，不按绿键就放下手机，躁如困兽的心脏像是被注射了镇静剂，立刻安顿下来。

回想起刚才的慌乱，叶晶觉得自己真有些莫名其妙。

只因为一则寻人启事，冷面女神就乱了分寸、动了芳心。这何止是莫名其妙，简直是荒唐可笑！

想到这，叶晶对自己刚才的举止情愫付之一笑。

笑过之后，叶晶绷紧的神经开始放松，她身子往椅子上一靠，纤指飞动，她在论坛的搜索引擎里打了"容易"两字。她要搜搜这个人，看看能够搅乱自己这个"冷面女神"一池春水的人，到底是何方神圣。

她搜到的关于容易的信息只有一条小消息：

Ａ大社团武术散打擂台赛霸主揭晓

记者　丁洋洋

连日来，在Ａ大灯光球场，各路英雄华山论剑，令人大开眼界，灯光球场成了武术爱好者心之向往的地方。经过为期两天半的激战，在观众的留恋中，Ａ大社团武术散打擂台赛4月1日晚落下了帷幕。

今年Ａ大社团武术散打擂台赛是我校第十届擂台赛，今年竞赛男子有128名高手参赛。3月31日晚上，武术散打擂台赛正式鸣哨开赛，经过初赛、复赛的激烈争夺，容易、米立、李光达这3名选手威猛杀入决赛。

紧张激烈的4月1日晚上的决赛中，来自机械学院的容易与来自体育学院的李光达争夺冠军。双方拳来脚往，赢得观众阵阵喝彩声。容易出手快捷，步步紧逼，使得对方招架不住，结果他以出色的表现夺得了冠军。

校领导李山、杨冰石、蒙火和各院校的一些领导观看了演出，并为获奖选手颁奖。

2016 年 4 月 1 日

消息的中间配有一张颁奖的图片：一位肥头大耳、慈眉善目的领导正微笑着将奖杯递给他对面的男生。男生正伸展着双手捧奖杯，他虎头虎脑，咧嘴笑着，憨态可掬。

整幅图片只有这两个人。

叶晶猜想：这个憨气十足的男生一定就是冠军容易了。

叶晶喜欢容易的模样：纯朴憨厚、亲切和蔼。

只是，看着他，叶晶心如止水！

喜欢只是喜欢，不是爱。

我还是我，冷面女神还是冷面女神。想到这里，叶晶松了一口气，全身的神经彻底松成了一根根煮熟了的软面条。

寻人启事已经贴在校园网的"周末大八卦"论坛里一天了，下面只有二楼回复：

[花满楼]：美女啊，可惜太抽象，看不出是谁。

[雨在水中写诗]：容易？那个土包子啊，还真当自己是霸主了，居然想吃天鹅肉了！

竟然会没有消息！

看到这里，林华关闭了校园网，按了容易的号码。

"呆子，有人打你电话吗？"

"有。"

"谁？她说什么？"

"你……问……问我……"

"我是说除了我，还有谁打你电话？"

"没……没了。"

"你是不是关机看书了？"

"我按你……你……说的，开机看书。"

"呆子——就知道看书！"林华说完，挂了电话，又呼了刘离的微信。

刘离："老大，我把那头像用手机拍了照片，和肥猫到食堂、操场和学校外面的超市、餐馆和水果店里转悠了一天，都没有对上号。"

林华：自习室图书馆去了吗？

刘离：这……

林华：懒虫，把这么重要的地方都给漏了。

刘离：不过……

林华：不过什么？

刘离：我和肥猫越看她越像一个人。

林华：谁？

刘离：不认识。

林华：唉！

刘离：你出关了？

林华：闭关一天接受老爸面授，现在自由了。你们在宿舍等，我这就过来。

　　叶晶回到宿舍，看到凤飞飞正安静地坐在电脑前，问道："什么稀奇事，能够让飞飞如此安静？"

　　凤飞飞头也不回，说："快过来快过来！"

　　叶晶走到凤飞飞身旁。

　　凤飞飞两眼看看叶晶，又看看电脑，说："晶姐，这人是你呢！"

　　叶晶知道凤飞飞正在看那则配了自己素描的寻人启事，问道："容易，你认识他吗？"

　　凤飞飞问："怎么，动心了？"

　　叶晶摇摇头，说："只是有点儿奇怪。"

　　凤飞飞摇摇头，却没有说话。

　　她对叶晶撒谎了！

　　容易，就是那个说话结巴憨里憨气帮她提包的男生，她当然记得。

　　只差一厘米，她就说自己认识容易。

　　就在她张嘴的瞬间，她的脑海里闪出刘离和费茅看到叶晶时的情景，话到嘴边就被她硬生生地吞回了肚子里。

　　容易，就是个书呆傻子，瞧他的着装气质，一看就知是个穷酸酸的屌丝。刘离和费茅从穿着到谈吐都不尿，这鬼精鬼精的两个人见了叶晶都被她的容颜气质震慑得自卑而逃，他容易哪还有胆量来招惹叶晶？容易、刘离、费茅与林华结拜为弟兄，他们三人都尊称林华为老大。看来，这寻人启事……非林华莫属。

　　想到这，凤飞飞惊出了一身冷汗！

　　在见到林华的第一眼，她就认定了林华是自己的白马王子。而她的白马王子，却正在殚精竭虑地寻找他的白雪公主，难怪……难怪他当天只打发刘离、费茅、容易三人来接自己，那是他对自己保持了距离。

即使是还没有怀春的男生女生见了那寻人启事，也不难从那歌曲那画像还有那沙画看出寻人者内心的焦渴。

不好，林华一定看到过叶晶！

只不过，当时他因为有要事在身，他只匆匆瞥了她一眼，还没来得及与她打招呼，就被迫离开了。

然而，仅仅只有那匆匆的一瞥，他就画出了她的风姿神韵……

想到这里，凤飞飞感觉她的胸里突然鲠了什么东西，挤压得她难受疼痛，忍不住"啊"了一声。

站在柜子前的叶晶听到凤飞飞的叫声，立即走到凤飞飞身旁。

"飞飞，你不舒服吗？"叶晶问。

"没……没有啊。"

"那怎么脸突然白了？"

"是吗？我原来很黑？"

"不，你一直都白的……"

凤飞飞突然灵机一闪，说："白……白教授白博士，也是Ａ大的，你认识吗？"

叶晶一边摇头，一边问："你男朋友？"

"我老公是林华，跟你说过的，你怎么就忘了？"凤飞飞骨碌着眼珠子说，"晶姐，你还没男朋友——这样吧，白简，我表哥，美国麻省理工学院博士后毕业，到Ａ大没几年就被破格晋升为教授，父母也都是高级知识分子，家里有车有房，我把他介绍给你吧。"

叶晶听了，笑着说："条件是不错哟，不过，这么优秀的俊才都还没有女朋友，是不是长得很……哈哈！"

凤飞飞说："错，绝对的才子加帅哥，如果不是近亲，我早就把他给抢了，哪还有机会介绍给你！"

叶晶虽然依旧笑靥如花，嘴却不饶人，说："既然又是才子又是帅哥又是海归教授，又有车有房的，居然还会剩下来，他是不是身体或者神经有问题？"

"呵呵。"凤飞飞笑着说："瞧你说什么鬼话，我表哥真的很优秀，他剩到现在，原因很简单——学习工作狂。"

叶晶"哦"了一声，说："我不喜欢介绍，像是愁嫁似的；我喜欢的，是自由恋爱。"

凤飞飞说："是女生都喜欢自由恋爱，但自由恋爱的也不一定都能成正果。"

叶晶说："那也不能为了恋爱而恋爱，为了结婚而恋爱啊。"

凤飞飞说："晶姐啊，你都大四了，其他大四的女生没有男友的都急得要死；你呢，一点儿都不急。你是知道的，女人如花，这花啊，无论有多美，总有凋零的时候，所谓有花折时堪须折，莫待无花空折枝，这女子一旦过了花季，再是金枝玉叶国色天香，也会因美人迟暮而无人问津！"

叶晶说："你这话说得也不错，但我还是喜欢顺其自然，不喜欢刻意……"

"行了行了，别说了，我忘了你是大美女，就像皇帝的女儿不愁嫁，即使宅在深闺，慕名前来的帅哥也会络绎不绝的——拿你手机过来，我加你微信，哪天我被林华休掉了，就拜托你分碗剩菜残羹给我吧。"

叶晶一边递手机给凤飞飞，一边问："你老公林华一定很帅吧，有机会带给我们宿舍的姐妹们瞧瞧！"

凤飞飞愣了一下，连忙说："哪有啊，是只带不出门的大青蛙。"

叶晶说："你这么贬自家老公，是不是怕我抢啊；你放心，只要是飞飞爱的，我成全都还来不及，哪能跟你抢啊。"

凤飞飞说："我放心你，但不放心他。"

叶晶笑着问："都喊作老公了，你还担心什么？"

"男人都花心，无论帅或丑。"凤飞飞说，"晶姐，以后劳驾你给我多盯着他点儿。"

"呵呵——"叶晶轻轻一笑，说，"好啊，我只要看到他对飞飞有一点点儿心猿意马，就把我们班上那一群帅哥全部介绍给你做备胎。"

林华他一个顶一万个呢。

凤飞飞心里这么想，却笑着说："晶姐真好，谢谢晶姐，飞飞以后就有劳你关照了。"

"还有我们呢，晶姐。"

叶晶和凤飞飞听到戴雪和丁蓝蓝的说话声时，看到她们正推门进来。

四人你一言我一语，说说笑笑，宿舍里充满了快活的空气。

07

就这么让男神抱了

林越推门走进林华的卧室，看到林华正侧身望着墙上的一幅画。画中央的姑娘巧笑嫣然，白衣碧裙，亭亭玉立，如一茎风荷，典雅美丽，超凡脱俗。

这姑娘好眼熟！

林越揣摩了一番，却想不起在哪里见过，再回看那幅画，墨色未干，鲜艳欲滴。

"华儿，怎么突然对人物画感兴趣了？"林越轻声问道。

林华依旧凝视着墙上的画，显然没有听到林越的话，也不知道他已经进来。

林越拍了拍林华的肩膀，问："她是谁？"

林华转过头，才看到林越，摇摇头，说："不知道。"

林越问："不知道你还画她？"

林华嘴角微笑，两抹红云轻轻升上脸颊。

他竟然有些腼腆了。林越想：华儿看到过的漂亮姑娘多如牛毛，只有由着他戏谑调侃的，何曾见他有过这种表情？

林越又问："她认识你？"

林华又摇摇头。

"哈哈！"林越笑着说，"你不认识她，她也不认识你，怎么成了你的画中人？"

林华说："有什么好笑的，我想象的！"

"梦姑，哈哈哈哈——"林越大笑，说，"有意思，什么时候起，我儿子变成虚竹了！华儿，你是我林越的儿子，得现实一点儿，那凤飞飞——你们怎么样了？"

"还不就那样。"

"就那样是哪样？"

"就那样就是那样呗。"

"你……"林越顿了一下，说，"我们可能有生意要做到星城去，凤父在那边也算得上个人物，或许有用得着的地方。"

林华说："就为了这个'或许'，你把儿子给卖了，你不怕影响自己商界巨贾的形象？"

林越说："凤家那丫头，我瞧着也没有林家媳妇的风范，但她爸凤一鸣，即将成为我们林家的有用资源，这资源不用，过期就作废了……"

林华说："那用过之后呢？"

林越说："或留用，或舍弃，一切随你。"

"啪啪啪啪——"林华一边鼓掌，一边说，"高，老爸就是高！"

林越有些飘飘然，说："不然，我们林家能把生意做到全世——"

"就因为你是这副德行，才被自己的初恋情人一脚给踢了！"林越的话还没说完，就被林华抢断了。

林越脸色有些变白，说："你妈是闲得没事了，整天就只知道跟你瞎说。"

林华说："我妈说得最多的，就是她一遇上喜欢的人就追着不放手，才有了我这个宝贝儿子！"

林越"哦"了一声，表情复杂，几分遗憾，几分恼怒，还有几分得意和幸福。他的右指在一字胡上一捋，说："华儿，老爸老了，你要真是我乖儿子，就早点儿结婚给我生一个大胖孙子，可别整天胡思乱想。"

"找谁？凤飞飞吗？"

"也不是不可以。"

"她不是我喜欢的菜。"

"你妈我原来也不喜欢，不也……"

"你那是被人踢了，只能将就着娶了爱你的人。"林华又问，"老爸，我是谁？"

林越莫名其妙地看着林华，问："你是谁？莫非还能不是我林越的宝贝儿子？"

"哈哈！"林华爽笑两声，说，"我是商业巨贾林越和天仙美女卓玲子生的宝贝儿子林华——一代男神是也。"

林越听了，也哈哈大笑起来。

林华见了，说："既然是一代男神，爱我所爱，娶我所娶，宁缺毋滥，绝不将就！"

林越听了，说："有种，和老爸当年一个模样！只是……"

林华打断林越的话，说："你是你，我是我，长江后浪推前浪，老爸，你的儿媳妇，一定是我的最爱，她是天下最美的女神！"

林越说："那样的女神你去哪里找？还是现实一点儿，气质长相配得上我们林家就行，遇上了如意的就带回来给我和你老妈看看，最好你一毕业就结婚，我们等着抱孙子呢。"

林华看了看墙上的画像，自言自语道："你在哪里，叫什么名……"

就在这时，手机闹钟响了，林华看了看墙上的画像，依依不舍地出门。

叶晶从老师办公室出来，匆匆赶到Ａ大本科生特等奖学金答辩会会场的主楼后厅时，听到推荐人正在介绍一名候选人："他是星火十一成员，他是美国加州伯克利、斯坦福大学本科生访问学者，他设计的机械模型曾获Ａ大挑战杯特等奖，他发表过四篇SCI及国际会议论文，他做了一次国际会议口头报告，独立完成了三篇共计68页、16000词的英文学术报告，他还在一次重要的国际交流会上发现并指出了一位著名教授的错误。斯坦福的一位教授曾经这样评价他：他一个暑假的研究成果超过我们很多研究生一年的成果……"

学霸，不，简直就是学神啊。叶晶在心里啧啧称赞。这时，大厅里掌声雷动，观众的视线一齐往答辩台上聚焦，有几个女生站起身欢呼："男神来了！"

叶晶往台上一望，差点儿叫出声来。这个真正的学神，他怎么可以长得这么帅啊！

台子中央的林华一改其他男生候选人的西装革履的打扮，他穿一件白底浅绿色的宽格子衬衣，搭一条军绿色的西裤，腰上系一条黑色皮带，看上去像一根素雅挺拔的竹子，充满着生机与活力。

"大家下午好，我来自机械系……"

林华刚一开口，叶晶就想入非非了：这声音珠圆玉润，洪亮雄浑，好听极了，似乎在哪里听到过。她听得脑子砰地发出一声炸响后，整个人犹如触电一般，呆了好一会儿。猛然间，那个在樱花枝条里一闪而过的火红的背影浮现在她的脑海——

他！

绝对是他，这磁性好听的声音，不是他的还能是谁的？

想不到，竟然能够再遇上他！更想不到，他竟然是学神！万万没有想到，他竟然帅气到爆表！

他……他叫什么名字？

因为来晚了，叶晶没有听到介绍人说林华的名字。后悔，在叶晶心里油然而生：先前怎么就不能跑快一点儿呢，只需要提前一分钟甚至几秒钟，就能够听到他的名字了。

问问邻座的吧。叶晶思去想来，左顾右盼了一番，发现自己周围坐的全是女生，每一个的眼睛都直勾勾地盯着台上，似乎想用自己钩子般的眼睛把台上的男神钩到自己跟前。

这可是大庭广众之下啊，一个个如狼似虎，至于吗？叶晶的嘴只开启了一半，又缓缓合上了，却又忍不住抬头往台上望去，发现那男神正盯着她，目光灼灼。啊！叶晶在心里发出一声惊叫，赶紧低了头，两颊滚烫，心慌意乱，双手捂住胸膛，双眼的余光却悄悄往台上瞧。

　　"科学的诗意和美好鼓励我一直前进，我愿用机器学习理论来推动世界的改变！"叶晶这时候终于重新听清楚林华说的话了，然而，就在这时候，林华已做完自我介绍，说了声"谢谢大家"，朝着台下鞠了一个躬，转身往台子边上走了。

　　叶晶望着空空的台子，怅然若失。这时，她感觉到手机在振动，掏出手机看了看，是凤飞飞，上面竟然有她五六个未接来电。叶晶方想起昨晚她约自己今天下午陪她逛街，因为当时一时忘了今天下午有特等奖学金答辩会，就一口答应了。凤飞飞连打几个电话自己都不接，她一定火急火燎了。尽管有些不舍，叶晶只得站起来，匆匆往外走。

　　林华在台上做自我介绍时，突然看到了坐在大厅右边角落里的叶晶，他喜出望外，当时就想跑下台找她说话，却又抑制住自己澎湃的心潮，继续安之若素地做自我介绍。他一走下台，就迅速朝叶晶坐的方向跑，却发现那座位上坐着的是另一个女生。

　　难道是自己眼花了？林华一边朝着自己的亲友团走去，一边想。

　　"老大，太棒了！"刘离、费茅和容易几乎异口同声，欢迎着林华。

　　"我看到她了！"林华说。

　　"不对劲啊。"费茅一边转着眼睛珠子看林华，一边问，"她是谁？在哪里？"

　　林华说："我也不知道她是谁，我刚才在台上看到她坐在右角的第一个座位上，现在就不见了，像一阵风。"

容易眼睛一亮，问："是……寻……寻人启事上的她……她吧？"

林华点点头，肥猫拍着手站起来正要捶打他的肩膀，后面有女生马上抗议："前面的，你那肥屁股有什么好看的，快坐下！"

林华"嘘"了一声，坐回椅子上，费茅也坐回椅子上，四兄弟一起安安静静地看答辩会。

星碎如银，月华如雪。

看到那一池清幽晶亮的湖水，叶晶才意识到自己信步到了樱花湖。她看了看手机，屏幕上显示的时间是晚上10：28。

叶晶感到有些奇怪：她已在自习室上了3节自习，时间很晚了，怎么还会来到樱花湖？

此时的樱花湖极静，碎玉般鸣响的水流声更是声声清晰入耳。

满池的湖水被洁白的月华洗涤着，似霜，似雪，似鱼鳞。一弯月牙，倒映在水中央，如一叶金色的扁舟，在波光里荡漾。初看那月牙，叶晶的心中觉出了些微的暖意，再看时，觉得它无依无靠、形影相吊。

一弯孤月！

叶晶脱口而出，几滴眼泪也随之涌出来，挂在眉睫上，晶莹如月光。

正在这时，叶晶突然感到背上和腰间无比的温暖，她回过头，只看到一蓬头发。

不好，有人搂住了自己！

叶晶挣扎。

"你真美，我的女神！"

叶晶听到一个声音说。这声音磁性、厚重。

是个男人，流……

叶晶不敢想下去，双肘左冲右撞，拼命挣扎。

那双手却越箍越紧。

"‘寻人启事’找不着你，我只好在你出现过的这里等。十天……只十个下午和晚上，我竟然在这里等到你了，老天对我真好！"

叶晶早已惊成了一只被缚住了双翅的小鸟，见双肘冲撞不脱那人的铁手，急了，低了头，张嘴，一口咬下去。

只听得"啊"的一声，叶晶感觉到腰间一松，左脚往前一个箭步，朝着林荫道飞奔而去。

"明天晚饭后，我在这里等你！"

虽然叶晶快如脱兔，还是听到了背后嘹亮的喊声。

拐过几道弯，行人渐多，叶晶往后一看，樱花湖已不见踪影，才缓了脚步。但叶晶不敢立即回宿舍，因为她觉得自己还惊魂未定，如果这时回到宿舍，凤飞飞、戴雪她们一眼就能看穿她内心的惊慌，追问起来，她该如何是好！

想到这，叶晶往右拐进一条小道，闪进一棵桂花树下，掏出纸巾擦汗。额头、脸颊、脖子、背上、胸上、腰间，甚至手心都全是汗，叶晶用完了整整一包纸巾，还觉得全身湿漉漉的。

擦了汗水，叶晶从桂花树下走出来，还感觉到心脏在"咚咚"跳，看到旁边有一条长靠椅，双手捂了胸口，坐下去歇息。

心跳慢慢地恢复正常，刚才的一幕涌上脑海。

天啊，我就这样让一个男生抱了！

叶晶想到这就可怕。

更可怕的是，对于这突然而至的搂抱，叶晶只有惊慌，没有讨厌，甚至，她还感觉到了喜欢和温暖。

荒唐至极！

在她猛回头的瞬间，她看到的只是那男生额前的那一片头发，未见其人，只闻其声，她就让那男生给抱了。

那突如其来的搂抱让她措手不及，强大、野蛮、霸气。

可叶晶不但没有愤怒，她竟然开始回味那一身的温暖，尤其是那浑厚和温柔的声音。

这声音，怎么那么熟悉？

想到这，叶晶情不自禁地闭上眼睛。她感觉到自己的脑海开始涨潮，一个声音从远天响起，随着潮涨潮落和潮落潮涨，它从夜幕和树林里有节奏地传过来，驻足在她的发梢，沿着她白如弯月的耳朵缓缓往里滴，人，就周身觉得熨帖了。

只匆匆一瞥，他竟在那里等了我十个下午和晚上！想到这，叶晶感觉自己的心里也燃起了一团火，在胸腔里跳动。

邂逅。

寻找。

等待。

搂抱。

刚才、今天下午的答辩会，还有那天傍晚……三次的声音完全吻合。

容易！

叶晶忆起那则寻人启事上的那个名字。是他，都是他！

他不是猥亵男。

他是纯情男。

他是学神！

明天要不要见他？

这个问题像一些弯七弯八的毛线，纠结在叶晶的心里，直到她走回宿舍，也解不开这个线团。

戴雪和丁蓝蓝已经睡了，凤飞飞坐在床上玩手机。若是平常，叶晶只要一进宿舍，凤飞飞就会拉着她说长道短。可今晚，叶晶洗刷完毕，凤飞飞还是头都不抬地玩手机。叶晶觉得凤飞飞有些奇怪，问道："飞飞，你玩什么那么痴呆啊？"

凤飞飞看到叶晶回来了，忙招手说："晶姐快来，帮我看看这些信息哪一条最好。"

叶晶走到凤飞飞床边坐下，接过她的手机，看到她的轻笔记里保存了十几条信息。

看到叶晶迷惑不解，凤飞飞解释说："都是表白爱情的，你看我选哪一条发出去好？"

叶晶更奇怪了，问："你不是有林华老公了吗？还要向谁表白啊？难道你想脚踏几只船？"

凤飞飞说："哪里啊，我是向林华表白呢。"

叶晶一听，抬高了声音问："什么？你是向林华表白？他不已经是你老公了吗？怎么还要向他表白？"

凤飞飞顿了一下，面带羞涩地说："我们还没有开始，只是在见到他的瞬间，我就在心里把他注册成我老公了。"

"呵。"叶晶微微一笑，说，"飞飞真有意思。不过，你不是自诩谈过几次恋爱了吗？怎么还愁写求爱信？"

凤飞飞说："原来都是别人追我，现在是我去追别人，我这是花姑娘上轿头一回的，可难着了，更何况，这人是林华。"

叶晶不以为意，说："是林华又怎么了？"

戴雪和丁蓝蓝这时同时从床上弹起来，飞鱼一般跳了下来，在叶晶

墨芳华

和凤飞飞身旁坐下。

叶晶问："你们怎么不睡觉？"

戴雪说："听到飞飞要向林华表白，睡不着了。"

叶晶问："飞飞向林华表白，你们怎么会睡不着？"

丁蓝蓝说："晶姐，你不知道飞飞想要表白的林华是谁吗？"

凤飞飞听了，摇着头眯着眼暗示丁蓝蓝不要说话，丁蓝蓝却不明其意，说："林华，就是我们Ａ大的校草啊！"

"校草？"叶晶不懂是什么意思，问，"Ａ大校园里的草……草包？"

"哈哈——"戴雪和丁蓝蓝捧肚大笑。

凤飞飞也"呵呵呵"地笑起来。

还是戴雪先忍住笑，说："校草就是学校里大家公认的最帅的男生啊，晶姐你怎么连这个都不知道？"

叶晶才知道自己刚才闹了笑话，两颊迅速红成了玫瑰瓣，一双眼睛望向凤飞飞，责怪道："臭飞飞，都是你惹的祸。那天，你明明告诉我林华是青蛙男的。"

凤飞飞笑盈盈地说："这也只怪你长得太让我不放心了，我是怕啊，只要你对他一动心思，我凤飞飞就完蛋了。"

丁蓝蓝说："晶姐，那林华帅极了，Ａ大的女生嫌'校草'还配不上他，都叫他男神，听说，光我们Ａ大追求他的女生啊，多得像我们Ａ大的樱花呢。"

叶晶听了，两眼望向凤飞飞，说："怪不得飞飞要藏着掖着呢。"

凤飞飞打断叶晶的话，说："晶姐，他可是我抢先注册了的老公啊，你可不能跟我抢啊！"

叶晶却笑着说："我可以不抢，但别人会抢的，谁让飞飞你的眼光那么高啊！"

丁蓝蓝说："飞飞，这你就不对了，林华现在又还不是你男朋友，谁都可以抢的。"

凤飞飞白了丁蓝蓝一眼，噘起嘴说："谁都可以抢，晶姐除外。"

戴雪望望凤飞飞，又望望叶晶，说："我明白了，飞飞是怕魅力不抵晶姐，才不许她抢的吧。"

凤飞飞拍拍胸膛说："东风吹战鼓擂，我是狐仙我怕谁！"

丁蓝蓝说："既然不怕，大家就来个公平竞争。"

"哈哈哈哈——"凤飞飞大笑几声，手指指向丁蓝蓝和戴雪，问，"你们？哈哈哈哈——"

丁蓝蓝说："我是说晶姐和你。"

凤飞飞无语，双眼瞪向丁蓝蓝。

叶晶见了，连忙微笑着说："飞飞魅力四射，叶某甘拜下风。"

"你们瞧。"凤飞飞得意地说，"谢谢晶姐，还是你疼我。"

戴雪哼了一声，说："一个巴掌拍不响。"

"你什么意思啊？"凤飞飞听了，一把抓住戴雪的手臂，戴雪痛得"哇哇"直叫。

叶晶两眼望向凤飞飞，说："飞飞，你那信息还要不要发啊？"

"当然，都怪丁蓝蓝和戴雪，害我把正事忘了。"凤飞飞手指一松，说，"大家快帮我想想，满意了，我明天请吃哈根达斯冰激凌。"

听说有哈根达斯冰激凌吃，戴雪也不嚷手臂痛了，把头凑到叶晶拿着的手机前看信息，丁蓝蓝也围了上去。

叶晶、戴雪和丁蓝蓝三人看完凤飞飞存的短信，都说表达得太露骨了，缺少女生的温柔；女追男，是要矜持和文雅的，男生才喜欢。

凤飞飞开始说直白火辣方显她的本性，她要将自己最真实的一面呈现给心上人，后来见叶晶、戴雪等人一致反对，就无语默许了。

经过四人反复推敲斟酌，拟定了这条信息：

华哥哥，我只看了你一眼，就被拴住了，这一拴叫作永远。

从现在起，我们约定：春天，永远属于我们，好吗？凤飞飞

信息写好了，凤飞飞没有点发送，而是把它保存在轻笔记里，然后删掉了其他信息。大家问她原因，她说要等到凌晨再发出去，因为那是一天最早的时光，象征着美好。戴雪认为凌晨里有"0"，"0"即空。凤飞飞没等戴雪解释完，就说她已决定改到清晨6点16分了，这样就是六六顺了。

看到大家一致点头，凤飞飞说："睡觉，明天我要早起。"

叶晶说："晚安，祝你好运。"

凤飞飞朝着叶晶做了个鬼脸，说："只要你不捣乱就成了，晚安！"

戴雪和丁蓝蓝已哈欠连天，祝福也懒得说，爬上床上睡了。

不一会儿，宿舍里就响起了凤飞飞她们熟睡时的呼吸声，只有叶晶不眠。

月光，透过窗帘照进来。枣红色的地板砖闪着粼粼的银光，看上去，像一条波光闪烁的湖。樱花湖缓缓涌进叶晶的脑海，涟漪轻漾，漂浮着她今晚回头看到的那一片黑发和答辩会上看到的那皓眸俊脸，还有她在网上搜到的那张饱满憨厚的脸。

这脸……这气质神韵……不对，明显不是一个人！怎么回事儿？到底去不去见他？

叶晶心中一惊，掉进矛盾的旋涡里，一夜未眠。

08

衣模

　　叶晶站在镜子前，看着身上刚换上的第三身衣裙，还是不如意，就叫坐在床上的凤飞飞帮她当参谋。

　　凤飞飞正在接听林华的电话，哪有空闲管她，只右手一挥表示没空，就继续接听电话。

　　凤飞飞挂了电话，从床上蹦起来，欢叫着说："好开心好开心啊，晶姐，昨晚发的信息一炮打响了，林华约我下午一起逛商城呢！万岁！万岁！万万岁！"

　　叶晶看着镜子中的自己，没有回头，轻声骂道："难怪不理我，重色轻友的小狐狸精！"

　　凤飞飞正拿了粉底往脸上拍，一边拍一边说："狐狸精，骂得好，我喜欢。如果我不是狐狸精，怎么迷得了我老公林华？"

　　叶晶忍俊不禁，笑着说："飞飞，自古以来这狐狸精都是用来骂风骚女人的，你倒自己叫上了，不怕别人在背后戳你脊梁骨？"

　　凤飞飞说："我有什么好怕的！自古以来，不是所有的女人都能称得上风骚的，这风骚何尝不是一种魅力？历史上能够有资格被骂作狐狸精的女人都是凤毛麟角，哪一个不是魅力四射的绝色佳人？"

　　凤飞飞说完，没听到叶晶回话，回过头，看到叶晶还在穿衣镜前试衣服，觉得非常奇怪，想上前问问她是怎么回事，但看到墙上挂钟的时间距离林华约见的时间不远了，忙拿了手包就往门外冲。戴雪和丁蓝蓝两人恰巧手拉着手跨进来，戴雪的一只脚踩在了凤飞飞的右脚上，凤飞飞尖叫一声，来不及骂戴雪，一瘸一拐地往外走。

戴雪张嘴正要道歉，看到凤飞飞已扭出去，不由得向丁蓝蓝伸了伸舌头。丁蓝蓝也觉得奇怪，看到叶晶在试衣服，正想问她原因，却被叶晶的美惊呆了。

叶晶穿上了一件白色贴身真丝旗袍，纤手细腰、丰乳肥臀，无不凹凸有致、性感撩人。一头长黑发高高盘在头顶上，圆如满月，一改披发时的青涩稚嫩，添了几丝女人的妩媚华贵。再看镜中，一排豌豆形的青花布扣和四朵桃花状的青色花朵从衣领开始点缀，穿过高耸的胸前斜伸到左腰间，衬着白里透红的鹅蛋脸，既娴静如临花照水，又娇艳似玫瑰绽放，小小的宿舍，一时被其灼灼的艳光照射得亮光闪闪。

宿舍里沉静了许久，方被叶晶的话语打破。她转过身子，对着有些发愣的戴雪和丁蓝蓝说："你们回来了，帮我看看这袭旗袍能不能穿出去。"

戴雪和丁蓝蓝这时才从叶晶的摄魂魅力里走出来。

戴雪说："晶姐，你这袭旗袍一上身，我就想自杀了。"

叶晶杏眼微睁，问："怎么了？"

戴雪："被你这一衬，我就变成恐龙蛋了。"

叶晶微微一笑，拉住戴雪的手，轻声说："雪儿，瞧你说什么，你比我丰满，女人味儿十足，是男生喜欢的类型呢。"

丁蓝蓝说："晶姐，瞧着你这纤腰肥臀，我真恨自己是女儿身了。"

叶晶："什么？"

丁蓝蓝："太性感了！"

叶晶的脸窘得通红，慌忙脱了旗袍，拿了校服往身上穿。

"不要啊，晶姐。"丁蓝蓝和戴雪异口同声道。

叶晶说："瞧你们那色相，我就知道自己穿得太妖冶了。第一次……还是大方得体些好。"

丁蓝蓝听了，兴致勃勃地问道："第一次见男朋友？"

叶晶娇嗔地骂道："瞧你，就知道往那事儿上想。我……是第一次去面试，最近手头有点儿紧，找了个家教的活儿。"

说完，叶晶换上校服，要戴雪和丁蓝蓝陪她上街另买一身衣裙，两人欣然一同前往。

车子快驰到丽都大厦时，凤飞飞远远看到了叶晶的背影，虽然她只穿着蓝色的校服站在人流如织的丽都大厦的门前，却如万花丛中的一茎蓝色妖姬般别致醒目。

凤飞飞兴奋地挥了挥手，正要叫叶晶，却突然用双手捂住了嘴。林华看凤飞飞的表情有些异样，问她怎么回事。凤飞飞支吾了两声，说她突然肚子有些不舒服，有些想呕。

坐在后排的费茅说："想呕，八成是有了。"

凤飞飞转身骂道："有你妹啊，死肥猫！"

容易听了，问道："飞飞，肥猫说你……有什么……你生气啦？"

凤飞飞一对黑眼珠子朝着费茅直翻白，没有回答。

刘离、费茅还有林华都"哈哈"大笑，容易也跟着笑起来。

戴雪和丁蓝蓝一左一右地站在叶晶两旁，两人都挽了叶晶的手正要走进丽都大厦，叶晶却突然往后退，跑回人行道上。

两人追上叶晶时，看到她两眼湿红，问叶晶怎么了，叶晶说："没什么……只是突然想起了爸妈。"

两人都觉得叶晶这话说得有些莫名其妙，想继续追问时，却看到她的两池清泓里已经冒出了几颗泪珠，就对看了几眼，眨着眼睛摇头示意不要继续问叶晶，默无声息地紧随着叶晶，跟着她朝着步行街走去。

叶晶从试衣间里走出来时，店子里的所有人都愣住了。

她穿的虽只是一身齐膝粉底碎花淑女连衣裙，微修腰身，略显宽松，一身曲线却彰显得恰到好处，胸前别一朵白色蝴蝶结，既显清纯典雅，又呈柔美飘逸。先前盘着的头发散开了，瀑布一般地直泻在肩背上，衬得如她洁白如雪的两颊更加光洁如玉；那微微含笑的双眸里涌动着淡淡的蓝光，如蓝宝石一般晶莹剔透，摄人魂魄。

看到所有人的目光都聚焦于自己身上，一个个瞠目结舌，叶晶的笑靥顿时摇曳成两片红霞，轻声问："怎么，不好看吗？"

"啪啪——"店子里响起了清脆的掌声。

丁蓝蓝和戴雪看到店主和一些顾客都在鼓掌，也跟着鼓起掌来。

听到掌声，叶晶的脸燃烧得更加娇艳绚丽，说："雪儿、蓝蓝，一件普通的裙子罢了，你们用得着这么抬举我不？"

店主抢着说："漂亮，这衣服其他人试了都很一般，你穿上，我这整个店子都给亮起来了。"

丁蓝蓝说："是啊，艳光四射，实在是太漂亮了！"

戴雪说："又含蓄内敛、清纯温婉的。"

叶晶说："你们是不是要集所有漂亮的形容词于我一身上啊，那我成什么了，四不像啊——依我看，这身衣服还过得去。"

叶晶怕店主因为众人的称赞抬高价格，显出不够满意的表情。

店主却说："姑娘，这衣服免费给你了，你拿去穿吧。"

此言一出，不只叶晶，丁蓝蓝、戴雪，还有店里的其他员工和顾客都以为自己听错了，睁着眼睛看着店主。

叶晶缓了口气，说："老板，你开玩笑吧。"

店主的头摇得像拨浪鼓，说："绝无戏言。"

叶晶大感意外，说："无功不受禄，说吧，标价368元，打几折？"

店主说："本店上的都是新货，一律8.8折，这衣服打折下来是323元，我真的不收你的钱，不过……"

叶晶问："不过什么？"

店主说："姑娘还是学生吧，每天利用课余时间来我这里当两小时的模特，除了这身衣服免费，1小时我开你80元的工资，怎么样？"

叶晶还没回答，丁蓝蓝就抢着说："行啊，晶姐。"

叶晶却摇摇头。

店主说："100元1小时如何？"

叶晶说："谢谢老板垂青，不是钱的问题，我现在还是学生，重要的是学习。"

店主听了，说："也是的，但你真是个好衣模。唉，遗憾。"

最终，叶晶以288元的价格买下了这身连衣裙。当她和戴雪、丁蓝蓝走出店门时，店主还在背后喊："姑娘，你要是想好了，本店随时欢迎！"

逛了一上午街，三人都累了，都躺上床上休息。刚要入睡，凤飞飞的笑声在宿舍过道上响起，由远到近地飘进宿舍里来。

戴雪坐起身，骂道："凤飞飞你烦不烦啊，也不睁大眼睛看看，大家都在睡觉呢，你笑什么笑啊！"

凤飞飞虽然已经一脚踏了进来，还是双手捂着肚子笑，上气不接下气地说："哈哈……太搞笑……太搞……哈哈哈哈……笑了，我……笑了……一……一路呢，哈哈哈哈哈……"

叶晶和丁蓝蓝也坐起身，叶晶看着凤飞飞双手压着肚子还笑得前俯后仰，就说："飞飞，你忍住啊，别笑了。笑岔气了，有你好受的！"

听叶晶一说，凤飞飞明显感觉到胸口疼痛了，她牙一咬，强忍住不笑，不仅脸憋得通红，还眼泪直流。

叶晶跑过去扶她坐下，说："别动，我给你倒一杯蜜水来，你一小口一小口地喝，休息一下就没事了。"

戴雪闷笑，轻轻对丁蓝蓝说："没想到，晶姐还是个乌鸦嘴。"

丁蓝蓝咧嘴一笑，左掌捂嘴，右手示意戴雪不要说话。

凤飞飞喝了几口蜜水，眯着眼睛休息了一会儿，觉得自己气定神闲了，说她今天和刘离、费茅、容易三人一起陪林华到丽都大厦买衣服，那容易就像刘姥姥进大观园出尽了洋相，引得店员和顾客一个个哈哈大笑。

丁蓝蓝和戴雪听了，精神一振，嚷着要凤飞飞陈述当时的情景。凤飞飞望见叶晶神情有异，就说她刚刚笑岔气，再笑就没命了，以后有时间再慢慢聊也不迟。说完，她望了望叶晶，又补充了一句："就两个字——'土鳖'！"

叶晶听了，心想：网搜到的容易确实有些土鳖，站在答辩台上的那个学神，却是帅得不能再帅的男神，哪有一点儿土鳖的影子？这，到底是怎么回事？

凤飞飞看到叶晶稍皱眉头，不由得心中嘀咕道：从林华今天对自己的态度来看，那寻人启事似乎与他无关；那个土包子容易怎么知道叶晶，又怎么有狗胆寻找叶晶，她都不想去理会。看晶姐现在的表情，显然对他已经有了好感，只要叶晶有了情感归宿，林华就安全了，我得撮合他们才对。

于是，凤飞飞补充道："他理着一寸长的小平头，看上去诚实纯朴，精神抖擞的，威武雄壮，蛮给人安全感的。"

叶晶听了，心中释然。因为，昨晚抱她的那个男生是一头密发，显然，他不是凤飞飞说的那个容易。可那寻人启事怎么又写了这个名字呢？叶晶正在斟酌这事，凤飞飞娇滴滴地说："晶姐，我今天好开心好开心啊，林华今天拉我的手了。"

叶晶问："执子之手，与子偕老。这林华真是要与你相守一辈子啊，飞飞，恭喜你！"

凤飞飞听了，不由得暗自得意自己的心机：下电梯时，她看到林华站在她前面准备拉第一次乘电梯的容易，就故意差点儿摔倒，林华的手就拉住了她，容易手慌脚乱，摔了个狗扑屎。

戴雪说："分享开心事，是要请客的呢。"

凤飞飞说："请就请，晚餐上维也纳斯，一人一份牛排套餐，如何？"

"就这样，好！"戴雪说道。

丁蓝蓝和叶晶也点头赞同。

见大家一个个面带笑容，凤飞飞开始说起她与林华等一起逛街，陪他到丽都大厦买衣服的事来。

见叶晶知道了林华是男神之后依然不以为意，还一口一句要成全和祝福自己，凤飞飞不再担心她对林华有非分之想了，就直说道："林华一穿上我给他相中的那一身zara的休闲西装啊，那个帅啊，比杨洋还棒！"

戴雪插嘴道："你就为这点儿事开心啊。我们上午陪晶姐到步行街服装城的一个店里买衣服，店主都被她雷倒了，不仅要免费送她衣服，还要拿钱请她当衣模呢。"

丁蓝蓝附和道："是啊，是啊，太漂亮了，艳光四射，魅力无穷啊！"

凤飞飞白了两人一眼，说："晶姐的魅力我还不知道，用得着你们啰唆不？我老公林华啊……"

丁蓝蓝打断凤飞飞的话说："飞飞，你就别秀你那老公了，再秀下去，我们就觉得只有他才能和晶姐般配了！"

"你……"凤飞飞被丁蓝蓝一语击中了软肋，半天说不出话来，噘着嘴生气。

叶晶见了，连忙说道："蓝蓝，胡说什么呢，飞飞可是最迷人的狐狸精呢，你看，都陪帅老公买衣服了，你还拿我开什么心啊。"

听叶晶的口气，她是真不会跟自己抢林华的。凤飞飞开心了，瞪着丁蓝蓝说："还要不要吃牛排啊，乱点鸳鸯谱的人？"

丁蓝蓝说："就算我没有口德，在心里还是祝福你有情人终成眷属的；另外，你要是少了我那份牛排，我跟你急。"

凤飞飞说："逛了一个上午，累死了，大家都睡觉吧，睡饱了，下午才有劲儿吃牛排啊。"

大家听了，一个个都钻进被子里睡觉，宿舍旦迅速安静下来。

09

等你五百年

从维也纳斯出来，叶晶与众人告别，说是要到学生家里去面试。

凤飞飞叮嘱道："晶姐你这么漂亮，小心一点儿，别让家长起歹心啊。"

戴雪问："晶姐，你带家教多少一小时？"

叶晶说："60块，学生、家长满意了可以涨一点儿。"

丁蓝蓝劝道："这比那店主答应给你的少多了，还十分辛苦，晶姐，你还是到那家服装店当模特吧，站两小时就是200块啊，还可以天天穿漂亮的新衣服，多过瘾啊！"

叶晶说："当衣模，那是花瓶的活儿，我不喜欢；家教虽辛苦，却能让自己学到东西。"

凤飞飞正要发表意见，却远远看到林华和刘离他们四人的背影，大叫了一声"华哥哥"。林华没有转身，继续往前走。凤飞飞来不及与叶晶她们说再见，朝着林华他们追过去。

丁蓝蓝望着凤飞飞的背影哼了一声，骂道："瞧她那副德行，就是个重色轻友的家伙。"

叶晶说："蓝蓝，你可别骂飞飞，以后你恋爱了，也会是这个样子。"

丁蓝蓝说："这……我和雪儿的事，就有劳晶姐你了。"

叶晶点点头，说："我以后一定会关注的，不过，我嘴笨，不及飞飞的伶牙俐齿，他男友林华也是理科男，班上一定不乏优秀男生，你们别总是笑话她，她这人得哄，你们嘴巴放甜一点儿，兴许她起的作用比我大呢。"

看到两人连连点头，叶晶右手一挥，说了声"Bye"，径直朝前走去。戴雪和丁蓝蓝都转过身子，往A大方向走。

叶晶没说谎，她真的接了为一个小学生辅导英语的活儿。这小学生名叫李丽，爸爸在南方工作，家里只有她和妈妈。听了小姑的介绍，她就爽快地答应上李丽家里跑一趟。

听到敲门声，李丽妈妈拉开门，看到叶晶就喜欢上了。她只让叶晶说了一小段英语，就定下了叶晶姐辅导女儿的事：每周两次，周末还是周一至周五的晚上，具体时间由叶晶定，只要叶晶不嫌弃，晚上辅导完李丽后可以住在家中。

叶晶欣然答应，看了看手机，发现距离约会的时间没有多久了，就告别了李丽母女，下了楼，叫了滴滴打车，直往Ａ大樱花湖奔去。

时间越来越近了，却一路惨遇红灯，的哥是个急性子，每遇红灯就骂。

叶晶虽无语，心里却比的哥还急：第一次约会就迟到，不管对方态度如何，自己总归是很难为情的。

越是这样想着，叶晶越是忐忑不安，每遭遇一次红灯，她的心脏就随着的哥高亢的叫骂声跳得越发猛烈。20分钟后，当Ａ大东校门隐隐在望时，叶晶想长舒一口气，却发现自己已经没有了力气。

车子进入Ａ大后，不一会儿就驶进环湖路，叶晶示意的哥停车，按了付款，提着裙子走下车。

看到直通湖畔的大道上有很多情侣在漫步，叶晶折进小径，跑一阵走一阵地往相约的地点赶。

当她气喘吁吁地赶到目的地时，看到一个男生背朝着她，正在弹吉他。

"对不起，你……我……来晚了。"叶晶开口说话，上气不接下气。

那男生没有说话也没有回头，继续弹他的吉他。

已经迟到半小时了，他该是早走了。想到这里，叶晶以为自己找错人了，赶忙道歉："对不起，我认错人了。"

叶晶尴尬极了，转身快跑。

"回来！这支吉他曲是我献给你的，你不想听听？"

如闻惊雷！

这，就是那个令叶晶神往痴迷的声音！

她刹住脚步，脑袋里突然缺氧，正常的思维也没有了，一动不动地站在原地。好半天，她才回过神来。

是他！真的是他！

想到这，叶晶心中一暖，眼睛一热，几颗泪珠涌了出来，挂在眼睫毛上，如挂在草丛上的冰凌花，洁光闪烁。

优美淳朴的吉他声再次响起，叶晶闭着眼聆听。

虽然，她不曾学过吉他，但从小喜欢欣赏。因此，她只凝神一听，就听出了他弹的是西班牙吉他名曲《爱的罗曼史》。

乐声轻柔舒缓，恍如被轻风吹动的湖水，泛起阵阵涟漪。叶晶依然闭着双眸，脑海里浮闪出雨滴白荷、春燕拂水等宁静温馨的景象；乐音渐高，次第响亮高亢，叶晶仿佛看到了裂云穿石，荷花坠水，惊燕慌飞，她感觉自己的心突然被雷声劈成了几块，疼痛异常，乐音就在这时停下来，尽管她屏气凝神，还是听到了自己微弱的呼吸；在片刻宁静过后，乐声再次响起，如开始那般柔和曼妙，叶晶觉得她破裂了的心瓣被一些药粉粘在了一起，伤痛渐愈，脑海里又浮起那些被惊落的花朵，它们已散作白玉点点，随着水流，缓缓地移向远方；乐声愈来愈轻，也愈来愈低，最后完全消失，万籁俱静。叶晶睁开双眼，看到如花的秋霞在远方的树梢上流连缠绵，叶晶觉得，除了宁静安详，还有一种东西此刻在她的全身荡漾，这东西叫作温暖。

叶晶缓缓转过身，看到自己距离他10多米远，看不清他的模样。他依旧坐在那块大青石上，又开始了新的弹奏。

夕阳斜照，叶晶能够清晰地看到他一头如墨的头发被一缕缕霞光映成了一片金光，整个人也被罩在了霞光里，被镀成了一尊金像。

叶晶又听到了那熟悉的声音，伴着吉他的旋律，他唱起了《爱的罗曼史》：

你是我池塘边一只丑小鸭

你是我月光下一片竹篱笆

你是我小时候梦想的童话

你是我的吉他

你是我夏夜的一颗星星

你是我黎明中一片朝霞

你是我初恋时一句悄悄话

你是我的吉他

你是我沙漠中的一片驼铃

你是我雾海中的一座灯塔

你是我需要的一声回答

你是我的吉他

　　他虽然只是轻唱，那句句歌词中的每一个字都被他咬得清清楚楚，如一颗颗圆珠润玉，从他的嘴里弹出来，射向空中，散落下来时化作雨滴。一滴接着一滴，清清脆脆地落在了叶晶的心湖里，溅起一朵朵雪白的浪花。

　　歌声和吉他已经停止了，叶晶还沉浸在宁静、祥和、温馨、幸福的意境里，如痴如醉。

　　恍惚中，她看到他把吉他放在青石板上，突然站起来。

　　他就像一根突然耸立起来的楠竹，挺拔清雅，生机勃勃。

　　叶晶完全清醒了，她眨了眨眼睛，认认真真地盯着他。

　　他站在一棵掉光了叶子的樱树旁，着一身墨绿，玉树临风、雄姿英发，那一片气场，压得他身旁的樱树萎靡不振。

　　他没有动，沉沉静静地望着叶晶，似乎在等待她走近。

叶晶虽然看不清他的眼眸，她从他的身姿看出了他内心的焦渴。她鼓起勇气，朝前缓缓挪步，却突然停住。

她想起了他那天突如其来的拥抱，内心又开始悸动慌乱了！

兴许他看出了她的羞涩惊慌，他开始阔步朝前走。

叶晶的心跳加快，身子开始发抖。

他离她很近了，她虽然低了头，她的余光能够瞧见他胸前的白衬衣上垂着的淡黄领带上的花纹。

他似乎也和自己一样紧张，叶晶看到他在距离自己三步远的地方停住了，双手在腹间上下翻动。

叶晶惊魂稍定，抬头正眼注视着他。

他五官阳刚，棱角分明，剑眉微扬，透着一丝冷俊和清傲；肤色光洁，目光灼灼，唇色粉嫩，露出几许温和与柔情。

他，果真是答辩会台上的那个学神！

叶晶的心，如惊慌的兔子跳得啪啦啦响，却看到他又朝着她缓缓走近。

只隔着一朵桃花的距离了！她鼓起勇气打招呼："你好，我是叶晶。"

一秒。

两秒。

三秒。

……

回答她的是长时间的沉默。

主动问候，换来的是无言以对。与他相比，自己岂不显得轻浮了？

叶晶窘极了！

她赶紧低头，想转身一溜烟逃走，却瞥见他的脸骤然赤红、俊眼痴痴。

他在害羞呢。

他莫非也是春心伊始？

叶晶依然低着头站在原地，融融的暖意，已如绚丽的秋霞一丝连着一丝往她身上袭。

心花乱颤之际，叶晶听到了他的声音。

"你好。"他磁性的声音略带沙哑，如徐徐的清风在她耳边响起，"叶晶，我等你五百年了！"

10

菊花戒指

一只飞鸟擦过叶晶的耳际，鸣叫着飞向对面的樱树枝头。叶晶浑然不觉，她已经被他的一声惊雷震回了18年前的那个夜晚。

弯弯的月亮像挂在天际的眉，只有三四岁的叶晶坐在一棵桃树杈上。叶晶看到不远处的一洼清水里，弯弯的月牙像一条小船在里面游来游去，不由得噘起粉嘟嘟的小嘴唱起了刚刚学会的儿歌。

> 弯弯的月儿小小的船
>
> 小小的船儿两头尖
>
> 我在小小的船里坐
>
> 只看见闪闪的星星　蓝蓝的天

她刚合上小嘴，就听到爸妈的喝彩声。叶晶有些小得意，两腿朝前蹬，身子随着水里的弯月晃动。无论她如何使劲摇动，她都安安稳稳地坐在桃树弯里，因为，她的左肩被爸爸搂着，右肩被妈妈搂着。叶晶想摆脱爸妈的手，就要他们鼓掌，爸妈说他们的手没空，叶晶嚷着说不公平，她唱了歌，他们什么也没做。爸妈听了，笑着说，他们也唱一首歌。叶晶说，你们一起唱。爸妈点点头，开始唱歌。

　　　　　　爸：五百年前的大地百花争艳盎然春机。

　　　　　　妈：五百年前的我在情人桥上遇见了你。

　　　　　　爸：五百年前的你婀娜多姿亭亭玉立。

　　　　　　妈：五百年前的你英俊潇洒才华横溢。

　　　　　　爸：五百年前的我爱上了你。

　　　　　　妈：五百年前的我被你温柔袭击。

　　　　　　爸：五百年前相思树下我们柔情蜜意。

　　　　　　妈：五百年前花前月下我们相偎相依。

　　　　　　爸：五百年前风云突变狂风四起。

　　　　　　妈：五百年前日月无光我乘风而去。

　　　　　　爸：五百年来我踏遍三山五岳对你寻寻觅觅。

　　　　　　妈：五百年来我漂泊五湖四海到处找你。

　　　　　　爸妈合：五百年来觅芳踪大海捞针无消息。

　　　　　　爸妈合：五百年来相思情相会只能在梦里。

　　叶晶第一次听到爸妈一起唱歌，他们的歌唱得好极了。叶晶拍手称赞："爸爸唱得比山莺还好呢，妈妈唱得比画眉还好听。"爸妈听了，都哈哈大笑。笑声飘上夜空之后，爸爸亲叶晶的左脸，妈妈亲叶晶的右脸，两张嘴贴在叶晶的脸上，同时发出"啵"的一声脆响。

叶晶突然说："这首歌真好听，叫什么名字？"

爸爸说："《等你五百年》。"

叶晶问："你等了妈妈五百年，那你有多少岁了？妈妈又有多少岁了？我怎么看不到你们长长的白胡子和白头发呢？"

妈妈笑着说："傻孩子，等你长大了你就明白了。"

叶晶说："我现在就要长大。"

爸爸也笑着说："傻孩子，哪有那么快啊。要长大啊，你得慢慢来。"

……

叶晶还记得，那天晚上，她问了很多问题，至于还问了些什么，已经记不清楚了。当叶晶再次听到"等你五百年"这句话时，时光的隧道已经越过了18年！

她长大了！

完全不用思考斟酌就懂得了"等你五百年"是什么意思。

让她明白那句话的人就站在她眼前，看着她长长的睫毛上闪动着的泪花，有些不知所措。

叶晶意识到自己失态了，一边准备把手伸到衣袋里拿纸巾，一边说："对不起，让你见笑了。"

他一把抓住她的双手，举在他的胸前。

"咚咚——咚咚——"叶晶感觉到了他强劲的心跳。

他的心跳如"嗒嗒"的机鸣，她觉得自己随他坐在了飞在云端的机舱里，因为晕机，她轻得如一片羽毛，在云雾里飘浮。

突然，叶晶感到有一丝濡湿的热气在自己的眉睫上升腾。

他们的脸靠得很近，叶晶睁开眼，可以看到他脸上细致的绒毛，闻到他身上淡淡的体香。

突然，他松下握住叶晶的手，望着她说："你不要再哭了好吗？我的心会碎的。"

他的话很轻很轻，又很柔很柔，如拂水的柔风。叶晶闭上眼睛，醉在了他的柔风里。

她睫毛上已经没有了泪花，眼里仍是雾蒙蒙水润润的，脸上泛起红潮，鼻尖渗出细小的汗珠，唇嘴鲜嫩红艳，如两片紧紧合在一起的沾着雨露的红花瓣。

他又说道："你这样子太楚楚动人了。"

叶晶仍然闭着眼睛，看不到他的表情，但她感觉到，他的话温软极了，透着丝丝幽香。

叶晶全身立即就绷紧了，身体开始抖起来。

他伸手去摸她的脸颊。她的脸太水嫩了，他生怕自己的手抚摸得稍稍重一点儿，她晶莹剔透的脸就会破碎。因此，当他的手落到她的脸上时，竟如羽毛般轻盈。

他的手指真温柔！

叶晶感觉，它简直不是手指，而是一片轻柔温暖的羽毛。

他的指尖突然落在了她的唇上，上下轻抚了一下后，叶晶听到了他急促的呼吸声。

叶晶知道，暴风雨要来了。她屏气凝神，等着他的疾风骤雨。

他吻下去的时候，叶晶情不自禁张开了嘴唇。

"咯——咯——"两人同时听到了两声响，他的牙齿碰到她的牙齿上。

叶晶感觉有些酸痛，柔声说："你别咬我的牙，行不行啊？"

"不……不好吗？"他耸耸肩膀，问得吞吞吐吐。

叶晶看到他面色通红，一脸窘态，就说："也不是啦，过程美好！"

他窘态微减，有些不好意思地说："对不起，我没有先做好功课，请给我时间学习，下一次，我会做得很好。"

叶晶从他的话和接吻的表现推断，他和自己一样，也是初吻，心里非常开心，不由得抿嘴一笑。

她的笑，只是浅浅的，在他看来，却犹如一丛山茶花在悄然绽放，无香，却迎风招展，清纯洁净，超凡脱俗。

叶晶看到他湛蓝幽深的眼睛盯着她的脸不动，不由得娇嗔道："你别总是盯着我啊，你还没报上大名呢。"

"在下姓林，名华，双木林，中华的华，林华，在A大四年级机械学院就读。"

"林华！不是容易？那寻人启事……"

"我刚拟写了那寻人启事后就被老爸闭关教育了，没有时间联系你，只得托兄弟容易了。"

"林……华……这……这……"叶晶身子剧烈抖动了一下，垂下眼睑，双臂耷拉成折断了的翅膀，转身就要往回走。

"她一听到我的名字，就大惊失色，不知是怎么回事。"林华一边揣摩，一边追上去拉了叶晶的手，双手一围，把她搂在怀里。

叶晶抓打着林华的手挣扎，说："你是林华……我们……我们就不能在一起了。"

林华霸道地搂着她，不放手，揶揄道："嗬，敢问叶姑娘，'林华'这个名字何罪之有？"

叶晶的脸"刷"地红成了两个熟透了的柿子,说:"你……都是凤飞飞老公了,还……还来……"

这丫头果然在外面胡说!林华一边揣摩,一边幽幽道:"你们认识?"

叶晶以为林华承认了他和凤飞飞的事,想到他吻自己时的窘状,认定了他刚才是"猪鼻子插了一根葱——装象",不由得"哼"了一声,说:"一个宿舍的姐妹!"

林华也不吃惊,安之若素地说:"我是先看到你,然后才认识她的,怎么可能会看上她?"

叶晶听了,又喜又忧,两手一软,松在腰间,问:"那你怎么拉她的手?《诗经》里不是说……"

"执子之手,与子偕老!"林华一边打断叶晶的话,一边抓起她的右手举在自己的胸前。

叶晶满心欢喜,但还是不放心,微微噘了小嘴说:"那你拉她的手……"

"她下电梯时差点儿摔倒在地,作为大哥哥,我能看着不管?"林华说。

叶晶寻思:以凤飞飞富二代的身份,她哪能摔电梯?八成是装的,这小狐狸精!

林华见叶晶默不作声,就说:"她是你的姐妹,其性格你是知道的。"

叶晶一惊:凤飞飞是自己的姐妹,自己怎能夺她所爱?

林华见叶晶突然又花容失色,温柔地问道:"怎么了?"

叶晶微喘着气,说:"不行……我们……还是不能在一起?"

林华不说话,只是用眼神询问叶晶原因。

叶晶说:"飞飞太爱你了,她都叫你老公了;对不起,我得成全她。"

"自称为我老婆和在背后叫我老公的女子比较多。"林华笑着说,"你是不是要把我剐成碎块——成全她们呢?"

林华笑声爽朗，窘得叶晶的脸更加通红。

林华见她无语，就接着说："不管她，抛开林华这个名字，你问问自己的心，你对我——站在你眼前的这个人，有没有好感？"

叶晶沉下心，真的开始认真寻思：岂止是好感，分明是"一见许平生"的心动。于是，她问："那飞飞……飞飞怎么办？"

林华看到此时叶晶的眼睛已是流光转动，情波荡漾，她的心思已披露无余，就说："傻丫头，都什么时候了，你还想着别人。"

叶晶怔了一下，轻声问："都什么时候了？"

林华目光灼灼地烧在叶晶脸上，说："要嫁人了。"

"你……"叶晶的粉脸瞬间变得酡红，说不出话来。

"嫁给我！"林华的口吻有些霸道，"我们一毕业就结婚，爸妈等着抱孙子呢。"

叶晶听了林华这话，如轰雷掣电，怔怔地站着，心里却在翻江倒海：他是校草，更是学神，而且，他真的不像别的男生那样将谈恋爱当作好玩或用谈恋爱来驱除寂寞，他是认真的，一谈恋爱就要结婚过一辈子的。这样的男生在现在的大学里并不多见了，不，简直就是凤毛麟角、超凡脱俗、遗世独立。

"如果你遇到了一个一见到你就爱并做出行动要娶你的人，不管你爱不爱他，你立即就嫁！"叶晶想起了妈妈送她到 A 大上大学时说的话。当时，她反问道："不爱就嫁，能幸福吗？"妈妈回答她："孩子，你看妈妈和爸爸如何？"叶晶说："不错不错，堪称人间美眷。"妈妈的初恋不是爸爸，叶晶懂事后，妈妈在此事上对她毫无保留。当年，爸爸深爱妈妈，妈妈爱的却是别人，但后来，妈妈发现她爱的人在爱她的同时有些心猿意马，她一咬牙就嫁给了爸爸。叶晶承认妈妈赌对了，她嫁对了男人，但真要她像妈妈那样嫁一个自己不爱的人，她无论如何也接受不了。

从初中起，就开始有男生追求她了，到了高中大学，追求她的男生更多，其中也有一些拿了名贵戒指跪着说要娶她的，但他们就是没有一个能入她的法眼。她的同学闺密早已是双飞燕了，高中一个班的女生，只有她还是形单影只，用她们的话来说，她是剩下的人了。在她们看来，只要有人追，不管爱不爱，也不管以后嫁不嫁，先快乐和荣耀了再说。作为一个女生，如果到了大学都还没有男朋友，在她们看来，她就是奇葩一朵，其原因众说纷纭。

叶晶自认为自己有些不入流，如果没能遇上自己心爱的人，她宁可孤单，绝不将就。

如今，让她芳心萌动的人就站在自己的对面，而且说即将娶她！看来，她没有白等，苍天有眼，冥冥之中自有安排。

此人不嫁，更待何人？

想到这里，叶晶百感交集，想说"我愿意"，却羞于开口，就低了头，傻愣愣地站着。

"沉默就是默许！"林华看到叶晶低了头，整个人柔成了一茎在微风中轻轻摇曳的花，知道她已经愿意，只是羞于开口，逗乐道，"老婆大人在上，请受为夫一拜！"

话刚说完，林华已经单腿朝着叶晶跪下行叩拜礼了。

林华的话语和跪在地上的模样实在是很萌，叶晶"呵"地一笑，全身放松了，左手伸出去，说："戒指……我的戒指呢？"

林华微窘，说："娘子先饶命，来不及准备，改日为夫补上！"

叶晶却没有饶他的意思，嗷嘴轻哼一声，头扭向了一边。

林华左顾右盼，看到脚边有一丛野菊花，掐断一枝，编成一个小圆，黄花朝上，套在叶晶的左手中指上。

叶晶感觉手指被什么东西套上了，回眸一看，一朵金黄的野菊花正在自己的中指上熠熠生辉，可不就是一枚金光闪闪的宝石戒指？

"平身！"叶晶拉了拉林华，也不看他是不是已经站起身，手捂了嘴就笑。

林华站起身，朗笑几声，掏出手机拨打容易的电话，命令道："容易，你赶快通知肥猫、瘦鼠，立即到学校樱花湖的大青石来拜见嫂子！"

"嫂子！这么快？"叶晶心中一惊：没有一点儿女孩的矜持，这么快就让他得逞了，我，还是我……还是那冷面女神吗？

11

三个女生一台戏

叶晶回到宿舍时，已经是晚上10:30了。正想拿钥匙出来开门，才发现自己两手空空，方知她的包忘在米罗阳光西餐厅里了。她走下楼，准备打的回去取。无奈宿舍大门已被陈阿姨上了锁，她只得折回去敲门。

戴雪和丁蓝蓝正在八卦，听到"咚咚咚"的敲门声，以为是凤飞飞回来了。丁蓝蓝瞟了戴雪一眼，示意她去开门。戴雪站起身，边走边骂："总是不带钥匙出门，门还敲得这么凶，我欠你什么啦！"

戴雪打开门，看到进来的竟然是叶晶，有些吃惊，却笑盈盈问道："晶姐，我以为是凤飞飞呢，门敲得那么凶，你什么时候变成女汉子了？"

"被人劝着喝了两杯葡萄酒，竟然有些醉了。"叶晶一边说，一边微摇着身走进来。

丁蓝蓝坐在床沿上，面正朝着叶晶，她看到叶晶脚步挪得重一脚轻一脚的，说道："真有些醉了呢。"戴雪听了，扶叶晶走到丁蓝蓝的床沿坐下。

叶晶本是一双秋水眼，再喝了个半醉，越发清泓盈盈，流光转盼，摄人心魂。

丁蓝蓝见了，说道："晶姐，你恋爱了！"

叶晶谨慎地往四周一看，问："飞飞呢，怎么还不回来？大门都锁了！"

戴雪告诉她，凤飞飞打电话来说她有事，今晚回不来了。

丁蓝蓝说："晶姐，不要转移话题，坦白从宽，抗拒从严！"

"这……"叶晶支吾了一声，问，"你又不像戴雪和飞飞有过恋爱经验，说，怎么看出来的？"

丁蓝蓝说："正因为没有谈过，我才无限憧憬啊，平时见了谈恋爱的女生就会多看几眼，见多了，其面色眼神就烂熟于胸了。"

叶晶听了，呵呵一笑。

丁蓝蓝说："你看你看，你这一笑就与平时大不相同了。"

叶晶问："我觉得没有什么两样啊。"

丁蓝蓝要叶晶问问戴雪。

没等叶晶问话，戴雪就说："是的是的，你平时一般是笑不露齿的，刚才现了一线白牙；你平时一般是笑不出声的，刚才声音有点儿大呢。"

叶晶问："这能说明什么？"

丁蓝蓝和戴雪同时说："你恋爱了。"

叶晶说："你们怎么不想想另一种可能：酒精的作用。"

"晶姐啊，你对着镜子照照吧，单纯醉酒的人，哪如你这一脸春色和两眼秋波的。"丁蓝蓝说，"无论你如何掩饰自己，你这满园春色是关也关不住的！"

"你这鬼精灵，胜过凤飞飞了！"叶晶瞪眼假骂道，"也不知道害臊，没谈过恋爱却成恋爱专家了，是急着嫁人了吧！"

丁蓝蓝也不否认，笑了笑，又说："我倒要看看，是哪个男生能让我们的冷面女神春心萌动。晶姐，快说，他是谁？"

戴雪摇着叶晶的手，说："快说吧，晶姐，绕了这么久的弯子，我都等得不行了。"

"好吧。"叶晶顿了一下，说，"林华。"

"哇！"丁蓝蓝和戴雪听了，不约而同地惊叹。

戴雪在叶晶脸上亲了一口，祝贺她得到了Ａ大的男神；丁蓝蓝竖起大拇指称赞："棒，晶姐你真棒，竟然搞定男神为我们宿舍争了光，我为你自豪，我为你骄傲！戴雪，拿酒来，今天我要与晶姐喝个痛快！"

戴雪努了努嘴，面带难色，说："哪有啊？"

丁蓝蓝说："没有也好，晶姐，你就跟我们说说你怎么搞定男神的吧，我和戴雪一定会虚心向你学习的。"

叶晶看了看丁蓝蓝，又看了看戴雪，见她们目光炯炯，气焰逼人，只得避重就轻地说了一番。

叶晶一说完，丁蓝蓝和戴雪就七嘴八舌地议论起来。

两人说得最多的就是那枚野菊花戒指，丁蓝蓝说那林华到底是男神，在处境尴尬时能够急中生智，太滑稽、太浪漫了！

戴雪却提醒叶晶，林华给她的求婚戒指竟然只是一枚草戒，说明他并不舍得在她身上花钱，这与自己原来的男朋友如出一辙：她的前男友在花钱方面有些小气，而当时她认为只要他关心自己，钱并不重要，爱比钱重要；直到后来他蹬了她在泡别的女生时大把大把地花钱时，她方醒悟这个道理——追你时都舍不得花钱的男人，一定不爱你；趁他还没有别的女人时，一脚把他踢开。

丁蓝蓝却说戴雪拿自己的失恋来说林华和叶晶的事，完全不妥，她这是犯了经验主义错误。她的事只是个例，怎么能由此上升到一般？更何况林华和叶晶的事才刚刚开始，他爱不爱她，自有时间为证。

对于戴雪和丁蓝蓝之争，叶晶充耳不闻。她先跑到洗漱间的镜子前观察自己的脸，看有没有如丁蓝蓝说的那般春意盎然。洗漱间没有电灯，光亮来自宿舍天花板上的那盏不够明亮的节能吸顶灯，因而，这里如一口井，显得昏暗幽深。尽管如此，叶晶还是看到镜子中的自己的确如丁蓝蓝说的那般：两腮泛红，粉面含春，眉目含笑，眸光流转，一颦一笑之间，竟有说不出的万般风情。

原来，恋爱中的女生真是这样。

叶晶自言自语了这一句后，走回床边，又被丁蓝蓝和戴雪抓住八卦。

说来说去，三人又侃起凤飞飞暗恋林华的事来。叶晶非常担心，依凤飞飞的性格，知道此事后一定会与她水火不容。如果是这样，大家都住在一个宿舍里，天天不是撞鼻子就是撞眼睛的，势必战争不断，到时候，丁蓝蓝和戴雪也会不得安宁。

戴雪想了想，无可奈何地摇摇头。

丁蓝蓝却献计说，解铃还需系铃人，让你那林华去解决吧。

叶晶觉得这主意不错，准备发信息给林华，要他速速解决此事时，却想起包忘在米罗阳光西餐厅了，不由得伸了伸舌头。

丁蓝蓝和戴雪见了，都争着拿自己的手机给叶晶，叶晶却说她还没有来得及问林华的电话，丁蓝蓝骂叶晶被突然来临的幸福冲昏了头脑，把最重要的事忘记了，如果此性不改，必然没有好果子吃的。

戴雪却骂丁蓝蓝乌鸦嘴，说叶晶才开始找到幸福，作为室友姐妹应该祝福才对。

丁蓝蓝听了，气得红腮瞪眼，说戴雪若是再冤枉她，她就撕破她的嘴；戴雪也不示弱，说："你来啊，来啊，谁怕谁！"

丁蓝蓝听了，真的扑过去抓戴雪的嘴，却被叶晶一把抓住。

戴雪比丁蓝蓝大一岁，平时做事都会让着丁蓝蓝一点儿，今晚却像吃错了什么药,看到丁蓝蓝被叶晶抓住了还挣扎着朝她扑过来,就大声说："来啊，有本事你就过来。"

说完，她一把扯住了丁蓝蓝的衣服；丁蓝蓝身子用力一挣扎，一只手从叶晶的手里挣脱出来，抓住了戴雪的一只手。

叶晶见两人都是一副不吃掉对方就不罢手的样子，只得大吼一声："戴雪、丁蓝蓝，你们有没有完，想打架啊，到外面的操场上去！"她看到两人虽然不说话了，两手却还在相互扑打，又大喝几声，"我来给你们当裁判，不定出个高低胜负，你们就不要停，到时候两败俱伤又要挨学校处分了，有大家好受的！"

叶晶这话，响若雷霆，震得宿舍里的上下铁床和窗户玻璃"吱吱吱"响，也震住了丁蓝蓝和戴雪，两人同时松下抓住对方的手。

丁蓝蓝说："晶姐，原来你也有威武豪壮的时候啊，佩服！佩服！"

戴雪说："比凤飞飞还飚呢，实在想不到。"

叶晶说："我如果不飚不威武豪壮一点儿，能够震得住你们这两只小老虎不？"

丁蓝蓝和戴雪听叶晶骂她们俩刚才是小老虎，觉着甚是形象亲切，都"呵呵"地笑起来。

"瞧你们，还笑得起来。"叶晶说，"你们刚才哪有一点儿女生的样子啊！女孩子，就要温柔一点儿，不然，就没有男生喜欢。"

丁蓝蓝听了，说："也是啊，瞧那凤飞飞，虽然比不上晶姐的国色天香，倒也出落得妖艳妩媚的，又是富二代，也算是典型的白富美了，对林华又是主动投怀送抱的，却没能抱得男神归；倒是晶姐，只是让那男神看了一眼，就让他走火入魔地爱上你。晶姐，你不战而胜，我看你的爱情宝典啊，就是骨子里的温柔吧。"

戴雪应和道："也真是这个道理，蓝蓝分析得对。"

叶晶听了，嫣然一笑，骂道："小马屁精，倒蛮机灵的，你和飞飞有的一比。"

"我才不像凤飞飞呢，去倒追一个不爱自己的男生，那样是哑巴吃黄连有苦难言的。"丁蓝蓝说，"从现在起，我要像晶姐学习，温柔温柔再温柔，等功夫练到家了，到时候，就会花香蝶自来喽。"

戴雪说："瞧把你美的，你以为温柔是学得来的？那可是与生俱来的。"

丁蓝蓝白了戴雪一眼，说："玉不琢，不成器；人不学，不知义。只要肯去下功夫学习，哪有学不成的道理。"

"蓝蓝言之有理。"叶晶说，"戴雪，你要学学蓝蓝的钻劲儿。昨晚林华引我见了他的三个弟兄，我看他们都还不错，各有千秋，等你们两人稍稍温柔一点儿了，我带你们去见他们！"

丁蓝蓝和戴雪听了，高兴得拍手欢呼。

这时，宿舍的门被敲响了。大家以为是凤飞飞回来了，迅速安静。

戴雪跑去开门，却看到是隔壁宿舍的马沙沙，她站在门口骂得龇牙咧嘴：

"深更半夜了，你们还闹得沸沸扬扬吵得大家都睡不了觉，我还以为你们宿舍里跑进了大男神招惹得你们一个个浮躁骚动，现在看来也没什么，只是三个女汉子屁颠屁颠唱了一晚的戏！"

三人听了，面面相觑，谁也不说话。

马沙沙见了，摇摆着往回走。

戴雪关了门，三人都笑开了。只是不敢放高声音，都将声音压在了喉管里。

"不要怪别人来撒泼，是我们不对在先。"叶晶说，"时间真不早了，大家睡觉吧，明早大家都有课，可不能睡懒觉逃课的。"

丁蓝蓝和戴雪听了，都各自回到自己的床上躺下，一会儿就响起了轻微的鼾声；叶晶却睡不着，辗转反侧了一个晚上。

12

女生宿舍

一大清早，林华来给叶晶送挎包，却被管楼道宿舍的曾阿姨拦在门外。听曾阿姨一说，他才知道A大的宿管规矩：女生可以进男生宿舍，但男生不可以进女生宿舍。林华本想托曾阿姨将包转给叶晶，但这念头只在他脑海里闪了一下，他就转身走回不远处的一棵大银杏树下，掏出手机给刘离打电话，嘱咐他叫上容易、费茅买上一袋水果后速来距离 G 楼女生宿舍不远处的大银杏树下集合。

3 人一到大银杏树下，林华就安排能说会道的刘离递一些水果给曾阿姨，高大魁梧的容易和费茅一前一后或一左一右挡住她的视线，他则趁机溜进门去。

当林华敲门时，里面的 3 人还在熟睡，敲了一阵还是没人起床开门，隔壁宿舍的马沙沙倒被吵醒了，开了门张嘴要骂时，却发现敲门的是自己有生以来遇到的最帅的大帅哥，马上转怒为笑，说："她们昨晚疯了一夜，一时半会儿是起不来的，不如先到我们宿舍里坐坐等等吧。"

林华非常文雅绅士地拒绝了马沙沙的邀请，她扭着屁股走回宿舍，刚走进去，又出来 3 个女生，站在门外看林华。

看到她们望着自己交头接耳和搔首弄姿，林华面不改色、安之若素地站在门前轻轻敲门。或许是马沙沙群发了信息，又有五六个宿舍的女生走出来，有的站在门口远观林华；有两三个胆子稍大一点儿的，故意说说笑笑从林华身边走过，刚下了楼，又折上楼，一边盯林华一边说说笑笑走回宿舍门口，远远地看他，七嘴八舌地议论。

林华知道，他现在成了这 A 大 G 楼女生宿舍最亮丽的风景了。

"能够看到这样的男神，也是一种幸福！"

有个脸和身材都状如冬瓜的女生毫不遮掩自己的心思，大大咧咧地说。她周围站了一圈女生，她们听了后发出一阵哄笑，然后又叽叽喳喳地说个不停。

对于那些做各种表情和姿势欣赏自己议论自己的女生，林华没有流露一丝鄙夷或惊异的神情，他依然目不斜视地站在原来的地方，英姿飒爽，傲岸淡定。

这样的场面他经历多了，他林华走到哪里都是最吸引女生眼球的风景。

终于有人来开门了，是丁蓝蓝。她一边开门，一边睡眼惺忪地打着哈欠，看到一个帅得不能再帅的美男子站在自己面前，以为自己是在做梦，双手使劲地搓了几下眼睛，睁开眼，定睛一看，帅男仍然站在原地，正微扬着唇角朝着她微笑。

男生不是不允许进女生宿舍的吗？这美男子是从哪里冒出来的！

丁蓝蓝惊退了好几步，直到林华浅笑着问她叶晶有没有住在这里，她才恍然大悟，回头叫叶晶。

被喊醒的是戴雪，叶晶还在沉睡。

戴雪一边在床上左右滚动了几下，两只肥肥的手臂从被子里抽出来，朝着天花板高高举起，伸展着打哈欠，说："晶姐怕还在梦中呢，你叫她做什么！"

丁蓝蓝一眼瞧到了戴雪伸出被子的肥手臂，怕她穿着胸罩爬起来，连忙大声喊："晶姐，林华来看你了！"

"啊！"戴雪惊叫着将手臂迅速插回被子里，尴尬的同时，庆幸自己刚才没有坐起来。惊魂初定之后，她悄悄将右手移出被子，将旁边的衣裤拉进被子里，摸索着穿上。

丁蓝蓝看到叶晶还是没有被自己叫醒，朝着林华做手势。她看到站在门前的林华此时如一根绿竹，遒劲潇洒，清雅淡逸。

"林华你好，我是丁蓝蓝。"丁蓝蓝怕曾阿姨突然上来发现林华后将他赶出，就说，"叶晶还没醒呢，你还是进来等吧，把门关上，曾阿姨看见了不好。"

林华犹豫了一下，他看到戴雪已下了床，正不好意思地望着他，就走了进来，轻轻带上了门，主动介绍自己。

"欢迎欢迎，我叫戴雪，和蓝蓝一样，都是单身狗。"戴雪说完，就要往上铺爬，准备摇醒叶晶。

"让她再睡一会儿！"

林华话语轻柔，语气却毋庸置疑。听起来冰冷霸道，仔细斟酌，无不透露出对叶晶的体贴。

叶晶正在梦中，看到林华正拉着凤飞飞的手从她身旁走过，缓缓往前面的教堂走去。

"林华！"她朝着他们的背影大喊一声，不由得"呜呜"直哭，就在这时，她睁开眼，发现自己正在哭泣。

林华正在与丁蓝蓝和戴雪谈话，听到叶晶的叫声，忙回应着站起身，又听她轻轻的呜咽声，知道她还在梦中，又坐了下来。

叶晶却从床梯上下来，看到林华坐在丁蓝蓝床边的椅子上，她动了动嘴唇，却没有发出声音，哑巴一般，怔在了那里。当她看到林华站起身，朝着她问好时，一双眸子盯着他，水光潋滟。

"你来了！"叶晶愣了半天，才说出这句话。

林华看到她两腮通红，一脸羞涩，唇间浮起浅浅一笑，说："快去洗漱好，大家一起上街吃早餐。"

叶晶点点头，又想到待会儿大家都有课，又摇摇头，说："下次吧，1小时后我们3人都有课的。"

戴雪听到林华说请吃早餐，脸露喜色，又见叶晶拒绝了，心有不甘，说："好不容易得到大帅哥请吃，我们还是赏脸吧。"

叶晶问："你就只知道吃，课怎么办？"

"逃吧！"丁蓝蓝回答，"平时我们都是好学生，偶尔逃一两次课，老师不会为难我们的。"

"要逃你们逃吧。"叶晶一边说一边往洗漱间走去。

丁蓝蓝和戴雪面面相觑。

林华知道两人很尴尬，就说："我叫朋友送进来吧，你们爱吃什么早点？"

两人先是推辞了一番，见林华坚持，就各自说出了自己爱吃的早点。

丁蓝蓝看到林华的眼睛往洗漱间瞟去，知道他的心思，赶快说："晶姐是上海人，最喜欢吃的是上海粢饭团。"

"晶姐吃上海粢饭团。"戴雪说，"我吃桂林米粉，蓝蓝吃四川酸辣粉，会不会为难林帅哥了？"

林华听了，嘴角浮起一丝笑，说："等早点送来时，若让两位失望，请你们拿我是问！"

丁蓝蓝见林华一脸的淡定自若、闲适之中，透着些微的冷傲，毫无做作，自自然然，心中不禁嘀咕：这样的美男子，谁见了都会动心，难怪晶姐也会被他俘虏。

林华掏出手机拨打刘离的电话，让他火速按要求送早点过来。

"是！是！我现在就让人送进学校来，我和肥猫亲自把早餐送进女生宿舍。"刘离在电话里听林华说要他送三份不同的早点，高兴得捶了费茅胸口一拳，说，"肥猫，我们的桃花运要来了。"

"桃花运来了？"费茅不相信，垂下了眼睛继续打哈欠。

"你也不想想，老大己经和我们吃过早点了，他还要我送三份不同的早餐……"刘离故意打住话，启发道。

"除了大嫂，宿舍里还有两个美女！"费茅听了，两眼瞬间睁开，兴奋地说。

容易说："都这时候了，大嫂她一定是饿了，我们赶快回去买啊。"

"大嫂她——对，书呆，想不到你这次还真说了一句好话。"刘离说，"不过，又说了一句傻话。"

"哪句……好话？哪句又是……傻……傻话？"容易莫名其妙，两眼盯着刘离问。

刘离不理容易，掏出手机，在屏幕上指指点点。

费茅见容易脸涨得通红，要去拉刘离的手，就说："呆子，都什么时代了，想吃东西，还有必要亲自去跑吗，可以在网上美团订购啊。"

容易更迷糊了，问："美……美团是……啥？"

"美团都不知道，你还是当代的大学生吗？"费茅说，"我说呆子啊，你还是少看些书，多学学生活中的实用东西吧，再这么下去，等你大学一毕业，准会被饿死！"

容易听费茅说得比较严重，又见他脸露关心，不由得心中一热，就拉了费茅的手认真请教。费茅见他一脸虔诚的样子，也就开始认认真真地给容易说起"美团购物""滴滴打车""网购车票"等事，还没教多久，就有人骑了摩托来到三人身旁，将外卖递给刘离。容易一看时间，竟然没超过半小时，傻乎乎地想：怎么这么快！

刘离的双手已接过了外卖，见容易又傻呆起来，忙用脚尖踢了一下他的脚后跟，说："呆子，还不快走，记得，到了那女生宿舍门口，要掩护我和费茅送外卖进去。"

费茅也瞪了容易一眼，说："机灵点儿，要是那阿姨守在门口，你就去找她说话，看到我和瘦鼠站在身后，马上拖了她的双手朝她住的那间小房子里走，然后把你手上提着的水果塞给她。"

容易答应着,一边朝前走,一边说:"放……放心,我高大威猛,往……往她前面一站,她……她就看不到你们了!"

费茅说:"好样的,呆子,今日我和瘦鼠有没有桃花运,就看你的了。"

三人快走到G楼女生宿舍门口时,刘离和费茅一眼瞥见曾姨不在门口,风一样钻进来,又风一样往楼上跑。容易没有反应过来,喊道:"不是说……我……我掩护的吗?"

听到容易的声音,曾姨从屋子里走出来,问他有什么事。容易说他没事,见曾姨两眼盯着自己,一着急,就把手里的一袋水果塞在她的手里。曾姨看到容易的脸颊突然成了两片红猪肝,一脸窘态,猜测他是想进去给女朋友送水果,又怕自己不答应,慌乱之下,就把水果扔给了自己,就将水果推回容易的手里,说:"学校有规定,男生不得进女生宿舍。说吧,你女朋友叫什么名字,在哪一间,我帮你去叫她下来;要么,我帮你送上去。"

容易听了,更是面红耳赤,转身就往回跑,到了前面的大银杏树下,方停下来等林华他们。

听到敲门声,丁蓝蓝说:"这么快啊,外卖来了。"

戴雪听了,抢先去开门。

刘离和费茅很快闪了进来,差点儿撞倒戴雪。

A大叫外卖的女生很多,送外卖的男人是进不来的,A大外面餐馆的老板们都学精了,低价聘请了一些A大的贫困女生专给女生宿舍送外卖。因此,当刘离和费茅手拿着外卖闯进来时,宿舍里的3个女生都有些吃惊。

戴雪正要发怒,看到一手端着一碗米粉的费茅,忙娇声责备道:"你慢点儿啊,要是烫伤了手就不好了。"

费茅见戴雪红着两腮，双目含羞，话语柔软温情，忙说："我，老大的兄弟，费茅，广西桂林人。"

戴雪双掌轻拍，欢呼道："桂林人，真巧，我也是。"

费茅听了，忙将右手托着的米粉举到戴雪面前，说："这碗是桂林米粉，快趁热吃。"

林华问："谁拿了上海粢饭团？"

"在这里。"刘离听了，一边将粢米饭团递给林华，一边朝着丁蓝蓝瞥过去。他看到丁蓝蓝从费茅手里接过酸辣粉，就知道她是四川人，又见她长得眉清目秀，一副小清新模样，便走过去搭讪，"小师妹好，我叫刘离，你是川妹子吧！"

丁蓝蓝听了，双目大胆地朝着刘离扫过去。

他面容清瘦，双目有神，不失精神与活力；身材修长，算不上骨瘦如柴。总之，整体看上去，虽然不及林华那般英姿勃发和气宇轩昂，倒也算得上一个帅哥。

刘离见丁蓝蓝不理自己，寻思她是不是被自己的纤瘦吓着了，故作幽默地说："小师妹，别看我瘦得有些骨感，可能吃了，别说你这一碗酸辣粉，就是三碗，我也能一口气吃下去。你不用回我的话，快趁热吃吧；要不，让我见着嘴馋，忍不住的时候，可能会越俎代庖的。"

丁蓝蓝这才从深思里走出来，浅着说："一口气吃完3碗酸辣粉？你不怕被辣死？"

刘离笑着说："不怕，我是重庆帅哥。"

还真有些靠谱。丁蓝蓝心想。她家住邻水县城，与重庆相隔不远。两人如果能够发展下去，毕业后也不至于像其他南北东西相隔的恋人那般劳燕分飞。

想到这里，丁蓝蓝双眸里的流波转动，笑着说："我叫丁蓝蓝，是四川邻水人，师兄既然是重庆人，我们就是半个老乡了……"

"以后蓝妹有事尽管找我。"刘离不等丁蓝蓝说完，插嘴道，"我刘离办事，你只管放心。"

丁蓝蓝甜甜一笑，开始吃米粉。

叶晶吃了几口糁米饭，又喝了几口豆浆，感觉非常合自己胃口，柔声问林华："他们怎么知道我爱吃这东西？"

林华双唇微呶，说，"你也不看看是谁安排的，小傻瓜！"

叶晶听了，脸红到了脖子根，娇嗔道："就你聪明。"

林华望向叶晶，双目灼灼，说："不聪明，能够震得住我这仙女老婆吗！"

叶晶听到林华说出"老婆"一词，生怕丁蓝蓝和戴雪听到，一边挥手示意林华不要再说下去，一连转过头看丁蓝蓝和戴雪，看到两人一边吃粉一边与刘离和费茅谈得火热，知道她们此时没有闲心来管她和林华的事，就轻声说："既然只是仙女老婆，那就还有妖女老婆和什么什么老婆的喽。"

"哈哈。"林华朗笑两声后，耸了鼻子吸气。

叶晶问林华吸什么，林华说："满屋都飘荡着你的醋水，我如果不吸一吸，就对不住你了。"

叶晶脸红得更像玫瑰，却又说道："飞飞，她……"

林华说："你要是还不放心，我即刻就打电话让她叫你大嫂！"

"这……"叶晶连忙罢手，示意林华不要乱来。

林华望着叶晶，故作幽怨地说："晶儿，君家夫难为啊！"

林华那表情实在搞笑，叶晶忍俊不禁，随着她一声"扑哧"，食管哽得难受，她咳了几声，手忙往胸口捂去。

林华见了，忙抢过叶晶手里的豆浆，放在她的嘴边，说："喝豆浆，别太猛，小口小口地抿！"

叶晶一边喝，林华一边用右手轻拍着她的背，说："慢点儿慢点儿，好些了吧。"

见叶晶点了头，林华又转身到叶晶的桌子旁拿了一杯水和一个脸盆，将水递给她，要她漱漱口。

叶晶漱了口，正要站起身到洗手间吐水，却看到林华将盆子举在她的胸前，命令道："吐到这里！"

叶晶犹豫了一下，将嘴里的水轻轻吐在盆里。

"晶姐，你真幸福啊。"戴雪这时已吃完米粉，望见了这一幕，说道。

叶晶的心里早柔成了一池水，却说道："也没有什么，他是看到姐妹们都在这里，不想让我难为情，就秀一秀喽。"

丁蓝蓝也看到了这一幕，说："要是有个男人也这么对我，我现在就嫁！"

林华正端了盆子从洗漱间里出来，看到刘离听了丁蓝蓝的话，还傻呆呆地站在原地，就说："我这不是秀，我是在给兄弟们做个表率，体贴夫人的男人，才是真正的汉子！"

丁蓝蓝和戴雪听了，双手鼓掌称赞。

刘离这时意识到了丁蓝蓝和林华的话中话，就微笑着对丁蓝蓝说："我现在还做得不够好，但我愿意向老大学。"

丁蓝蓝听了，脸"刷"地绯红。

费茅见了，忙对戴雪说："我也愿意向老大学，你做我女朋友吧！"

戴雪口是心非地说道："你想得美！"

林华见了，轻声对叶晶说："瞧，有戏了，这下，我们都放心了。"

叶晶说："真有你的，不过，你还有容易——我，还有飞……"

"晶姐好！"叶晶还没有把话说完，凤飞飞就兴致勃勃地闯了进来。大家顿时屏声静气，面面相觑，欢呼雀跃的宿舍里立刻寂然无声。

13

再哭就丑了

一进宿舍，凤飞飞一眼就瞟到了林华，有些意外，更欣喜无比，又看他们兄弟三人只缺了一个有些呆傻的容易，便以为林华是带着兄弟们来看自己的。就说："对不起对不起，昨晚到舅舅家喝醉后早早睡了，今早又睡了个懒觉，这才吃了早点赶回宿舍，让大家久等了。"

说完，她步履轻盈，轻摇身子，如一片被微风轻拂着的柳条，朝着林华飘去。当她在林华面前落定，伸手要去拉林华时，见叶晶坐在林华的旁边，两腮艳若桃李，双目潋滟，秋波盈盈，比以往更加妩媚摄魂。她心里一惊，伸出的双手一把拉住了叶晶，问道："晶姐，昨晚可有人加你微信？"

叶晶摇着头说："昨晚手机充电，现在还没开机呢。"

"你快开机啊！"凤飞飞表情有些夸张地说，"有个大帅哥申请加你了！"

叶晶听了，望了林华一眼，看到林华若无其事地坐在那里，就问道："谁呢？"

　　凤飞飞看到叶晶望林华，心有不快；又看到林华泰然自若，不由得喜上眉梢，笑盈盈地说道："我表哥啊，他和我舅舅舅妈看到我手机上的照片，又听我说起你的情况，都非常满意。表哥当时就申请加你的微信，舅舅舅妈则托我给你们牵线当红娘呢！"

　　"你有没有完？"林华听了，双眼扫向凤飞飞，目光凌厉。

　　凤飞飞以为林华不喜欢听自己唠叨叶晶的事，忙松开拉住叶晶的手，往林华的手上一挽，向叶晶介绍道："晶姐，这就是我老公林华，我早就跟你说过的。"

　　林华甩开凤飞飞的手，说："叫她嫂子，飞飞！"

　　凤飞飞喜出望外，说："是的，你该叫我嫂子了，晶姐。"

　　凤飞飞的话一说完，大家看到她一脸的喜气和得意，都知道她误会林华的意思了，想插嘴说出实情，又怕她山呼海啸地动山摇，都不知如何是好。

　　"飞飞，我……"叶晶望着凤飞飞，欲言又止。

　　"叫嫂子啊，哈哈哈……"凤飞飞望着叶晶羞答答的脸，笑着说，"不要害羞，这时候，要害羞的是我才对。"

　　只有林华依然面不改色，从容淡定，他一脸严肃地说："飞飞，请叫叶晶嫂子！"

　　"什么？"凤飞飞以为自己听错了，反问道。

　　林华重复道："飞飞，请叫叶晶嫂子！"

　　这一次，凤飞飞听得清清楚楚，她一声尖叫之后，拉住林华的手，说："我不计较你胡思乱想和胡言乱语，告诉我，这不是真的！"

"这是真的，叶晶就是你嫂子。"林华的话说得斩钉截铁，冷若冰霜，"你以后不要再胡思乱想和胡言乱语了。"

林华的声音虽然不大，却如一个惊雷劈在了凤飞飞头上，她一屁股瘫坐在地上，如一个石磨一般安静，纹丝不动地摆在那里。

叶晶不忍心看凤飞飞那般模样，起身去扶凤飞飞，说："飞飞，起来吧，坐在地上对身体不好。"

"啪！"凤飞飞站起来，一个巴掌打在叶晶脸上。

叶晶捂住脸，说："对不起，飞飞，我……"

"别怕，有我在！"林华一把将叶晶搂在怀里，望了望凤飞飞，嘴角漾起一丝淡淡的笑，目光凛凛，不快不慢地说，"谁若再敢动我夫人一根汗毛，我定让她得到一千倍的回报！"

凤飞飞听了，突然感觉地动山摇，天崩地裂，头痛欲裂。

"啊——"

"啊——"

"啊——"

……

凤飞飞尖叫了几声后，又冷笑着往后退，突然转身，拉了门要往外跑。费茅一个箭步上去，一把抓住了凤飞飞。

凤飞飞回过身，伸出双手抓打费茅的手。费茅的手掌依旧如一个大大的吸盘将她的手牢牢地吸着，越吸越紧。

"痛死了！痛死了！"凤飞飞喊叫着。

费茅还是没有松开手。

再不挣脱，骨头就要碎了！

想到这，凤飞飞张开嘴，一口朝费茅的手咬去。

费茅紧捏凤飞飞的手抖了一下，手背一阵刺痛，正想松手时，却看到戴雪在目不转睛地盯着自己，他立刻一脸从容，紧紧抓住凤飞飞的手不放。

"呀，出血了。"戴雪看到几滴血从费茅的手背渗出来，一边掏了纸巾走过去给费茅擦手背，一边说，"飞飞，伤心归伤心，你不能见人就咬的！"

凤飞飞回过头，说："你们一个个合起来骗我，比我堂堂正正地咬人恶毒十倍！"

"凤飞飞，话不能胡说的。"丁蓝蓝说，"我们这里没有人骗你。"

"没有骗我？"凤飞飞冷笑一声，说，"我只在外面住了一夜，男朋友就被人抢了，还说没有骗我！"

"嗬！"刘离笑了一声，说，"请问飞飞妹妹，你男朋友是谁？"

凤飞飞嘴巴朝着林华努了努，说："远在天边，近在眼前。"

刘离又笑了笑，望着林华问："老大，怎么从来没听你说过凤飞飞是你女朋友啊？"

"飞飞，你别闹了！"林华望着凤飞飞，轻声说，"闹下去，只会对你不好。"

"是啊，这些天老大一直在找他只远远看到过一眼的女神，还把我和呆子、瘦鼠三兄弟都发动起来了，一直寻而未果，老大都急得快白胡子了。好在昨天傍晚他终于找到了叶晶大嫂，他那个高兴劲儿啊，比飞上了云端还美，当时就打电话命令我们兄弟三人去拜见她。"费茅一边瞟戴雪几眼，一边又瞟凤飞飞几眼，说，"事情经过就是这样。我劝你停战吧，老大说得一点儿也不错，再折腾下去，受伤的，还是只有你自己。"

虽然，林华顾着凤飞飞的面子，没有说他从来没有把凤飞飞当成女朋友过，但费茅和刘离却毫不客气，帮林华解了围。

凤飞飞此时也冷静下来，想想从见面的第一眼起，林华的双眼从来没对自己闪过一次电波，原来以为，只要他还没有女朋友，只要自己努力去追，总有一天是可以得到他的心的，谁料……

"叶晶，为什么骗我？"凤飞飞上前一步，朝着叶晶走过去。

看到她情绪有所平静，林华示意费茅松手。

叶晶说："飞飞，我没有骗你。"

"你明明告诉我你不认识林华的，只一夜之间，他竟然跑到我们宿舍里来宣扬他是你男友了！"凤飞飞怒瞪着叶晶质问，"你还说没有骗我？"

叶晶说："我在你喜欢林华前就喜欢上他了，只是，当时还不知道他的名字！"

"骗子，不要脸，无耻！"凤飞飞一边骂一边说，"就算你说的是事实，但是，你答应过我的，凡是我爱的人你都不会和我抢的，这话你才说了几天，你就变卦了，你还不是骗子！"

丁蓝蓝见凤飞飞咄咄逼人，叶晶双颊窘得通红，有些看不下去了，说道："不错，叶晶是答应过你不会抢你爱的人，但你也不想一想，她和林华恋爱在先，怎么说得上她抢你男朋友？这一点，谁心里不清楚？别看晶姐不与你争吵，她那是怕伤了姐妹间的和气才对你一再忍让。飞飞，先前你是不清楚事情的来龙去脉，闹几下也很正常，现在，这一切你都知道了，再闹下去，我们就说是你在抢晶姐的男朋友了！"

"你……"凤飞飞被丁蓝蓝的一番话呛住。

"飞飞，你嫂子没有说谎，在我赶去爱米丽酒店的路途中，我和她就相遇了，只因当时老爸催得我厉害，我们还来不及表白。"林华说，"情况就这样，你若现在客客气气对你嫂子，我还当你是妹妹；你若再胡搅蛮缠，就别怪我不客气！"

凤飞飞将眼光从叶晶身上移开，扫到林华脸上，一脸凄楚地问："怎么会，只因她比我早到一步，结果就千差万别了吗？"

"不，即使她比你晚到一万步，结果也是这样。"林华语气平和地说，"因为，在我看到她的第一眼，我就知道自己前世注定是她的爱人；而其他任何人，无论我看过她们多少眼，都不会有一丝一毫的心动。"

林华的话虽然说得很轻，叶晶听着，却是每一个字都如一米阳光般轻轻泻进她的心里，烙得她周身温暖炙热。

而凤飞飞，则感觉一字一冷雨，从她的头一滴接着一滴地往她身体上滴，当林华合上嘴时，她已全身透湿，从头到脚都冒着冷气。因此，当她再说话时，寒气逼人："不错，她是国色天香，才得到了你这般的宠爱。不过，最美的女人也最危险，尊夫人这样的绝色女子必定是大众女神。大众女神——华哥哥，你就一点儿都不担心她哪天受不住诱惑，跟别的男人跑了？"

"多谢妹妹提醒！"林华嘴角浮上一抹笑意，说，"如果我没有本事留住她，我就好好学习，学成了，就把她从别人那里夺回我的怀中，从此好好疼她宠她。只要我的柔情蜜意能够换来与她的一世相守，就算折去我寿命的一半，我也在所不惜！"

林华的话一说完，泪水一圈接着一圈从叶晶的眼眶里涌出来，她眼睛的四周，还有鼻子、脸颊，都如涨潮的浅海，滚着一片片水花。她呆傻着，任由泪珠纵横，灵魂，早已飞到了天外。

感动。

羡慕。

忌妒。

委屈。

伤心。

愤怒。

……

各种滋味突然间涌上凤飞飞的心头，在她的心湖里掀起惊涛骇浪，一阵连着一阵击打着她的心壁，又被她坚实的心壁反冲回来。在经过几番左冲右突之后，凤飞飞的各种情绪终于找到了突破口，它们沿着她的胸腔直冲而上，经过呼吸道，从她的嘴里、从她的鼻孔里、从她的眼睛里喷薄而出，当众人听到她号啕大哭的声音时，她已泪如泉涌。

戴雪、丁蓝蓝等人也都已热泪盈眶，却都没有说话，他们一会儿看看叶晶，一会儿看看凤飞飞，不知如何是好。

林华看到叶晶泪水婆娑，竟然还傻乎乎地怔着不动，知道她已经被自己刚才说的一番表白震得魂飞天外。他不由得张开右掌，将叶晶的左手轻轻握住，缓缓举在自己的胸前，用极轻极温柔的声音说："别哭了，再哭就丑了！"

叶晶一听到"丑"字，身子像被什么弹了一下，瞬间，她的七魂六魄全回来了，忙掏了纸巾擦泪。

凤飞飞站在林华和叶晶的对面，本已哭得声嘶力竭，再看到他们竟然就在自己的眼前上演着恩爱秀，不由得怒气冲顶，一把抓住林华的左手就咬。当刘离和费茅反应过来扯开她时，林华的手背上已经烙上了一圈红牙印。

叶晶问林华痛不痛，林华摇摇头。

凤飞飞被刘离和费茅一左一右地拉着，她两眼凶巴巴地瞪着林华，嘴巴左晃右动，牙齿磨得"咯咯"响，恨不得再咬他几口。

"一咬泯恩仇！"林华望着凤飞飞，鼓励道，"飞飞，如果你觉得还不解恨，你可以继续咬，直到你解恨为止。"

"哈哈——"

刘离、费茅、戴雪等人都大笑起来。

丁蓝蓝说："飞飞，才前后不到半小时你就咬了两个人了，再咬下去，你都成什么了？"

"啊——"

凤飞飞突然爆发出一声长啸，大家屏息静气地准备着，等待她再掀起一场暴风雨，她却只是举起袖子将眼泪一抹，掏出手机给同学打电话，说她身体不舒服，帮她请个假。

说完，她扭腰摆臀地走到自己的床边，命令道："你们都出去，让我睡一个好觉！"

14

给我打半天工吧

听到"咚"的一声门响，凤飞飞知道，宿舍里只剩下她一人了。她当时实在是筋疲力尽，把林华、叶晶等人全部赶跑，是想好好地睡一觉。可当她躺在床上蒙了被子睡觉时，哪里睡得着？

先前的一幕幕，又在她的脑海里重现。尤其是她在误会林华说的话后欣欣然等待叶晶叫她嫂子的那情景，更如一个微视频在她的眼前循环播放。

那，是众人皆醒她独醉！

不，应该是她光屁股打灯笼——出大丑了！

想到这，凤飞飞张大嘴巴大哭一阵，刚感觉心里好受一点点儿，却听到有人站在门口一边敲门一边骂："哭就到外面去啊，在这里大哭大叫，搞得我英语单词都记不住了，要是六级过不了，你负得起责吗？"

从她说话的口气和刻薄劲儿，凤飞飞知道是隔壁宿舍的马沙沙。若是平时，凤飞飞无论如何也会与她唇枪舌剑几个回合，可现在，她已觉全身无力，无意与马沙沙争出高下了，便停止号哭，只抽抽搭搭地呜咽着，抽泣一阵之后，昏昏沉沉地睡着了。

凤飞飞醒来时，已经是中午了。除了枕巾透湿凉人，她还感觉到胸口紧胀，饿还是痛？凤飞飞不明白，也不想搞明白。她拿起手机，第一时间给老爸凤一鸣打电话，提示关机；她又给老妈打电话，提示关机。本来，她是想在父母面前好好哭闹一番的，两人却同时关了机。

"关吧关吧，等女儿我被别人欺负死了，你们再来给我收尸吧！"凤飞飞一边骂，一边气得将手机扔在一边，噘着嘴巴呆坐了一阵，从床上爬起来，软软塌塌地走到洗漱间。

"啊——"凤飞飞惊叫一声。

她被镜子中的那张脸吓了一跳。

面容憔悴，一脸沮丧，那是她凤飞飞吗？

是，是她青春失恋的镜像！

不！娇艳动人，意气风发，这才是她青春的写照。

只几个小时，她的青春就被失恋的风雨吹刮得凄凄惨惨戚戚了，是青春太经不起折腾，还是失恋比恶魔更凶残？

惊吓！

震撼！

愤怒！

她容光焕发和妩媚明艳之时，林华尚且对她都视若不见；现在，她如此这般萎靡不振和花色黯然，莫说林华了，就是别人，不，就是她凤飞飞自己，怎么看都觉得这副尊容让自己讨厌和恶心！

"真没出息！"

凤飞飞朝着镜中的自己咬牙切齿地骂。骂过之后，她的耳边突然窜出一句话来。

一个人可以被毁灭，但不可以被打倒！

这句话是谁说的，她在哪里见过或是听到过，她都想不起了。但当这句话在她耳边响起时，她觉得老天突然间降下了甘霖雨露，她凤飞飞这株开始萎靡干枯的玫瑰受到了滋润，一下子叶展茎舒而蹿高了一截。

于是，她开始梳头，刷牙，洗脸，描眉……

一切完毕之后，她朝镜子望去。

镜中人似玉，美艳世无双！

凤飞飞一边赞叹着自己，一边想起老妈常对她说的话：飞飞，如果你有一天失恋了，你可以哭，也可以叫，还可以摔东西骂人，但你在哭过闹过之后，一定要记得站起来，对着镜子笑。

凤飞飞冲着镜子笑了笑，自信又在心中疯长。

像我这般美，虽迷不了林帅哥，张帅哥、李帅哥是可以迷倒一大批的。想到这，她举起双臂，觉得自己浑身充满了力量，这些力量在她的全身奔涌着，似乎要迸发和释放出来。

"飙单车！"

凤飞飞刚脱口而出，就掏出手机打开 App，点了摩拜单车后，提了包出门。还没走出 A 大校门，凤飞飞就找到了几辆白身子、橙车轮的单车，她在那辆看上去最鲜亮的车前停住，用手机扫了车锁上的二维码，一屁股坐在座凳上，两脚往踏板上一蹬，不到几分钟，就飞离了 A 大。

行人车辆比校园多了数倍，凤飞飞却没有放慢蹬车的速度，她见缝就钻，如一条活泼灵动的小红蛇在人群中弯弯曲曲地游动着向前奔。正当惬意之时，在她后面飞驰的一辆摩托突然跑偏朝着她直奔过来，她一慌神，双手松开龙头，车子摔出去几米远，人扑倒在地上，半天爬不起来，惹祸的那辆摩托却逃之夭夭。行人见凤飞飞扑倒在地上半天没有站起来，都围过来看情况。在看到她摔在前面的自行车后，有人指责她骑车太快，有人说她一个女孩子居然也这么野，有人骂她活该……

凤飞飞双手撑在地上，想爬起来咒骂对她指指戳戳的人，无奈左膝盖疼痛，爬了几下，也站不起来。

有一只手就在这个时候穿过两个人的身体的空隙伸向凤飞飞，当凤飞飞拉住那只手臂时，那人的整个身子已从人堆里穿出来。他弯了身子，扶起凤飞飞。

"你……站……这儿别动。"那人嘱咐凤飞飞之后，走上前把单车扶起来，双手捏住单车龙头左右搬动了几下，朝着凤飞飞推过来。

凤飞飞望着他，觉得似曾相识，却又想不起在哪里见过，就问道："你是谁？"

那人的脸一下子红成了猪肝色，吞吞吐吐地说："容……容易，不记得了？帮你提过箱子的。"

经容易一提醒，凤飞飞记起来了，他和肥猫、瘦鼠一起帮她提过箱子，肥猫、瘦鼠一看到叶晶就弃她而去，只有他没有中途离开。只是，她当时只记住了他的名字，还有他的结巴。

一想到他是林华的兄弟，凤飞飞的心里又蹿起一把火，说道："是你啊，谁让你管我的闲事了，闪开！"

说完，她双手握住龙头，提腿，用力，准备蹬上单车继续前行。右膝却很痛，试了几下，她都无法坐在座凳上。

"你膝盖……都肿了，我带你去诊所……看看吧！"容易说，"如果……没问题……"

"不要啰唆了！"凤飞飞极不耐烦地打断容易的话，问，"你会骑车吧？"

容易憨笑着点点头，双手捏了车把，说："没……没问题。"说罢，他双手抓住车把，屁股往单车座凳上一挪，安安稳稳坐在上面，又开两腿，说，"上来吧！"

凤飞飞见容易动作比较娴熟，就放心地坐在了他身后。

容易扶着凤飞飞从医院里出来，说："没有骨……骨折，又上了……上了药……我……我就放心了，给你叫辆车，你……先……先回学校去吧！"

"我脚还在疼呢！"凤飞飞说，"你就不能送我回去？"

"我……我还有事？"

"什么事？"

"这……"容易面露难色，顿了顿，说，"打工……赚生活费。"

凤飞飞听了，两只眼珠子滴溜溜地转动着，问："你到别人那打一天工有多少钱？"

"有时多……有时少，最少……50块，最多……100块。"

"哈哈哈哈。"凤飞飞大笑几声，说，"这样吧，我给你200块，你陪我玩半天！"

"200块？"容易有些不敢相信自己的耳朵，问，"你不回学校了？"

"我烦死了，不想回学校了。"凤飞飞说，"我看你车骑得不错，带我兜风去吧，就一个下午，我开一天的工钱200块给你，怎么样？"

"这……"容易双手托住下巴，嘴巴动了动，皱了眉头，不说话。

凤飞飞急了，双手将容易的手扯下，抓在她的手里摇晃，说："这什么这啊，你快答应了吧！"

容易的手第一次被女生抓在手里，紧张得不敢出气，脸和脖子一下子憋得通红，越发呆傻地站在那里。

"无语就是答应！"凤飞飞兴奋地叫道。

"我……我不能……拿……拿你的钱！"容易急了，说话越发结巴，"老大……老大……"

"去你的老大！"凤飞飞杏眼圆瞪，骂了一声，说道，"你的事跟别人一毛钱的关系都没有。容易，你要是个男子汉，就自己的事自己做主！"

容易的手被凤飞飞抓着，慌出了一身汗，用力甩了一下，双掌从凤飞飞手里挣脱。

凤飞飞看到他的脸红成了关公，觉得又奇怪又好笑：男生也会害羞紧张！

她笑了笑，说："你慌成那样做啥？我凤飞飞又不是老虎。"

容易的双手脱离了凤飞飞，被吓飞的魂魄渐渐回位，说道："对……对不起……我和老板说好了……我……不能陪你。"

"说好了就不能改吗？死呆子！"凤飞飞横眉竖眼道，"给他打个电话请假，就说老师突然找你有事！"

"撒……撒谎？"容易问了一声，右手按住裤子口袋，愣着没动。

"说句谎会死人吗？"凤飞飞一边伸了手要去容易的裤袋里掏手机，一边说，"你不敢，我帮你打！"

容易屁股一扭，躲过了凤飞飞的手，说："还是……我……自己来吧！"说完，他掏出手机发了信息。

凤飞飞看着容易那副窘态，开怀大笑："哈哈……哈哈……哈哈哈哈哈哈……哈哈……哈哈……哈哈哈哈哈哈……"

容易听了，目光怔怔地盯着凤飞飞。

凤飞飞朝着容易的肩膀拍了一下，问："呆子，怎么又傻了？"

容易愣了一下，说："好听！"

凤飞飞明知故问："什么好听？"

"你……你的笑……笑声……"容易说。

"是吗？"凤飞飞笑着问，"那你说说像什么。"

"像……像……像什么呢？"容易右手摸住额头，一边想一边说，"像……像燕子……擦……擦过水面，像……像……像画眉……穿……穿过枝头！"

"哈哈……哈哈……哈哈哈哈哈哈……哈哈……哈哈……哈哈哈哈哈哈……"凤飞飞望着容易，笑声更加爽朗动听。

"还像……像我家那棵桃子树上的百灵鸟在……在唱歌。"

"是吗？"凤飞飞问，"你家哪来那么多的鸟？"

"我家屋前屋后都……都是树和坡，各种各样的……鸟……都……都有呢！"

"我想去坡上看看，顺便听听鸟叫；书呆，再租一辆摩拜单车，我们骑车去！"

"那么远……哪……哪能骑……骑车去啊。"

"登香炉峰，我们先骑车到香山公园，再坐索道上去。"凤飞飞一手拍在容易的脑袋上说，"你脑袋怎么一点儿都不会拐弯啊，难怪他们叫你呆子。"

"是你跳……跳得太……太快，我才……才跟不上。"容易右手摸着脑袋，眨着眼睛说，"骑车不行吧，你……你的膝盖。"

"没事！"凤飞飞打断容易的话说，"我凤飞飞向来只妖气不娇气，你等着瞧吧。"

容易看着她一脸的坚定，只得点头同意。

从索道缆车里走出来时，除了容易和凤飞飞，香炉峰顶竟然没有别的游客，罕见地清静。

凤飞飞手扶栏杆眺望四周，群山莽莽，山天相连，云蒸霞蔚，气象万千，她突然觉得胸膛里充满了力量，这些力量正一股接着一股往上蹿，似乎要迸发出来。她不禁深深吸了一口气，再用尽全力呼出去。

"嗷——"

"嗷——"

"嗷——"

凤飞飞连续发出几声长啸之后，胸膛温软轻松了，眼泪却铺天盖地地泻下来。

容易正把双手撑在香炉石上，两手托着下巴听鸟叫，突然听到凤飞飞的号叫，两手垂在了腿侧，不知她怎么回事，就怔怔地望着她。当凤飞飞的号哭声吓得四周的鸟儿四处飞窜时，容易突然冲到她身后，双手往她身上一箍，提起她拖到了峰顶中央立着的大石头前。

"你……不能死！"容易瞪眼望着凤飞飞说。

"我才不会跳崖寻死呢！"凤飞飞挣开容易的双手，身子靠大石头上，哭得更是惊天动地。

容易不知道凤飞飞为什么突然哭得泪雨滂沱，又不敢问她，小心翼翼地站在她的旁边，默默地看着她挥泪如雨。看了一会儿，见凤飞飞哭得花容惨淡，心中生出一丝疼痛，不由自主地展开双臂，将凤飞飞搂在怀里。

凤飞飞有了依靠，哭得更加凶猛彪悍了。

容易在心里纳闷：这么漂亮的一个女生，又不愁吃不愁穿的，有什么好哭的。

凤飞飞的眼泪流干了，胸口不再感到有一丝胀痛，看到容易一脸的迷惑不解，她说："我已经死过一次了，不会再死了。"

容易感到更加莫名其妙，又不敢问原因，只呆呆地盯着凤飞飞。

凤飞飞突然问："我漂亮吗？"

"漂亮。"

"叶晶呢？"

"漂亮。"

"我漂亮，还是叶晶漂亮？"

容易顿了一下，说："都漂亮。"

"这是选择题，二选一！"

"一个……嫦娥，一个……七仙女，"容易做出无可奈何的表情，说，"在我看来……这……这是多……多选题，我都选！"

凤飞飞听了，嘴唇微开，笑，又如一串串珠子从她的皓齿里飞出来："哈哈……哈哈……哈哈哈哈哈哈……哈哈……哈哈……哈哈哈哈哈哈……"

容易听得有些迷醉，搂着凤飞飞的双手缓缓箍紧，一只手却突然被凤飞飞抓住。容易这才意识到刚才自己抱紧了凤飞飞，赶紧垂下围在凤飞飞腰间的另一只手，被凤飞飞紧紧握住的那只手的掌心，已全是汗水。

凤飞飞看出容易一副如临大敌的样子，诡谲一笑，突然将捏着容易的那只手往上提，停在她的胸上。

容易的手掌仿佛触到的是雷电，瞬间握缩成一个拳头。汗水，不断地从他的身上冒出来，身子抖成了一根突遭强风的木桩。

看到容易的脸上亮晶晶的青春痘，身子也抖得跟筛糠似的，凤飞飞笑得更加妖妖娆娆了，一双美目柔波缓流，说出的话娇软如水："依你看，我是嫦娥，还是七仙女？"

容易这时已被吓得魂飞天外、魄散九霄，他如一个突然患了疟疾的傻子，目光痴呆，寒战连连，面红耳赤，大汗淋漓，哪里还能说出话来？

见容易痴呆得说不出话来，凤飞飞轻叹一声，说："嫦娥也好，七仙女也罢，林华都爱上叶晶了，就算我丑得像诸葛亮的老婆，又有何妨呢？"

凤飞飞的话虽然非常轻，但却像一枚点穴极到位的指尖，突然打通了容易的七经八脉，使他飞散的灵魂顷刻全部复位。他稍一用力，推开凤飞飞，说："就因为这……你……你就这样糟……糟蹋自己？"

"这是失恋！"凤飞飞大声说，"你以为是小儿科？"

"失……失恋……真会有……这般痛苦？"

凤飞飞看着容易一副迷惑不解的模样，惨然一笑，说："现在你难以想象，等哪一天你失恋了，自然会明白。"

15

浪漫暖男

叶晶醒来时，已经快下午3点了，洗漱完毕之后，正准备开门出去，却被丁蓝蓝一把拖回床边。

"晶姐别走啊！"丁蓝蓝说，"刘离约我逛街呢，你帮我看看穿哪身衣裙最漂亮。"

叶晶一个上午都被丁蓝蓝和戴雪以各种理由缠在宿舍里，本打算下午上教室看看书，将浪费掉的时间补起来，没想到现在又被丁蓝蓝缠住，叶晶心里虽有些遗憾，却也只好留在宿舍里给丁蓝蓝当参谋。

丁蓝蓝身材秀颀苗条，体态轻盈飘逸，每换上一身衣裙，叶晶没有不赞不绝口的。叶晶以为她的赞美能够让丁蓝蓝在试穿了两三身衣裙后人停下来，她再去教室学习也还为时未晚。谁知这丁蓝蓝今天把她的所有秋裙都试完了还意犹未尽。

手机屏幕上显示的时间是下午4点30分。

6点上食堂吃晚餐，还可要到教室学习一个半小时。叶晶这样想着，又准备开门出去，却又被戴雪拖了回来。

叶晶问戴雪有什么事，戴雪说她的事与丁蓝蓝一样。看到叶晶一副无可奈何奉陪到底的样子，戴雪说费茅也约了她明天一起逛街。

丁蓝蓝和戴雪周末一般都喜欢结伴逛街，待在宿舍的概率太小，今天怎么不去逛街了？又怎么还要缠着自己不放？

这两人今天非常古怪！

叶晶在心里嘀咕着，但不露声色。

戴雪上演的时装秀与丁蓝蓝如出一辙。尽管她的衣服比丁蓝蓝少许多，也耗去了叶晶半个多小时。

看到叶晶又打算去教室，丁蓝蓝和戴雪不约而同冲到门前，一左一右地站在门前。

两人严阵以待的样子实在有些滑稽，叶晶忍不住笑了笑，说："什么时候我成犯人了，要你们这两个把门神守着？"

"岂敢岂敢。"丁蓝蓝也笑了笑，说，"我和戴雪今天好不容易管住了脚不到街上乱窜，就想和晶姐交流交流，以学到俘虏男神的本领。"

叶晶知道丁蓝蓝说的是托词，想看看她葫芦里到底卖什么药，就故意说自己突然想起一道想了一节课也做不出来的题目，现在要去教室里写下来，以防止忘掉。丁蓝蓝却主动请缨，要叶晶告诉她教室地址和座位，她帮叶晶去取回来。

叶晶笑着说："你不怕我们教室那群色狼吃了你？"

"再好不过了。"丁蓝蓝笑着说，"早就听说你们班除了你这朵班花，其他都是清一色的和尚。那么一大堆的理科男，帅哥一定多的是，今天我丁蓝蓝就过足花中选花的瘾！"

"刘离呢？"叶晶问，"他怎么办？"

"也算是一个吧。"丁蓝蓝说，"帅哥帅哥，何妨多多！"

"你这大色狼！"叶晶一掌拍在丁蓝蓝肩膀上。

丁蓝蓝听了，也不生气，笑盈盈飘出门。

不到10分钟，丁蓝蓝就回来了，她一边把作业本递给叶晶，一边说："晶姐，为了让你能够很快拿到作业本，我拼了老命跑酸了腿不说，满教室的帅哥，我都顾不上认真瞧上几眼，多可惜啊，你可得认认真真完成作业，不然，就枉费了我这一身汗水和一片心意。"

叶晶笑着瞟了丁蓝蓝一眼，接过书本坐在桌前做作业。

丁蓝蓝和戴雪也各自拿了一本书坐在桌子前，装模作样地看书。

"在宿舍里看书，真有你们这般难受吗？"叶晶看到两人坐如针毡哈欠连天，笑着说，"要是真难受，你们就不要在我面前装了，逛街或睡觉，还有玩手机，都可以啊。你们放心玩，晚餐前我不会跑出宿舍的。"

丁蓝蓝和戴雪面面相觑，又轻声嘀咕了一阵，都趴在桌子上半闭着眼睡觉。

吃完晚餐回来宿舍后，叶晶接到林华的电话，约她到附近的公园散步。叶晶正犹豫，丁蓝蓝一把抢过她的手机，对着电话说："对不起，晶姐今晚要给戴雪当红娘，她就失陪了！"

没等林华回应，丁蓝蓝就挂了电话。

丁蓝蓝回递手机时，戴雪看到叶晶柳眉倒竖，粉面生威，知道她生气了，就说："晶姐，蓝蓝为了成全我，才先斩后奏的。"

"为了你……"叶晶越想越觉得不对，说，"你不是有了费茅了吗？怎么还要我给你当红娘？"

"这……"戴雪吞了一下，说，"我和费茅也只是刚刚开始，如果有比他更好的帅哥可以让我选择……何乐而不为呢？"

"呵呵。"叶晶看到戴雪的脸憋得通红，不禁笑起来，感叹道，"我们宿舍真是了不得了！"

吃过晚饭，叶晶要丁蓝蓝和戴雪先回宿舍休息，说她要去教室看一会儿书，只要她看到有帅哥在教室里自习，她会发信息给她们，她们再来看帅哥也不迟。戴雪和丁蓝蓝却抓住叶晶的手不放，她们押着叶晶到樱花湖散步，以向她学习恋爱经验为理由，缠着她仔仔细细回忆男神林华在那天傍晚向她求爱求婚的细节。

直到丁蓝蓝的手机收到"可以来了"这条信息，她和戴雪说她们愿意陪叶晶到教室一起上自习。叶晶越来越感到丁蓝蓝和戴雪两人今天一整天都古古怪怪，却又感到盛情难却，也就由着两人搂着她往教学楼方向走去。

叶晶远远就瞥见教室里没有亮灯，说今天是周末，班上的帅哥们大概都野成蝴蝶到处拈花惹草去了，她劝丁蓝蓝和戴雪还是回宿舍休息，以免劳而无功。

丁蓝蓝和戴雪却认为：只要灯一亮，是飞蛾就会扑火的；只要叶晶这班花往教室一坐，那些在四处纷飞的蝴蝶焉有闻其花香而不飞回来的道理？

叶晶拿她俩没办法，只好由她们跟着自己往教室走去。

三人来到教室门前，趁叶晶掏出钥匙开门之际，丁蓝蓝的手在门上有节奏地敲了三下。

在叶晶推门的瞬间，听到班长何天大声说："班花生日Party现在开始！"

"啪啪啪啪啪……"

当叶晶听到如潮的掌声热烈响起时，她看到了铺在地板上的那颗巨大的红心。

几十根红色的蜡烛立在地板上燃烧着，烛光摇曳，熠熠生辉；红心的中央摆了一张大圆桌，用银纸铺着，银光闪闪，上面立着一个三层高的水果奶油蛋糕。

太漂亮太浪漫太温馨了！

叶晶一边鼓掌，一边兴高采烈地问："谁过生日啊，搞得这么奢华？"

"刚才你没有听到班长大人宣布吗？"副班长马伟明说，"是你啊，我们班唯一的班花女神。"

今天是自己生日？叶晶有些发蒙。

她的生日是下个月的今天，帅哥们怎么会想到给自己过生日，又提前了一个月的时间呢？

叶晶努力地想了想，突然记起开学第一周时班长何天曾经问过她的生日，当时她以为班长大人只是履行职责例行公事地登记每个同学的生日，哪想到全班的帅哥都会为她这一枝独秀特别搞一个生日Party。想到这，叶晶明白丁蓝蓝和戴雪今天古怪的原因了，原来，她们早已被帅哥们策反了，她们纠缠了她一天不放，目的很明显：突然袭击，出其不意，以带给她意外的惊喜。

尽管生日Party的时间提前了整整一个月，叶晶还是被感动得热泪盈眶。就在这时，音乐响起了，是柔和温馨的萨克斯名曲《回家》，这是叶晶最喜欢听的乐曲。一听到这轻柔缠绵的音乐，温馨如潮，一阵接着一阵袭上叶晶的心湖，眼泪，一滴连着一滴从她那纯净如月的双眸里涌出来，她的睫毛和脸上积满了露珠珠子，在一片水光模糊中，她看到那40多张课桌都贴着墙壁摆放得整整齐齐，除了何天和马伟明两位班长，其他帅哥都端坐在桌子上鼓掌欢迎她的到来。

看到叶晶走进教室，帅哥们双脚往地板上一撑，一个个挺立起身，每个人的双手，都变戏法一样地捧起了一朵红玫瑰。

看到叶晶和丁蓝蓝、戴雪走到了讲台边，站在叶晶身旁的何天和马伟明各往旁边一闪，让出一条道来。何天非常绅士地对着叶晶做了一个"请"的手势，叶晶缓缓往前走，穿过蜡烛的空隙走进了心形烛光的中央。

巨大的水果奶油蛋糕出现在叶晶眼前。蛋糕的奶油一律是叶晶喜欢的乳白色，温润如玉，每一层都镶了草莓、提子、樱桃等水果，每一颗都光鲜洁净、晶莹剔透，像是刚刚从水中捞出的玛瑙，五光十色，香气扑鼻；顶层的蛋糕中央立着"2"和"1"这两个数字，是用苹果雕刻的。"2"和"1"的顶端各立有一支小红烛，烛光跳动，忽明忽暗，伴着轻柔曼妙的萨克斯乐曲，发出铮铮的微响。

清一色的理科男，心思竟然会如此细腻浪漫！

想到这里，叶晶感觉到有泪珠从鼻尖滑落进嘴里，双手往脸上轻轻一擦。

"班花叶晶生日Party现在开始！"班长何天大声宣布，"第一项，请帅哥们给寿星叶晶献花！"

40多个帅哥已经围着蜡烛站成了又一个心形，何天的声音一响起，一个帅哥往前走了几步，一边对叶晶说着生日快乐，一边将玫瑰花双手献给她后退回原位。第二个、第三个又接着走到叶晶面前祝福、献花。叶晶手里的红玫瑰越来越多，手捏不住了，只好用双手搂在胸前。

"第二项，请寿星吹蜡烛！"何天又大声宣布。

叶晶正要准备吹蜡烛，无奈太多的玫瑰花碍事，她搂着玫瑰花左右移动了一下。丁蓝蓝和戴雪两人拿了银光闪闪包装纸和红丝线走到她身边，将花一分为二打好包，一人拿了一束退回心形队伍里，大家开始唱：

Happy birthday to you

Happy birthday to you

Happy birthday to you all

Happy birthday to you

叶晶深深吸了一口气后，微弓了身子，用力一吹，蜡烛熄灭了，掌声，又潮水般地响起，很快就漫过了音乐声。

掌声退尽后，音乐声也停了，全场寂静，何天高亮的声音再次响起："请寿星叶晶和她的闺密为帅哥们分发蛋糕！"

丁蓝蓝和戴雪蹦跳着走向大蛋糕，掀开桌纸，从里面的抽屉里拿出刀子、叉子等，她们和叶晶一起切好蛋糕，放到一个个一次性纸碗上，欢跳着递给帅哥们。有几个帅哥一接过蛋糕马上就狼吞虎咽，班长何天大声喝道："馋什么，寿星都还没开始尝呢！"

听到喝声，这几个帅哥立刻停下来，鼻子嘴马上都沾满了奶油蛋糕，也不敢舔进嘴里。大家看着几张花猫脸，都"哈哈"大笑起来。

叶晶也忍俊不禁，抿嘴一笑，用叉子插了一小块蛋糕放进嘴里，轻轻一咽，说："好吃，大家尽情地吃吧！"

随着叶晶一声令下，帅哥们都张嘴大吃起来，动作快一点儿的，吃完了又跑到桌前伸直了手臂向叶晶戴雪等人讨要，只几分钟的时间，偌大的一个蛋糕就被消灭得干干净净。

"生日Party第三项——节目表演！"

听到何天命令，帅哥们每人往前挪了一步，低头弯腰，将蜡烛拿起来，双手捧在胸前，小心翼翼地走回前面的桌子旁，坐好。

灯，开了；烛光依然摇曳。

教室里灯火通明。

节目表演开始了，有讲笑话的，有朗诵诗歌的，有讲相声的，有唱歌的，有跳舞的，有吹笛子的，就连平时沉默寡言的学霸张子昂也拿了把吉他边弹边唱，叶晶惊叹连连：这些平时瞧上去死气沉沉、呆呆笨笨的理科男，一下子全变成了俊杰才子；最让叶晶惊叹的是群舞《小苹果》，走到舞池中央参加跳舞的有24个帅哥，他们开始排成3横排，舞了几下之后摆出了一个漂亮的造型，随后又不断地进行队形和造型变换。一个个脸上都阳光满面，颇有筷子兄弟的神韵。其中一个帅哥平时的桌位就在叶晶前面，除了学习，其余时间全部泡在电脑编程里，同学三年，叶晶几乎从来没有听他说过一句话，而现在，他不仅是众多舞者中的一员，还是舞得最起劲儿的一个。虽然他脚步略显笨拙，动作也有些不够协调，但他笑容天真烂漫，他那滑稽的模样逗得四周的观众一个个开怀大笑。

生日Party的最后一项，是叶晶接受大家赠送的生日纪念册。一接过纪念册，叶晶就看到封面上笑盈盈的自己，那是去年元旦晚会上班长何天给她拍的一张特写照片。这张特写被框在一颗红色的心里，旁边缀了"生日纪念册"五个艺术字，最下面写有一行楷体字：请班花接受大家送的祝福。打开纪念册，出现在叶晶眼前的是土木1班的合影，旁边写着"土木1班全体帅哥祝班花叶晶生日快乐，2017年9月26日"。再往后就是每一个同学献给叶晶的祝福语，一个同学占1页空间，每一条祝福语的旁边配有该同学的照片，照片旁写着生日、属性、生肖、星座、爱好、身高、理想等。祝福语各具特色，个性鲜明。

斯文儒雅的林道明写道：

温馨的烛光为你点亮，脑海浮现昔日的时光；把双手紧紧握在胸膛；默默为自己许下愿望，愿祝福的短信都成真。愿生日的快乐永在心。

天真活泼的朱通达写道：

在你生日来临之即，祝你百事可乐，万事芬达，天天哇哈哈，月月乐百事，年年高乐高，心情似雪碧。

调皮捣蛋的柳军写道：

生日快乐！祝你今天抬头看见丘比特，出门遇上大帅哥，低头捡捆佰元钞，回家踩上臭狗屎！哈哈！

幽默滑稽的董年写的是：

大海啊全是水，蜘蛛啊全是腿，辣椒啊真辣嘴，认识你啊真不后悔！祝生日快乐，天天开怀合不拢嘴！

班长何天的祝福虽然很平实，叶晶却非常喜欢：

班花，不经意间，你进入了我们土木1班的空间，我们真诚地欢迎你！关于这段缘分、这段友谊，应好好收藏，不要忘却！没有华丽的辞藻，没有动人的故事，最后再次感谢你的到来，留下你的足迹，愿我们土木1班所有的帅哥能给你带来快乐。生日快乐！

稳重深沉的马啸的祝福让叶晶倍感温暖：

祝福不是鞭炮，响过就完了；祝福不是炉灶，火过了就冷了；祝福不是时髦，过时了就淡了；祝福是无数日子的牵挂凝结成的一句话：天开始凉了，保重身体！祝班花生日快乐，天天快乐，永远快乐！

读完最后一条祝福语时，叶晶已经泪流满面。她走到教室中央，一边鞠躬，一边说："谢谢……谢谢……"

叶晶想说的话实在太多，却哽咽着说不出来；热泪越发奔涌，急如骤雨，汪洋恣肆。

丁蓝蓝和戴雪也走到了烛光中央，叶晶一把抱住戴雪，"哇哇"地哭起来。丁蓝蓝看到帅哥们被叶晶突如其来的号哭搞蒙了，一个个不知如何是好，就说："土木1班的帅哥们，大家好。班长何天和副班长已经知道我叫丁蓝蓝，我旁边的这位是戴雪，我们都是晶姐的室友。早就听晶姐说起过，你们班上的帅哥们一个个都是浪漫暖男，现在，晶姐已经被你们感动得一塌糊涂了，已经把她最想说的话都忘记了，就由戴雪代她宣布吧。"

丁蓝蓝说完，看了看戴雪，戴雪亮开了嗓子说："请各位帅哥这些天打扮得帅帅的，一周之后，和我们英语3班的女神们搞一次联欢晚会！"

"好！"

"啪啪啪……"

"万岁！"

……

在一片喧闹中，叶晶、丁蓝蓝、戴雪都各自被一群帅哥举起来，往上抛。

"叶晶叶晶我爱你，就像老鼠爱大米！"

"蓝蓝蓝蓝我爱你，就像老鼠爱大米！"

"戴雪戴雪我爱你，就像老鼠爱大米！"

……

三伙帅哥扯开嗓门儿高喊，声音嘹亮高亢，此起彼伏；叶晶和丁蓝蓝，还有戴雪，或轻呼，或尖叫、或欢笑。教室里人声鼎沸，欢乐成一片海洋。

16

校草和校花

Ａ大的校园论坛热闹起来了。

议论的焦点是一则海报，海报的消息是有关中秋节篮球争霸赛的。

以往的篮球争霸赛海报出来后，论坛里平静如湖，几乎没有人回帖。

这一次，海报刚刚出来，就有人跟帖。而且，这跟帖的越来越多，如一夜春风吹开了千万朵花般热闹与繁华。

[水中明月]：争霸赛夏天不是才搞吗？这才秋天呢，怎么又来了？

[昏鸦]：没听说搞预赛复赛啊，直接就把我们地矿踢出局了，还有王法吗？

[神仙眷侣]：瞎眼！没看到海报上写着"帅哥班"和"女

神班"篮球争霸赛吗?

[帅不是我的错]：挑明了就是"和尚班"和"尼姑班"，戴那么高的漂亮帽子做啥，装逼!

[剑飘红]：尼姑班没一根棍子，怎么打球啊，还争霸，荒唐滑稽。

[笑傲红尘]：楼上的脑残啊，一场美女配英雄的好戏呢，这都看不出。

[穷光蛋]：对头，和尚配尼姑，好戏连连!

[变形金刚]：大四机械1班这支3连冠的精英球队呢，是被淘汰了，还是因为过论文被老师扣住而自动放弃了?

[嗳上梨的味道]：冠军队没来!林华没来，少了这男神，这球有什么看头!

[魔法少女]：也不一定喽，少了一个男神，来了一群男神，怎一个爽字了得!

[稻草人的眼泪]：楼上的糊涂，男神林华，无人可比!

[黑色寂寞]：小道消息，林华很可能上哟。

[daisy]：怎么会? 管他呢，冲着楼上的话，本仙女一定来捧场。

[霸占你]：一群尼姑，用得着男神出手吗? 我不抱希望，但我盼望!

[我从来不属于你]：男神班，棒棒的。亲，没有男朋友的，都上啊。

[超强力量]：听说每个队都有一个CUBA队员呢，球迷们，绝对不能错过。消息绝对可靠。

[时间在此停留]：中秋篮球争霸赛帅哥多多、美女多多，悬念多多、看点多多，不去的，傻逼！

　　[致青春]：要过英语六级了，虽然老火。那么多的帅哥，不去就成别人的了。拼了！

　　[学校是不死的怪兽]：为了多多的美女，我的游戏，对不起，只好分开你几小时了。

　　……

　　丁蓝蓝和戴雪都泡在论坛里看那些五花八门的帖子，津津有味地品着，越品越觉得有意思。

　　叶晶却在背后说道："蓝蓝、戴雪，你们消停一下吧，给飞飞打个电话，看她来不来看球赛，要来，我们得给她占一个位置。"

　　丁蓝蓝说："你和凤飞飞是最好的姊妹啊，你怎么不打呢？"

　　"我要是能打通她的电话，还用你说？"叶晶说，"她还在恨我，把我拉黑了。"

　　戴雪说："这个凤飞飞也奇怪了，从那天下午后就彻底从我们眼前消失了，她不会出什么事吧。"

　　叶晶说："飞飞是个坚强的人，应该不会。"

　　戴雪说："一个星期了，她上哪里去了？"

　　"我哪里知道。"叶晶说，"飞飞爱热闹，这篮球争霸赛，她或许喜欢看，趁这个机会，你打电话找找她，或许她能接。"

　　丁蓝蓝觉得叶晶说得有理，开始拨凤飞飞的号码。电话通了，邓紫棋的《喜欢你》唱了好几句，凤飞飞还没有接听，丁蓝蓝正要挂机，却听到凤飞飞在里面说："家里出事了，我一周后才能回来！"丁蓝蓝正要问凤飞飞家里出了什么事，她已经挂了电话。

听丁蓝蓝说凤飞飞家里出事了，叶晶夺过丁蓝蓝的手机拨打凤飞飞的电话，却提示关机，再拿了戴雪的手机拨过去，仍然是关机。

"大概在回来之前，她的手机都打不通了的。"丁蓝蓝说，"晶姐，你也不用着急，那凤飞飞从小养尊处优，屁大点儿事儿也会当成事儿。"

戴雪说："是啊，晶姐，我们只能静等她回来了。"

"我总感觉飞飞家里出的不是小事。"叶晶无可奈何地说，"但也没办法，只能等她回来了。"

看到丁蓝蓝和戴雪又准备在论坛、QQ群和微信群里泡，叶晶接着说："对了，听班长何天说，A大的篮球粉丝特多，每年的复赛决赛场场爆满。以往的篮球海报一出来，校园和论坛都安安静静。这一次，这海报刚一出来，就在校园论坛和QQ群、微信群里火起来了，看这场球赛的一定很多。蓝蓝、戴雪，趁我们现在没课，上街去买些糕点之类的东西，明天一上完课，我们就拿着它们当作晚餐去篮球馆抢座位。"

"为了看一场球，竟然要我饿肚子！"戴雪有些不高兴，说，"这代价也太大了吧。"

叶晶说："一举两得，少吃顿晚餐，你可以减肥1斤，还可以给男朋友占一个最好的位置呢。"

丁蓝蓝说："这主意不错，我们都不再是单身狗了，不为自己想，也要为老公着想。"

叶晶说："这就开始叫那个了，别那么肉麻好不好啊。"

"这有什么肉麻的，大家都这样叫的。"戴雪说，"晶姐，是你太保守，跟不上形势。"

"瞧你们两个一唱一和的，又把正事忘了。"叶晶拿了手包说，"走啊，上街去。"

"好的。"丁蓝蓝一边拿包一边说，"戴雪你别磨蹭了，再磨蹭，这催命婆会催死你的！"

叶晶已经出门，听到丁蓝蓝的话，回头说道："你这刀子嘴，和飞飞有得一比了。"

"啪"的一声，门关上了。

丁蓝蓝和戴雪一人背了个双肩包，一人挽了叶晶的一只手下楼往街上走。

距离比赛还有10多分钟，Ａ大篮球馆已经坐满了人，虽然有些位置空着，却早已被旁边的女生或男生用衣服、矿泉水等东西给男友或女友占住，因此，有很多人站着，远远看上去，像一面面插在人海里的花旗帜。

因为牺牲了晚餐，叶晶、戴雪、丁蓝蓝抢到了最好的座位——主席台的后一排。三人紧挨着坐着，旁边的三个空座位上都放了一大包零食，那是为林华、刘离和费茅占的座位。

看着还在熙熙攘攘不断涌进来的人，叶晶突然意识到她们少占了一个座位，让要右边的戴雪将包再往右挪一个位置。

"早就没有了，要不是我盯得紧，这位置怕也早被人抢了。"戴雪说，"都有位置了，还给谁占啊？"

叶晶说："容易，林华的铁杆兄弟，他今天不上场。"

"你想得真周到，怪不得男神会看上你。"戴雪说，"刘离他们都要上场打球，先让他坐他们的位置吧，正好可以给我们盯着位置。"

叶晶说："要是他们同时被换下来休息呢？"

戴雪说："见机行事吧。"

叶晶正要回放，却听到坐在她旁边的女生拍着手欢呼："男神，男神来了，太棒了，他真的来了！"

坐那女生旁边的一群女生都站起来欢叫："男神！男神！男神！"

这时，篮球馆的气氛顿时沸腾起来。叶晶往篮球场上一看，果然，林华穿着一身红色球服第一个登场，刘离、费茅等紧随其后；而另半边球场，何天、马伟明等也一一登场。

"嘿——"

不知谁吹了一声长长的口哨，全场哗然，声浪盖过了叶晶左边那群女生的呼声。

叶晶看到所有的观众都在交头接耳，议论纷纷，又听不清楚他们在谈论什么，就问旁边的戴雪。

"是看林华出神了吧，要不怎么没听到主持人的说话。"丁蓝蓝笑着说，"主持人正在介绍双方球员呢。"

叶晶说："这有什么，观众却都像吃了兴奋剂！"

丁蓝蓝说："兴奋剂，确实是。海报上的广告明明说的是'帅哥班'和'女神班'之争，这出来的都是一群帅哥。主持人又特别强调，白队的帅哥全部是女神们的男朋友，这样的比赛，A大何曾有过？"

叶晶"哦"了一声，看到林华正接过队友传过的球，双手抱了球，向上一投，双手的手腕干净利落地一扣，棕红色的篮球沿弧线飞上去，到了篮筐上空，又沿抛物线往下落，精准地落进篮筐里。

"三分！"有女生尖叫。

"男神，加油！男神，加油！"为林华加油的声浪响遏行云。

太帅了！叶晶在心里惊叹：身着西服的他看上去温文尔雅、气宇轩昂；此时的他生龙活虎、雄姿英发，他运动到哪里，都是一团炽烈燃烧的火焰。

望着魂飞天外的叶晶，丁蓝蓝拉拉她的衣角，嘴巴靠到她的耳边说："晶姐小心，她们要抢你老公了！"

叶晶身子一抖，七魂八窍迅速收回，问道："谁？"

"坐在我们左边和后排的那群女生都是大四外国语学院的，都在嘀咕林华是她们心中的男神，说无论如何这个学期，不，这次球赛一定要把男神林华牢牢抓进外国语学院的石榴裙里。你看那个坐在你左边烫着大波浪头的红裙女生，漂亮吧？她是A大的校花。我刚才听她说她也是林华的粉丝，别再傻愣愣地坐着，你最好马上公开你和林华恋爱的事，否则，凶多吉少！"

叶晶悄悄往左瞟了一眼，看到那校花俊眉皓齿、桃腮杏面、光艳逼人，心里一紧，不由得又瞟了她一眼，她正目不转睛地盯着球场，一脸柔情。叶晶顺着她的目光望去，眼光恰好聚焦在正在传球给队员上篮筐的林华身上。叶晶回过头，又看到篮球场对面的那一群女生，眼光灼灼，无不往林华的身上烧。

10分钟后，比赛开始了。在双方首发的阵容里，林华不是最高的一个，却是最帅的一个。比他高的只有1名球员，这球员曾经参加过CUBA球赛，是丁蓝蓝和戴雪她们女神班的男朋友，他虽然高了林华半个脑袋，但外貌长相、体形气质等都远在林华之下。何天虽然与林华一般高，也是参加过CUBA篮球赛的球员，英俊潇洒、仪表堂堂，算得上一个大帅哥，可惜，只要他往林华旁边一站，瞬间就黯然失色起来。

不懂篮球的叶晶从不去揣摩和斟酌双方球员的战术战略，甚至无暇去关心场上的比分，她的目光如两道长长的水流，柔软、缠绵，全部倾泻在林华的身上。

他太帅了！何止是长相上的出类拔萃！

　　他的防守、抢断、突破、传球、运球和上篮等动作，无不娴熟优雅，无不展现出他的灵活机敏，无不展现出一种超强而锐不可当的力量，这种力量将叶晶彻底征服。

　　这一辈子，我非他不嫁！

　　这句话从叶晶的心里说出来，她被自己吓了一跳：十天，他们从相识到现在仅仅只有十天，她，就这样决定了自己的一辈子。

　　爱情的火花一旦擦出就迅速蔓延，瞬间就燃烧到了极点。

　　叶晶想到这里时，感觉右手臂被什么东西咬得生疼，还没明白怎么回事，就听到戴雪说："晶姐，快，快看那校花……"

　　叶晶朝左望向校花，哪有她的影子？

　　"她快要走到球场上了，手里捧着一束鲜花呢，八成是给你老公献花示爱的。"丁蓝蓝大声说，"你的魂魄到哪里去了，赶快收回来啊；再不回来，小心老公让人给抢了！"

　　叶晶往球场上一看，方知第一节已经结束了，球员都在休息。

　　校花已经走到了林华身旁，将手里的红玫瑰递过去，双手抱住林华，在他胸口上亲了一下。

　　"啊！"叶晶呻吟了一声。

　　"是给美女蛇咬着了吧！"丁蓝蓝的左手推了推叶晶的胳臂，说，"我早就提醒你要早点儿宣布你和林华的恋情，你就是不听，现在着急了吧。"

　　叶晶没有空闲搭理丁蓝蓝的唠叨，她正全神贯注地盯着林华，看看他有什么反应。

　　她看到林华笑了笑，说了一句话。

　　叶晶正在猜林华对校花说了一句什么时，看到校花转过身，妖娆地往回走。

"校花爱上校草了！"不知谁大吼一声。

"哇——噻——"又有人长叫一声。

掌声响起来了，如暴风骤雨般急响，震得叶晶头昏脑涨。她用力甩甩头，朝球场上望去时，第二节比赛的哨声已经吹响，全场肃静，林华已回到球场中央，仰头盯着裁判手中的篮球，神情专注，欲与男神班的CUBA球员争球。

看着林华一副心无旁骛的神情，叶晶恢复了平静。

"昕姐，刚才你给男神献花时的样子又美又甜，羡慕死我了。"叶晶听到自己的身后传来说话声。

"感觉是不错，蛮幸福的。"叶晶听到了一个娇嫩的声音说，"可惜，他忙于打球，来不及亲我。"

"迟早的事，你就美美地等着享受吧。"

"昕姐，林华是Ａ大的男神，你是Ａ大的校花，你们俩太般配了，是绝对的神仙眷侣。"

叶晶实在听不下去了，右手在丁蓝蓝的手上掐了一下。场上的刘离正运着球准备个人突破上篮，丁蓝蓝正看得如痴如醉，对后排说的话全都置若罔闻，手无端被叶晶掐了一下，有些疼痛，正想问叶晶怎么回事，却看到刘离已突破何天和马伟明的双人防守举球上篮。

"耶，球进了！"丁蓝蓝一边叫一边跳起身鼓掌，哪里还有时间去管叶晶。戴雪听到了后面的议论，回应道："林华早已心有所属，后面的乱点鸳鸯谱了。"

"林华当然心有所属了，可惜不是你，是我们的昕姐！哈哈……"

"才不呢，是我们的叶……"戴雪正要挑明，却看到叶晶盯着自己摇头，就说，"懒得管你了，我看球。"

叶晶也往球场上看，看到篮下的林华正好接过刘离的长传球，轻轻一跃，反手上篮。

"球进了！"

篮球馆里一片欢呼。

"好帅，太帅太帅了！林华男神，我爱你！"

叶晶听到后方的女生在大叫。

"李童，林华是我的，你怎么能……"

叶晶听到校花在责备后面的女生，欲骂却止。

"爱美之心，人皆有之。帅哥是女生的共享资源，我不敢奢望得到，说说都不行吗？"后面的女生说，"昕姐，你爱上了男神，肚量就得大一点儿，要不，你会被那些接二连三向他示爱的女生活活气死。"

校花嗔骂道："兔子不吃窝边草呢，哼！"

"我这只小兔子可以不吃，这馆内想吃校草的兔子满地都是，你管得了吗？"

"乌鸦嘴！"校花骂了一句，"呸！"

大概是为了炫耀，校花和她同伴的话说得特别响，一字不落地滚进了叶晶的耳朵。

叶晶认为那女生说得不错，A大的女生，谁都想抢到林华。

情敌太多，做男神的女友，实在是辛苦！坚守还是撤退，这不能不让叶晶深思。

"男神——加油——男神——加油！"

馆里又响起了整齐划一的加油声，把已经魂飞天外的叶晶又叫了回来。她往场上看时，林华远投的球已经从篮框里蹦起来，被裁判抓在手里。

"3分有效。"

报分员的声音一落，就听得"嘟"的一声哨响，第二节比赛结束。

丁蓝蓝大叫一声，屁股坐回凳子上。叶晶问她叫什么，她嚷着要叶晶自己看场上的比分。叶晶看了看前面的计分栏，看到男神班分数比女神班低了10分，方知丁蓝蓝尖叫的原因，便笑着说："这不过就是我们三人为了我班的男同胞和你们班的女同胞牵线搞的一次篮球联欢赛嘛，你怎么那么看重输赢呢？"

"说得也是。"丁蓝蓝说，"只是，我这人多血质，容易激动。"

"你倒是过瘾了，晶姐她……"戴雪拉了拉丁蓝蓝衣角，悄悄把校花等人的话讲给丁蓝蓝听。丁蓝蓝听完，有些急了，说从现在起，不再关心场上的比分，她将把心思全部花在捍卫叶晶男神夫人的地位上，倘若后面的再有关于林华的只言片语，她丁蓝蓝绝不嘴软。

就在这时，第三节比赛的哨声吹响了，林华没有上场，他转身背朝着球场，眼光朝着叶晶的脸上扫过来。

两人的眼光穿过前面一排的观众在空中交接，叶晶看到了林华瞳孔里燃烧着的火苗，心里又喜又惊：喜的是他的眼里只有她，惊的是他们的爱情将在众目睽睽之下曝光。

"昕姐，林华在找你呢。"

"李童，不一定吧。"校花嘴上这么说，声音分明带着欣喜。

"林华朝我们这边走来了！"李童和丁蓝蓝异口同声道。

叶晶顿时把目光从林华身上移开，低头，心跳加快，面红耳赤。

看到林华往观众席走，全场的注意力都从球场挪到了他的身上，目光随之移动。

林华对那些目光视而不见，他镇定自若地往前走，穿过第一排后，左转，又继续朝前走。

"校花，果然是校花！"有人大声尖叫。

"轰——轰——"

除了极个别球痴，所有观众的眼光都朝着林华和校花身上扫，馆里一片安静，只听到球员奔跑的脚步声。当林华即将走到校花身旁时，她旁边的同学迅速站起身和左边的同学挤在一起，腾出一个位置给林华，校花巧笑顾盼，伸手要去拉林华。林华却看都不看她一眼，径直走到叶晶旁边，在丁蓝蓝腾出来的空位上坐下。

校花一脸惊愕，朝着叶晶望去，她只看到了叶晶的侧脸，就惊得张开了嘴，半天合不拢：A大什么时候来了这样的狐狸精！

"哇！"全场惊叹，顷刻之间，A大篮球馆像一口水花滚动的大铁锅，沸反盈天。

"谁打败了校花，夺走了男神？"大家都在议论这个问题。

林华在叶晶耳边轻轻说了一句话，拉着叶晶站起来，大声说："A大的帅哥靓女们，不用你们辛苦过来侦查了，我让我老婆自己坦白！"

全场肃静。

叶晶站起身，亮起嗓子说道："谢谢亲们关注，我叫叶晶，来自上海，也在A大就读，大四土木1班。"

说完，她依次面朝东西南北四个方向各鞠了一个躬，正准备坐回位子上去，却被林华一把拉住。还没等她反应过来，林华的嘴已经在她脸上亲了一下。

"哇——"

"超级虐人啊！"

"偶像这么快就有老婆了，还要人活吗？"

"物理伤害！对我这光棍屌丝绝对是几万点的物理伤害！"

"给她那么一参照，旁边的校花变丑了；你们这些帅哥怎么都眼残了，美丑都看不出来？"

"听说大四土木1班只有一枝独秀，想到工科班的女生长得像猪八戒也是班花，我们就不去看了，哪想到……"

议论的人越来越多，裁判的哨声完全被淹没。

"李童、张洁，走！"看到林华叶晶手挽着手坐下，校花再也忍不住了，站起身，气冲冲地跑出篮球馆。

见叶晶面有愧色，林华轻声说："不用管他，专心看球！"

叶晶哪里还有心思看球。

校花虽然走了，叶晶觉得自己和林华成了众人眼里的美味，各个角落的人都把锃亮的目光聚焦在他们脸上，似乎要烤熟他们。她和林华的名字还不断地从或近或远的地方或清晰或模糊地飘进她的耳朵，她感觉自己的脸滚烫，像是真被烤熟了一般。她悄悄用余光扫了林华一眼，他正专心致志地看着球赛，没有一丝的紧张和慌乱，安之若素。

他怎么能够那么淡定呢？

是习惯了被关注？还是……

叶晶的思绪又如一只只风筝越飘越远、越飞越高。

因为林华第三节没有上场，结束时，女神班被男神班追平后反超了一分。第四节比赛要开始了，林华站起身对叶晶说他要上场把比分追回来，叶晶"哦"了一声，思绪突然中断，风筝四处纷飞，七零八落。她如大梦初醒，昏头昏脑，不知道说什么好，只对着林华，窘窘一笑。

当林华又重新活跃在球场上时，"男神——加油！男神——加油！"啦啦队又高喊起来，沉闷的气氛被打破了，宁静的篮球馆恢复了热闹。

林华不负众望，上场后连续投中3个3分球，很快，两队只有2分之差了。当林华接过刘离的妙传球上篮时，何天打手，球进了，双方持平，裁判的哨子吹响了，示意林华加发一次。

全场寂静，所有人的眼睛都盯向林华。林华走到发球线后，接过球，在原地拍了两下，又抓了球，向上一举，扣腕。

"球进了！"有人高喊一声。

哨声钟声同时响起，"噢——"很多人展臂欢呼。比赛结束了，其他观众依次退席，男神班和女神班的球员和观众全部上球场上合影留念，然后在Ａ大外面的"家家餐馆"聚餐。

叶晶没有看到容易，问林华。林华的眼光扫向刘离和费茅，两人都说这几天不见他的人影，电话也打不通，林华拨打容易手机，还是提示关机。

"他从没失联过，不会出什么事吧？"林华嘀咕道。

17

青春的伤口

戴雪和丁蓝蓝都逛街去了，叶晶一个人在宿舍里复习英语。本来，她去年就可以过英语六级的，就在考试的前夕她接到了一个电话后匆匆赶回上海而错过了。

一想到去年英语六级考试的那个日子，叶晶的心里就痛。

那，是她青春的伤口！

它宛如一把她钟爱的古筝，因为长时间没抚弄而生了锈。每当她情不自禁地去触碰那些锈迹斑斑的琴弦时，她的指尖，甚至心脏都会割出血来。这时候，新伤牵动旧伤，痛从中来。她不但没有后悔，而且喜欢浸在伤口里的感觉，尤其喜欢回味那伤口上残存着的关于她的那些一逝不回的温馨与美好。

很多时候，青春是需要这些伤口来抚慰的。经过了伤口磨砺的青春，最靓丽！

想到这，有些疲倦和感伤的叶晶又打起精神，开始背六级英语必背词汇表。

"咚咚咚！"急促的敲门声传进叶晶的耳朵，她忙跑去开门。

"飞飞！"叶晶看到凤飞飞扔进来一个皮箱，接着又扔进一个箱子和一个大背包。

自从叶晶和林华恋爱的事曝光后，凤飞飞就从叶晶的视野里彻底消失了。三天前的傍晚，叶晶和丁蓝蓝、戴雪吃了晚餐回来后，突然发现凤飞飞的床和桌子都收拾得干干净净，被子、笔记本、课本、盆子等物品都不翼而飞。当时，叶晶认为凤飞飞是因为不想见自己而搬了宿舍，心中难过了好一阵子。

"飞飞回来了！"叶晶满面微笑地去帮凤飞飞提东西。

凤飞飞将箱子往自己腿边一缩，对叶晶目不斜视，一声不吭地将行李一一复位。

叶晶只好坐回自己的椅子上，默不作声地看着凤飞飞拖东西、铺被子……

一切收拾就绪，凤飞飞往床上一倒，瘫软成一个漏完气的充气枕头。

她不是搬出去了吗？怎么又搬回来了？从消失到现在，还不到十天，她竟然眼睛浮肿面容憔悴了，怎么回事？

……

关于凤飞飞的太多疑问在叶晶的心里纠结盘桓，她很想问个清楚明白，却又担心触犯凤飞飞的隐私和触痛她的内心，只好将之压在心里，继续复习英语。

"我要杀了你！"凤飞飞突然发出一声尖叫，大声骂道。

叶晶身子一颤，迅速弹起来，侧到椅子背后，以防凤飞飞跑过来袭击自己。

"嗡……嗡……"一只蜜蜂飞了进来，绕着叶晶的头飞了一圈，又从窗户里飞出去。

叶晶严阵以待，可凤飞飞不但没有扑过来，反而发出了轻微的呼噜声。

原来是在做梦。叶晶松了一口气，却又哀伤不已：飞飞做梦都要杀了我，看来，夺爱之恨，已经深深植在她的心里了，唉……

"啊！"凤飞飞又尖叫一声，之后又是一阵胡言乱语。

她以往可从来没有这样过，怎么回事？叶晶一边思考，一边小心翼翼地朝凤飞飞的床边走去。

当叶晶走到凤飞飞床前时，一股热气直往她脸上冲来。

她两腮通红，全身哆嗦。叶晶感觉到凤飞飞不对劲，右手在她的额头上摸了一下。

"好烫！一定是发高烧了！"叶晶禁不住喊起来。就在这时候，她看到凤飞飞两眼向上一翻，身体突然向上一抽，落下去，又耸起来。

不好，抽搐了！叶晶一惊，忙将凤飞飞扶在自己背上，拿了手包背她出了宿舍。

凤飞飞醒来时，已是第二天傍晚了。她睁开眼睛，发现自己躺在一张白色的床上，床边，坐着正在打盹儿的容易。凤飞飞推了推容易，问容易她怎么躺到医院里了。

你醒过来了！容易睁眼看到凤飞飞盯着他，打了个哈欠，说："太……太好了，要不是大……大嫂，你……你可就惨了。"

凤飞飞"哼"了一声，说："我死了好，她巴不得我死……她人呢？"

容易说："别……别这么说大……大嫂，她因为急着送你进医院，脚……脚扭了，也住院了。"

"哦。"凤飞飞皱了下眉头，问容易叶晶住在哪里，爬起来就要往外走。容易拉住她的手，说："你现在还不能走，要……要休……休息。"凤飞飞两眼一鼓，手使劲一甩，冲出病房。

柔和的阳光透过玻璃洒进来，如几只纤小的百灵鸟在叶晶的脸上跳跃。

也不知飞飞怎么样了。叶晶心想，飞飞可是小百灵鸟啊，醒来发现自己困在病床上，不知会有多伤心。正在这时候，凤飞飞推门进来，将一兜水果放在桌上，坐在床边，头扭向窗户方向，一声不吭。

"对不起，飞飞，是我让你伤心了。"叶晶轻轻说，"你有什么气，就往我身上撒吧，千万别憋在心里。"

凤飞飞头也不回，"哼"了一声，眼睛仍然盯着窗外。

"还在生我的气，对吧？"叶晶一边说一边伸出左臂，挽起袖子，说，"你不是喜欢咬人吗？来吧，我这白嫩嫩的身子，你想咬哪里就咬哪里，只要你能解气。"

"好啊。"凤飞飞转过头望向叶晶，斜挑着眼睛，娇滴滴地说，"其他地方我都不咬，我专咬……"

"飞飞！"听到凤飞飞接自己的话了，叶晶情绪激动，说，"哪里都行！"

"脸蛋！"凤飞飞抬高嗓门儿，说道，"我专咬你的脸蛋儿，我要让你那美如鲜花的脸蛋都在满你的牙齿印，我看你还怎么去迷我的男神！"

"这……"

凤飞飞的话实在出乎叶晶的意料，她欲言又止，不知说什么好。

"怎么不说了？"凤飞飞又说道，"晶姐，你是怕痛还是怕成了丑八怪后我姐夫把你给扔了！"

听到凤飞飞叫"晶姐"和"姐夫"，叶晶知道凤飞飞愿意和她交流了，就说道："好吧，你来咬吧，大不了，我们姊妹花就将男神拱手让给别的女生，等着这个机会的女生多着呢！"

"那不行。"凤飞飞说，"肥水还不流外人田呢，我这个当妹妹的，哪有不护着姐姐的道理。我们A大的男神啊，只能做我凤飞飞的姐夫！"

"飞飞……"

叶晶刚叫出这两个字，一阵暖流往上涌，喉咙似乎被哽住了，说不出话来。

"晶姐……"凤飞飞大叫一声。

"嗯。"叶晶问，"怎么了？"

"你一个大家闺秀不许充硬汉子！"凤飞飞说，"要是以后再因为我有什么闪失，本姑娘概不负责！"

叶晶看到凤飞飞的眼睫毛上有几颗泪花在一闪一闪的，禁不住说："我没事，只要你没事我就放心了！"

"哇……"凤飞飞突然展开双臂，抱住叶晶哭起来。泪水，雨一般直往叶晶的脖子里灌。叶晶搂住凤飞飞，轻声说："飞飞，想哭，就痛痛快快地哭吧，有晶姐在这里。"

凤飞飞听了，越发泪雨滂沱。很快，汇聚成一条小水流，在叶晶的脖子里缓缓流淌。

一阵暴风骤雨汪洋恣肆后，凤飞飞胸中的块垒几乎都已喷薄而出，眼泪，便如那轻柔的几瓣梨花，飘落在叶晶的背上。

"晶姐，我成孤儿了！"

久久的寂静之后，凤飞飞说出的这句话就像冰下的水流里的鱼儿突然吐出的水泡声，极细极低，在叶晶听起来，却如同五雷轰顶。她感觉到自己的身体像一棵突遇强风袭击的树苗，瞬间被刮得歪向了一边，差点儿就倒在地上，好在自己被凤飞飞搂着，强风过后，身体才慢慢恢复到原位。

"哦，飞飞，这才几天，你……"叶晶虽然深感意外，却不忍心在凤飞飞的伤口上撒盐，忙打住了话。

凤飞飞一点儿都没有介意叶晶的冒失，她松开搂住叶晶的双手，开始诉说这几天她家里发生的事：

"晶姐，我爸妈是被人暗算的，他们给我爸下了套子，把他的资金全部吸进了他们的公司，我爸承受不了破产的打击，从公司的顶楼跳了下去；我妈接到我爸跳楼的消息后，在开车前往我爸出事的大楼的途中出了车祸……"

听到这里，叶晶感觉自己的伤口又被撕开了一道裂痕，隐隐作痛，用双手压住自己的胸膛，一边看凤飞飞，一边轻声问："你爸是不是……"

"我爸并没有得罪他们。"凤飞飞打断叶晶的话，情绪又开始有些激动，说道，"得罪他们的人是我！"

"你，怎么会？"叶晶将信将疑，问道。

"千真万确，这罪魁祸首就是我！"凤飞飞抬高嗓门儿说，"我，就是害死爸妈的凶手！"

"不可能。"叶晶也抬高了嗓门儿说道，"飞飞，我知道你伤心难过，你节哀顺变吧，只是，你千万别说胡话！"

看到叶晶的脸一下子涨得通红，凤飞飞长叹两声，压低了声音说："在爱上林华之前我谈过一次恋爱，对象是我的中学同学马顺。他虽然是男孩子，在爱情上却成熟得很早，初三时就开始追求我了，那时的我也不懂事，看到他对我好，就跟他好了。"

"没听你说起过。"

"我担心你向林华说起这事，怕他看不起我。"凤飞飞接着说，"马顺的爸妈和我爸妈是大学的同班同学，他爷爷在我们星城是一个能够呼风唤雨的官爷。他家的生意都是靠老爷子拉起来的，越做越大，到后来，我爸妈也被他们拉进了生意圈。"

"你的意思是，最后套走你爸资金的，也是他们？"

"嗯。"

"他们不是很友好吗，怎么？"

"我从小就特受他们一家喜欢，高三时我和马顺的事被他们家发现了，马老爷子离休多年，在家中闲着无聊，就督促他儿媳催马顺和我早日结婚，以便自己早日抱到重孙子而安享天伦之乐，所以，我和马顺一收到大学录取通知书，他们家就开始张罗婚事了。但我因还想好好玩几年，就把事拖着。谁知一遇到林华后，我才知道自己原来一直是被爱，这与自己主动地爱一个人，真是天壤之别，于是，我就与马顺断了。"

叶晶的脸更红了，情绪显然有些冲动，大声说："恋爱分手，这是再正常不过的事啊，他们就由于这个原因报复你们家？"

"开始倒也没有什么。"

"后来怎么会突然生变？"

"因为马顺死了。"

"他怎么突然就死了？"

"原因很多，他家里的人不是忙着爬官就是忙着赚钱，马顺从小到大，他们几乎都没怎么管过他……"

"既然这样，那他们家凭什么把责任推给你？"叶晶愤愤不平。

"他们找到他的尸体时，看到他的左手臂上刻着我'凤飞飞'的名字……"

凤飞飞说到这里时，又泣不成声了，叶晶连忙一把抱住凤飞飞，说："飞飞，事已如此，无论你如何痛苦伤心都已经于事无补了，忘掉这些吧，不要让它们把你的青春折磨得痛苦不堪。"

凤飞飞咬了咬嘴唇，双手擦去了从眼眶里溢出的眼泪，说道："晶姐，你不知道一个人瞬间成为一个孤儿和一个穷光蛋是什么滋味，那是万箭穿心，那是生不如死啊！当我在殡仪馆看到爸妈躺在棺材里的死灰冰冷的脸时，尖叫了一声就不省人事了。当我被容易掐了虎口和人中后醒过来时，就挣扎着往爸妈的棺材上撞，那时候，一心只想一死了之，如果不是被容易紧紧抓着，如果不是被容易寸步不离地牢牢盯着，我怕早就在那些天里不是撞墙撞车就是割腕跳楼死了，哪里还能再看到你。"

凤飞飞的话像一把锋利的刀子突然划开了叶晶已经结疤的伤口，她忍住痛，转移话题，轻柔地说："怪不得这些天林……大家都联系不上容易，连他最喜欢的篮球比赛也看不到他的踪影，原来是陪你去了。"

凤飞飞说："得知你和林华恋爱的那个下午，他被我抓到香山公园玩，就在那里我接到了舅舅的电话。没想到容易那么尿的一个人在大事面前竟然出奇地冷静、沉着，在将爸妈送进陵园后，我拿了一把刀子准备去找马顺爸妈拼命时，他一把夺了我的刀子，凶神恶煞地训了我一顿，居然让我放弃了当时要与马顺爸妈玉石俱焚的念头。最奇怪的是，他那天训我时一点儿都不结巴，他说的那些话如滔滔的江水一阵接着一阵朝着我打来，打得我心服口服。"

叶晶很感意外，说："这容易在关键时候竟然能如此沉稳，善言，我也万万没有想到。"

"这世上，没想到的事太多了！"凤飞飞感慨道，"家里出事之前，舅舅舅妈对我好极了，尤其是舅妈，自我从英国回来那一天起她就不停地打电话来催我搬到她家里住；这次我回来后，因为不想让你和丁蓝蓝知道我的事，我就搬了过去。哪想到从第二天开始，她就嫌我了，每天当着我的面故意找碴儿和我舅舅吵架，我实在听不得她那些冷言冷语就搬了回来。晶姐，我只不过是没有了爸妈，我只不过是一下子从富二代变成了穷光蛋，我舅妈她对我的态度就来了一个大转弯！"

叶晶说："飞飞，这世间就是一片大森林，林子大了，什么鸟都有。俗话说，'穷在闹市无人问，富在深山有远亲'，你舅妈对你的态度前后判若两人，就是这个道理。"

"晶姐，我只有舅舅一个亲人了，他们家又是舅妈当家。我……"凤飞飞犹豫了一下，又说，"晶姐，一下子沦为穷光蛋，我真适应不了，我手里只剩下四五千的零花钱了，这还不够大四的生活费，我该怎么办？"

凤飞飞一边说，额头上一边冒着汗水。叶晶知道她现在是心急如焚，轻声说："别急，飞飞，天无绝人之路。"

凤飞飞抬高嗓门儿说："晶姐，你怎么和容易一个腔调啊，是不是也要我像他那样去打零工做粗活儿啊？本人从小养尊处优，要是到了那个份儿上，我不想活了。"

叶晶握住凤飞飞的手，微笑着说："飞飞，请你看看我的脸。"

"看你的脸？"凤飞飞虽然有些纳闷，两眼还是盯住了叶晶。

"依然是笑靥如花，没有什么变化啊。"

"你再仔细瞧瞧！"

凤飞飞又盯着叶晶看了半天，还是看不出问题，就说："晶姐，欣赏久了会有审美疲劳的，你烦不烦人啊！"

"我的眼睛里只有柔情和幸福吗？飞飞，你再仔细看看。"

"晶姐，你今天怎么了？"凤飞飞一边说，一边朝叶晶望过去，见叶晶两腮泛红，眉目含笑，眸光流转，清辉闪动。

"似乎……似乎闪着一丝淡淡的忧愁。"凤飞飞一边想，一边说，"不，这不是愁，这是一种一般美女没有具备的神韵。这种神韵使你更加楚楚动人，最勾男人魂魄。"

"不，它就是愁。"

"不可能，晶姐。"凤飞飞说，"你学业爱情双丰收，又长得国色天香一般，哪来忧愁？"

"我的情况比你好不了多少，妈妈走了快一年了，爸爸又在牢里。"

18

爱，没有错

　　叶晶说出的话让凤飞飞目瞪口呆，她一时想不出用什么话来安慰叶晶，只怔怔地望着正对面的窗户。

　　窗外立着一株高大笔直的荷花玉兰，叶片肥硕饱满，光泽青翠。"啾啾"的鸟语从叶间传出来，清脆悦耳。凤飞飞直腰抬头往鸟声传来的叶子望去，看到叶间钻出一只白蝴蝶，它只在叶子上驻足了几秒钟，就张翅往下飞，轻飘飘的，如一片白色的叶子悠然下坠，却又突然跃起来，朝着窗户这边飘来，落在窗台上的那盆吊兰上。

　　孤独行者！

　　凤飞飞在心里默默叫道。

　　叶晶看到怔得像一根木头的凤飞飞的眼里冒出一颗泪珠，在她长长的黑睫毛上闪烁，不由得轻轻推了推凤飞飞，冲着她微微一笑，说："飞飞，没想到吧，你近些天经受的剧痛，我在一年前就经受过了。"

　　"说起自己撕心裂肺般的痛苦，你竟然还笑得起来。"凤飞飞说，"我不知道你这是坚强还是冷漠。"

　　"失去亲人对每一个人来说都是天塌一样的灾难，当灾难突然降临时，没有人不头破血流、撕心裂肺和千疮百孔。"

　　"只一年的时间，你的这些伤痛就几乎了无痕迹！"

　　"不这样又能怎样？将我们的伤口天天挂在嘴上展览，让它们长长久久地折磨自己也折磨自己身边的同学、朋友和爱人吗？"叶晶说，"如果我们的亲人尚在人间，他们希望我们过什么样的日子？"

凤飞飞脱口而出："当然是幸福日子。"

叶晶说："飞飞，封存或忘记痛苦都只是为了让我们过上父母期待我们过上的日子，它并不代表我们要忘记他们；很多时候，忘却是最好的纪念。"

"你说的这些我都明白，只是我现在还做不到。"凤飞飞望了望叶晶，说，"也许我将来也做不到，如果我没有因为爱上林华而离开马顺，我爸妈他们一定还会好好活着。我就是害死我爸妈的始作俑者，这天大的罪过和伤痛，怎么能够被时间消弭和抚平？"

"爱，没有错。"叶晶握住凤飞飞的手，说，"错的是那些把自己的失职和罪责嫁祸给'爱'的人。"

叶晶一边说一边从包里掏出手机，指尖在屏幕上点了几下，说："本来，我是不想让任何人知道我家里的事的，现在，你我既已同病相怜，让你知道也无妨。"

凤飞飞接过手机，发现屏幕上显示的是叶晶收藏的三封信。

第一封

菁：

昨天下午我去了Ａ大的桂花园。你知道吗，桂花园只剩下一棵桂树了，其他的桂树都被樱树代替，Ａ大的学生已叫它樱花园。庆幸的是，剩下的那棵桂树，就是我们的爱情树。

我赶到那里时，天空正飘着小雪。远远望去，我只看到很多樱树密密麻麻地挤在一起，像一个个干瘦赤裸的男人在抱团取暖。

都砍光了！这是老天给我的一种昭示吗？我们的爱情，真的被你彻底斩断了吗？

想到这，我的心空飘起了雪。雪纷纷扬扬，席卷了整个心脏，寒气瞬间浸透了全身，心灰意冷的我，霎时就成了一个冰人。

正当我转过身要离开那个曾经温暖的伤心地时，却闻到了花香。

是桂花的香味！

我立刻惊喜若狂，宛如你姗然而至。

寻香而行，我终于又见到了二十多年前的那棵桂花树。虽然我的视力有些不够好了，却还能望见树头上的那些星星点点的花，洁白，晶莹。对了，我还记得它是一株银桂（你曾经告诉过我，银桂是雪白的，它的香是淡淡的，不如丹桂那般浓郁，却能在雪天开放）。

当我的手指小心翼翼地抚摸着"鹰，我爱你"这几个字时，我禁不住老泪横流。

菁，你的爱还在！我们的爱情还在，它不仅深深地烙在那棵桂花树上，而且，它在桂花园历经大屠戮和大换血之后仍然幸存，这何尝不是老天对我们的眷顾和暗示？

菁，我爱你！

虽然，我现在已经有了一个看似温馨的家，更拥有了令世人美慕的用不完的钱，在别人看来，我此生完美了。可失去了你，这一切包括我的生命又有什么意义？

也许你早已经猜到了，阳明是我指使别人陷害他入狱的。

不要说我狠毒，我这样丧心病狂，无非是报他的夺妻之恨。我知道他在监狱里的日子不好受，但只有这样，才能弥补他对我犯下的弥天罪过。

菁，回到我的身边吧。只要你愿意，我可以放弃我现在的家庭，包括孩子；只要你愿意，当我们重结连理之时，也是叶阳明重见天日之时。

爱你，想你！

鹰

2016 年 10 月 10 日

第二封

晶儿宝贝：

你一定长得更加漂亮、更有气质了吧，我的宝贝是世界上最美丽的天使。

你已经长大了，应该具有一定承受力了，有些事我想应该可以跟你谈谈了。因病人太多、手术多，这两个月一直没能与你 QQ 和微信聊天与视频，也就一直没机会把这些事告诉你。最近这些天，我感觉心脏越来越不好了，或许，说不定哪一天会突然撒手人寰；你爸爸又在那里头，不知道什么时候才能出来。因此，我必须在我走之前让你明白这些事情的真相。

今晚我做了一个手术回来后，才 21 点 30 分，就静下来给你写这封短信。

正如我们曾经猜想的那样，你爸爸真的是被人陷害的。昨晚，我确定了那个陷害你爸的人。

对不起，晶儿，妈妈有一个秘密瞒了你20年。直到今天，我才有勇气告诉你：

在和你爸结婚以前，我爱过另一个男人。那个男人是我Ａ大的校友，与你爸是同班同学。你爸辛苦追了我5年，我硬是和他擦不出火花。就在为你爸庆贺生日的舞会上，我认识了那个男人。因为他长得俊美绝伦、儒雅潇洒、气宇轩昂，家境又殷实富裕，我很快与他热恋，认识不到1个月就领了证。可就在我们换结婚礼服的时候，一张照片从他的衣兜里溜出来，他和另一个女人搂抱在一起的合影映入我的眼帘。我当时忍无可忍，趁他还在试衣间里穿衣服，逃之夭夭。不久之后，我嫁给了你爸。

你爸爸没有犯罪，他是被人陷害的。陷害他的人，就是那个男人。没想到20多年过去了，他还是没有放下当年我逃婚带给他的耻辱和你爸的夺妻之恨。

你爸是被人陷害的，你一定不能因为他进过那里头而看不起他，更不要因为他进过那里头而感到自卑和羞耻。你爸在家里是好丈夫、好爸爸，在单位是好领导。你应该以他为荣，爱慕他，敬仰他，以他为自己人生的楷模。你姑姑阳艳和姑父李平已经开始努力为你爸翻案了。待他出来之时，你一定要尽一切可能亲他、敬他、爱护他，为我补过，替我抚平他心灵的创伤。

另外，无论你爸能否提前出来，你都不要去寻找陷害他的那个人复仇。仇恨，是一条毒蛇，它不仅会咬伤别人，更会咬伤自己。你是我和你爸唯一的宝贝，你是我和你爸生命的延续，只要你活着，我和你爸也就好好地活着。我之所以告诉你事情的真相，不是要你去找仇家，而是想要你能够继续以自己是爸的女儿为荣；另外，是想以此来鞭策你，切记我时常嘱咐你的话：交男友一定要先看人品和品位，后看志趣相投，再看气质长相，至于家境，过得去就行。也许，我这一套已经很老了，但它很管用，它让你避免像妈妈一样犯下青春的过失，它能让你避免受到伤害，它能够让你过上安稳、踏实的婚姻生活。

　　想说的话太多，但我现在太疲倦了，就不多说了。

　　晶儿，保重！

妈妈
2016 年 10 月 19 日

第三封

明：

　　半个月前我的工作邮箱收到了一封新邮件。以你的思维和睿智，我一说你就可以断定出那封信是他写的。你和我都没有猜错，你是被他用钱请人陷害的。你肯定也能猜到，他陷害你就是报复你夺走了我。

　　对不起，明，是我害了你！

　　如果年轻的我不过于看重男方的长相和经济实力，我怎么会对一个衣冠禽兽一见钟情？如果年轻的我注重男方的人品和品味，我怎么会对一个正人君子冷酷无情？

　　庆幸的是，在婚礼当天因为识穿了他的花花肠子，我毅然离开他走向了你，也走向了自己美好的一生。

非常感谢，你这二十多年来对我的疼爱和呵护。嫁给你，我从来不后悔；嫁给你，是我这个笨女人最聪明的选择！嫁给你，是我这个憨女人最大的福祉！

快一年没有见到晶儿了，你一定很想知道她的情况吧，尤其是她的恋爱问题。暑假她回来陪了我两个月，这孩子越来越漂亮、越来越懂事也越来越贴心了。可能是我警钟敲得太多太勤的原因吧，晶儿在恋爱方面比较谨慎，凡是有男孩子追她，她都不会瞒我，还时不时与我交流探讨。你放心，我一定会做好晶儿爱情婚姻的导师，我要让她嫁一个像她爸爸那样的模范老公，绝不让她像我一样走弯路。

因为医院病人太多、手术太多，这两个月来我都没有时间来探望你；阳艳和李平这些天也忙着托人为你翻案而没有来看望你，你过得还好吧？

屋前的那棵梧桐树上的叶子全部掉光了。秋，就要过去了；冬，就要来了。天开始冷了，你一定要记得多穿衣服，你的心脏不好，是不能感冒的。你那里的环境远不如家里，又没有亲人和朋友关照，再加无端被撤职后进了那里面，你的心情一定好不起来。你没有贪污，更没有受贿。只要你坚持挺住，勇敢地熬过一些日子，我相信，你一定会有昭雪天下的一天，我们一家一定能够团团圆圆。

菁

2016 年 10

凤飞飞读完信时，看到叶晶的双眸里闪动着的那一丝清辉已经泅荡开去，她的眼眶里正水雾迷蒙。

没想到，她那双充满了神韵的眼睛里藏着的竟然是这么沉重痛苦的隐私。为了让我走出巨大的悲怆，为了鼓励我勇敢地面对突如其来的磨难，她不惜亲手撕开了她已经愈合了的伤口，旧事重提，往事如潮。那些苦涩的潮水一定在她心海里掀起了惊涛巨浪，以至于波澜不惊的她，此时的眼睛也是水雾升腾。

"晶姐。"凤飞飞轻轻叫了一声。

"嗯。"叶晶一边回应，一边用右手在眼睛上轻轻划了一道直线，抹掉了那些水雾，说，"飞飞，你注意到最后一封信的时间没有？"

凤飞飞一边看最后一封信的时间，一边说："我只是被你爸妈的故事吸引住了，时间倒没有注意看。现在看到了，奇怪，这最后一封信的时间只有'年'和'月'，没有'日'，不对——'月'字都没有写出来。可能是她忘记写了吧。"

"不！"叶晶说，"我妈妈是一个外科医生，做事十分严谨，她不可能漏掉日期。"

"这……"

"只有一种可能。"

"什么？"

"我妈没写完时间，就走了！"

"你怎么知道？"

"她给我写信有一个习惯，就是直接在邮箱里写。这封信是我在她邮箱里草稿箱看到的，上面显示的时间是10月21日。"

"天啊。"

"我妈妈那晚做手术回来时已经是凌晨1点了，还坚持熬夜给我爸写信，小姑说她当时接到了看守所打来的电话，说我爸突然患脑出血，只说到这里，打电话的那个民警听到电话那头发出有人倒地的声音，电话就再也打不通了。我小姑接到民警的电话赶到我家里时，我妈已经没有了呼吸……这封信就是她的绝笔信，她的邮箱里只有这三封私信，又都是她走的那个月留下的，所以我把它们存下来了。"

"你妈怎么会突然走了？"

"心肌梗死，医生说的。"

"从这三封信来看，可以说你家被那个男人害惨了，你会找到他报仇吗？"

"刚开始那个月想过，冷静下来后，我想起妈妈信里的这几句话，就放弃了。"

"哪一句？"

叶晶从凤飞飞手里拿过手机，拉动屏幕，又将手机递给凤飞飞说："你看，就是这几句。"

凤飞飞把字放大，一段文字醒目地出现在眼前：

> 仇恨，是一条毒蛇，它不仅会咬伤别人，更会咬伤自己。你是我和你爸唯一的宝贝，你是我和你爸生命的延续，只要你活着，我和你爸也就好好地活着。我之所以告诉你事情的真相，不是要你去找仇家，而是想要你能够继续以自己是你爸的女儿为荣。
>
> ……

凤飞飞说："我真是佩服你，这样的话说起来容易，做起来太难了。"

"我现在只想让自己顺顺利利地完成学业，等毕业工作后，凭着自己的能力把我爸解救出来。"

凤飞飞说："你还有一种解救你爸的方式。"

"你说的那种方式我也曾想过。"叶晶说，"可我找不到那个人，除了我妈，只有我爸知道那个人是谁。我妈走了后，我两次到那里面探望我爸，他都三缄其口，看样子他这一辈子都会守着他们的秘密了，我只能靠我自己的努力把我爸拯救出来了。"

"你爸为什么要守口如瓶？"

"是为了保护我，怕我去找那人复仇时受到伤害吧！"

"可怜天下父母心，我爸妈对我何尝不是如此。"凤飞飞说，"我……还是有些想复仇，我，可没有你那样的胸怀和气度。再说，我和你不同，你妈的离开与你无关；而我，如果没有我这根导火线，马家也不会报复我爸了，我妈也不会出事。"

"飞飞，我前面已经说过了，爱，没有错，错的是那些把自己的失职和罪责嫁祸给'爱'的人。"叶晶说，"可是，你怎么去找那些人报仇呢？走法律程序，你现在要钱没钱，要证据没证据，要证人没证人，你怎么去打官司？"

凤飞飞愣了一下，大声说："正的走不了我就走歪的，反正不能让他们轻松。"

"难道你还要去亲自砍人不成？"

"千刀万剐我也不解恨！"

"你这个从小养尊处优的弱女子手无缚鸡之力，怎能砍得了别人？就算有万分之一的机会砍倒了对方，你自己又会有什么样的后果？"

"大不了同归于尽！死，我不怕！"

"依你的力量来看，最大的可能，是你砍不了别人倒被别人砍了！"

"那又怎样，大不了就是一个死！"

"大仇未报，自己却栽倒了，你亏大了！"

凤飞飞嘟着嘴巴，不再吱声，眼睛直视着对面的铁床。

叶晶朝凤飞飞望过去，她整个人都被夕阳的余晖照耀着，一动不动，瘦削的脸透露出刚毅和坚强，就像一尊被镀得金黄的雕像。

叶晶也不再说话，只是注视着凤飞飞和窗外的那株荷花玉兰。病房里静极了，秋风吹刮荷花玉兰的"簌簌"声清晰入耳。

一片枯黄的叶子从树上掉下来，像一只蝴蝶，慢悠悠地往下飘，落在窗台上。

叶晶情不自禁地说："人，脆弱得就像窗外的那一片秋天的叶子，有时候只要被风轻轻一碰，瞬间就会凋落，慢慢就会腐烂成泥。飞飞，生命只有一次，你我都赌不起，还是要好好活着。正如我妈说的那样，我是她生命的唯一延续，只有我活着，我妈方能活着。"

凤飞飞叹了一口气，说："这些，我都懂，只是我这心里憋屈。"

叶晶的眼波朝着凤飞飞的脸上荡漾过去，一把抓住她的手。一阵温热传到凤飞飞的掌心，她突然觉得自己娇嫩脆弱的心像一个春天里刚刚生长出来的花骨朵在柔风里微微颤动。她左手一把将叶晶抱住，身子前倾，头靠在了叶晶的肩上。

夕阳斜照，红日西沉，霞光从窗户斜射下来，将紧紧偎依在一起的叶晶和凤飞飞镀成一幅画。

19

选修课和必修课

  叶晶与凤飞飞一起走到桂花树下时，听到有人叫自己的名字。循声一看，旁边有一个打着碎花太阳伞、戴着湛蓝色墨镜的女生正对着她和凤飞飞微笑。叶晶虽然觉得自己并不认识对方，还是冲着她微微一笑。

  凤飞飞却高声嚷道："戴雪，天都要黑了，你怎么打扮成这个怪样子啊？"

  知道是戴雪打扮得怪模怪样后，叶晶也一把将她拉住，正要问话。戴雪做了一个"嘘，小声点儿"的手势，轻声说："我肚子不舒服，睡了一下午，选修课的时间快到了，来不及洗头、化妆，前面就是篮球场，担心费茅看到我这尿样。"

  叶晶嫣然一笑，凤飞飞捧着肚子"哈哈哈哈"地大笑起来。

  叶晶问戴雪："蓝蓝呢？"

  戴雪说："她提前占位置去了，听这课的人太多，稍微晚一点儿就没有位置了。"

  凤飞飞打住笑，问："选修课不过是为了混学分嘛，有几个人听就不得了了，你和丁蓝蓝选了什么课程，怎么那么多人？"

  "这……"戴雪的脸微微一红，将手里的书缓缓往屁股后藏。

  凤飞飞一把抢过戴雪手里的书，看了看封面，说："《性心理学》，佩服！你和丁蓝蓝跟那肥猫、瘦鼠进展神速啊，现在就开始实习了。"

  "才不呢，只是混学分罢了。"戴雪一边说一边将书抢回自己手里，双颊红成了大苹果，借口说快到时间了，一溜烟跑开了。望着戴雪匆匆离去的背影，凤飞飞说："都什么年代了，还谈性变色，戴雪这个丫头，真是十足的乡巴佬。"

叶晶轻声说："女孩子嘛，总是要矜持一点儿的，就你凤飞飞肆无忌惮！"

凤飞飞说："现在的大学生都可以结婚生崽，还需要对性遮遮掩掩吗？刚才你没有听戴雪说选这课的人太多吗？分明喜欢和神往，却硬藏着掩着装淑女，我也是醉了。"

叶晶说："你怎么总是谈这东西，就不能谈点儿别的什么吗？"

凤飞飞朝叶晶扫了几眼，眼珠子转动着，说："瞧你这张脸，烧得就像我头顶上的这片晚霞，怎么，你和林……他在一起这么久，都没有尝试过？"

"你……"叶晶嗔怒。

凤飞飞看到叶晶一脸的羞涩，禁不住暗自窃喜：只要他们还没有真正在一起，我，还有机会。

叶晶慌乱中看了看手机，像是找到救星，说："时间快到了，我们各自打的去学生家里，你刚开始做家教，迟到了不好。"

凤飞飞点点头，两人挥手叫了的士，往市中心奔去。

叶晶走下楼，远远看到一个挺拔的身影从小区门口走来。

小区灯光暗淡，灯雾迷蒙，他稳步行走其间，宛如一根伫立于朦胧空灵的水墨画里的淡竹，清雅逸秀、优雅脱俗。

叶晶惊叹，除了林华，竟然还有人具有这一见即风景的气场。

他，在做什么？

看书，改论文，画沙画，弹吉他，还是洗脸刷牙，睡大觉？

"晶儿。"林华熟悉的声音响在叶晶耳畔。

"原来是你！"叶晶看着立在眼前的林华，难以置信，恍若梦中。

"不是我会是谁？"林华的手轻轻围在叶晶的腰际，柔声说，"傻丫头，我们走。"

叶晶却如一只小鸟，斜着往前面飞闪出去，娇滴滴地说："别，这是小区，有人啊。"

"有人好呢，真正的爱情是不怕暴晒的，只要你喜欢，我就戴着无线话筒到北京人最多的地方去高喊'叶晶，我爱你'！"林华一边说，一边一个箭步跨到叶晶身旁，右手重新将叶晶的腰揽入臂间里。叶晶越挣扎，他围得越紧。渐渐地，叶晶没有力气了，身子和头干脆往林华的胸脯上靠。

"咚——咚——"

叶晶听到了林华轻微匀速的心跳，这声音宛如人行云端的微响，叶晶感觉自己被林华搂在天际行走，身子突然失重，脚步便乱起来，深一脚浅一脚地往前踩，很快，她的全身悬在了空中，不再有失重感。

"别动，我把你抱到车上去，天太黑，看你走得浅一脚深一脚，你穿着高跟鞋，我怕你摔着。"林华轻柔的声音如玉，温润地传进叶晶的耳朵里。

林华的手围成了一只橡皮船，叶晶被这只橡皮船载着，安安稳稳地往小区外游走。

叶晶不再吱声，似一个睡着了的婴儿，闭着眼，静静地蜷在林华的怀里，心脏却狂跳起来，幸福突然而至，她简直要窒息了。如果可以，她愿意这样静静地睡去，长睡不醒，永远。

"到了。"

叶晶再次听到林华说话时，睁开眼，看到林华正把她往一辆白色跑车的副驾驶座上移。

墨芳华

"法拉利，你的？"叶晶平静地问。

"嗯。"林华一边打火开车一边说，"我不是用它来在你面前炫富的，今天一听容易说你周末晚上都在外搞家教，这么远，又是晚上，我不能不来接你。"

"容易怎么知道的？"

"凤飞飞那张嘴能管住吗？她说你还给她找了几个学生。"

"看来，飞飞家的事，你是知道了。唉！"

"叹息什么，在我看来，这对她或许是件好事。"

"但愿吧。"

"晶儿。"

"嗯。"

"你能不能不去做家教啊？"

"为什么？"

"你很快就是林家的媳妇了，荣华富贵任你享受，你还用得着抛头露面吗？"

在看到林华的法拉利之前，叶晶从来没有想过他的家境。现在，她从他的车和他的话语里断定：林华，是百分之百的富二代。

叶晶没有欣喜，有的只是担心和愠怒，她不卑不亢地说："林家的媳妇又怎么了！荣华富贵又怎么了！如果拥有它们就必须失去我自己，恕本人不奉陪。"

林华听了，右手在叶晶的脸蛋上轻轻一拂，说："小猪猪，我是疼你，怕你累着呢。只要你不怕累，每次家教前说一声，我都来接你。"

"你才是猪呢！"叶晶噘起嘴说。

"你是1995年的，属猪，再也没有比这样叫你更亲切的了。"

"那，我也要叫你……"

"我大你一岁，属狗，你觉得怎样亲热就怎样叫。"

"狗……狗哥哥！"叶晶微启嘴唇，轻轻叫了一声。

"唉——"林华故意将答应声拖得长长的，说，"甜，真甜，暖得我全身的骨头都松软了，小猪猪，你以后就这么叫我！"

叶晶双唇微启，笑着说："行啊，不过……"

林华抢着问："不过什么？"

"安全第一，专心开车。"叶晶说，"如果你以后再拿香车和富贵来压我，我会离开你，逃之夭……"

"啵！"

没等叶晶把话说完，林华的嘴已经狠狠地在她的脸上亲了一下。

"你……"

叶晶左手摸着被林华突然亲吻过的脸蛋，又喜又怒。

"晶儿，我就喜欢你这样子！"

"什么样子？"

"全心全意爱我。"

"才不呢，我讨厌死你了。"

"追求过我的那些女孩子，容貌和气质也有比得上你的，只是，我一看到她们看到我的法拉利时两眼放光的样子，就再也提不起一点儿兴趣看她们一眼。"

"现实就是这样，和她们比，我落伍了。"

"我喜欢。"

林华说这话时，声音柔成了水，荡得叶晶周身舒坦。就在这时，A大校门映入两人眼眶。叶晶要林华停车后驾车回家，说时间还早，她要到樱花湖坐坐。林华没有理会叶晶，将车驶进Ａ大，在通往樱花湖的小径旁停了车，挽着叶晶的手往樱花湖走。

叶晶说："已经不早了，回去不怕你爸说你？"

林华说："良宵、美景、佳人在此，怎么能少了我这个帅哥呢？"

叶晶微微一笑，说："是啊，帅哥帅哥，蟋蟀的哥哥！"

"大胆！"林华嗔怒，说，"小猪猪，也只有你敢这么说我，下不为例，再说，我就重重地惩罚。"

"帅哥帅哥，蟋蟀的哥哥！"叶晶一边说一边"呵呵"笑着往前跑。

林华第一次听到叶晶笑出声，觉得那声音宛如珠玉点水，清脆悦耳、温润香甜。

林华还想继续听到叶晶的笑声，就故作生气道："你还敢说啊，看我怎么惩罚你！"

"帅哥，帅哥蟋蟀的哥哥，呵呵——帅哥帅哥，蟋蟀的哥哥，呵呵呵呵——"叶晶听了，更来精神了，一边喊一边笑，脚向前跑得飞快。当她跑到湖边的大青石上时，她已经上气不接下气了，双手往石板上一撑，坐在石板上喘息。

"瞧你得意的样子，现在知道累了吧！"林华慢悠悠地走过来，说道。

"连我这个小女子……都追不上，还……篮球健将呢！"叶晶一边喘息一边说，"简直就是一只笨蜗牛！"

"你知道篮球健将为什么会慢成笨蜗牛吗？"林华紧靠着叶晶的后背坐下，说。

"什么原因？"

"我那是优哉，游哉，在欣赏……"

"欣赏什么？"

"淑女变悍妇！"

"你……"叶晶两手握成了拳头，转过头，正要往林华身上擂，想到"悍妇"一词，忙松了手，转身望着前面。

月华如霜，笼在樱花湖上，像无数的小白鱼在牛乳池里游动、跳跃，月亮，像一弯银色的柳叶眉镶嵌在水中，娴静，温婉。

望着水里的那一钩银月，叶晶心中一片宁静。

"小猪猪。"林华的喊声如夜莺的轻唱，轻轻落进叶晶的耳里，落花一般轻柔，绵软。

"嗯。"叶晶的眼睛仍然盯着水里的那弯银月，回答的声音似蜻蜓点水。

"你的眼睛比水里的月亮还亮呢，我能亲亲吗？"

"哦。"叶晶眨了眨眼睛，睫毛跳跃，波光潋滟。

林华的嘴凑过去，落在叶晶的睫毛上，轻软，湿润，让叶晶感觉：这不是唇，而是沾了露水的花，一朵接着一朵，落在她的眼皮和睫毛上。叶晶感觉到自己的心脏伴着花的轻点，有节奏地颤动，熨帖极了。

"小猪猪，我练好功课了，从电视上学的，你检查看看，能及格吗？"林华突然说道。

叶晶不知林华在说什么，只是"哦"了一声。

林华听了，笑着说："这，是爱情的必修课啊。相爱的人，必不可少。"

"必修课！"叶晶一边说，一边想起了戴雪学的选修课，不禁莞尔一笑。

"你笑起来真好看。"林华说，"你看，月亮也跟着你笑了。"

叶晶看了看天，又看了看樱花湖。果然，两弯月亮都微笑如唇，在天光水影里摇曳。

"狗哥哥！"叶晶轻轻叫道。

"唉。"

"月亮笑得多美啊！"

"它不只是月亮。"林华一边说，一边将叶晶轻揽进怀里。

"还是什么？"

"它还是我的心。"

"你的心？"

"不错。当你高兴、愉快时，它就盈满；当你惆怅、痛苦时，它就缺损。它，为你阴，为你晴，为你缺，为你圆。"

一滴眼泪滴在了林华的手心。

林华望向叶晶，看到她双眸如珠，泪花闪烁，宛如被雨水浸润过的两颗星星，低声问道："小猪猪，你？"

叶晶握住林华的手，说："狗哥哥，看，月亮多美！"

林华顺着叶晶的眼光往湖里望去，一钩银月，白如霜雪，在水光树影里漂浮，徜徉，宁静，悠闲。

20

我陪你当考研狗

下午5点30分，我在雅格里餐馆等你，一起用餐。

叶晶坐在宿舍里急得焦头烂额的时候，收到了林华的短信。她只回了两个字：没空。

林华又来了信息：没空也得先吃，饿坏了我的小猪猪，我拿你是问！

叶晶开心一笑，不再回信，又怕林华继续打扰自己报名，干脆把手机关了。刚关手机，她听到凤飞飞在一边欢叫："晶姐、蓝蓝、戴雪，你们快过来看啊，这个月我的微商有2000块的收入了！"

谁也没有理她，一个个的眼睛都盯着电脑屏幕不动。

"中邪了？"凤飞飞站起身，扭着腰身走到叶晶身后，猫着腰看叶晶的电脑屏幕。

"考研报名，你不是确定保研的吗？"凤飞飞奇怪地问道。

叶晶眉头微蹙，轻轻说："何天、马明伟他们都收到复试通知了，我没有，应该是没戏了。"

"啪！"凤飞飞一巴掌拍在叶晶背上，大声说道："从大一到大三，你的成绩在系里不是都排前三名吗？你在核心杂志上不是发了好几篇文章吗？你不是连续三年获得了国家级奖学金吗？比起何天、马明伟他们来，你的各方面不是优秀多了吗？凭什么他们能够得到复试资格你没有？"

"这个……"叶晶说，"我也不知道是什么原因，或许是因为去年我没有过英语六级吧。"

"啪！"凤飞飞又一巴掌拍在叶晶的背上，说："你去年是家里有急事错过了考试，又不是考不过，再说，你12月还可以再考一次的。"

听到叶晶和凤飞飞的对话，戴雪和丁蓝蓝不约而同地转过头看她们，恰好看到凤飞飞的巴掌落到叶晶背上，叶晶的背猛地一缩，整个身子抖动如一片遭受强风扫荡的叶子。

瞧叶晶那样子，一定是被凤飞飞打痛了。

"住手！"丁蓝蓝厉声喝道，"飞飞，你搞什么！"

墨
芳
华

"你没有听到晶姐刚才说的话吗？"凤飞飞说，"晶姐多优秀啊，竟然没有得到保研，气死我了，要是现在有一箱炸药放在这里，我一定扛着它们去炸死土木系推免小组那群浑蛋！"

"啪啪啪！"丁蓝蓝一边双手鼓掌，一边说："义愤填膺，你行啊，只是，受害者的臂膀被你当成了泄愤的沙袋，你也不好好瞧瞧，晶姐现在可是花容惨淡啊！"

"这……"凤飞飞这才意识到自己刚才无意中拍痛了叶晶，忙向叶晶道歉。叶晶微微一笑，说："飞飞，你真够厉害的。"

"厉害什么啊？"凤飞飞问。

"狐狸精变大侠！"戴雪插嘴说道。

"呵呵……"丁蓝蓝和凤飞飞同时笑出声，叶晶也抿着嘴笑。

笑罢，凤飞飞问丁蓝蓝和戴雪，她们为什么不搭理她而盯着电脑屏幕一直看。听两人都说是为了进考研网报名，凤飞飞大笑两声，说："保研和考研，都是没有硝烟的战争，苦着呢。我劝你们赶紧刹车，免得以后花容凋尽后又是竹篮打水一场空！"

"呸！"丁蓝蓝骂道，"乌鸦嘴！"

戴雪也骂道："凤飞飞，你就不能说些好听的！"

凤飞飞听了，脸涨得通红，说："乌鸦嘴又怎么了，我这是怜香惜玉呢，你们没有听到别人称考研的叫什么吗？"

戴雪说："考研狗。"

丁蓝蓝："能够考研的，都是勇士，怎么被叫得这么难听呢？"

戴雪又说："还有报考者的自嘲和戏谑。"

叶晶说："勇士多悲壮，这'考研狗'里也含有敬重和悲悯呢。"

"晶姐啊晶姐，什么事一到你那里，就都成了好事呢。"凤飞飞说，"我倒觉得，这个词贬义的多呢。"

丁蓝蓝问："何以见得？"

"你没有听说过这句话吗？"凤飞飞说，"如果你爱一个人，就让他去考研，因为这样，他的事业将会一日千里；如果你恨一个人，也要让他去考研，因为这是通往地狱的必经之路。"

"地狱之路！"丁蓝蓝叫了一声，说，"真的，虽然我才走上这条路，就感觉生不如死。"

戴雪附和道："是啊是啊，生不如死。"

凤飞飞说："受不了就撤啊，趁你们现在还没有花容尽失。"

丁蓝蓝和戴雪听了，却都摇头。

原来，刘离、费茅和容易三人都已经收到Ａ大机械系的保研复试通知了，除了容易因为没有钱读研自动放弃了，刘离和费茅都已联系好了导师，正在积极准备复试，保研应该是十拿九稳的事了。

丁蓝蓝与戴雪虽然能以优异的成绩考进Ａ大，可自从她们进了Ａ大后，觉得高中三年被摧残得可怜兮兮，趁青春未老，她们要痛痛快快地玩，让青春之花绽放得美丽香甜。所以，从大一到大三，她们从来没有想过考研的事；想的，是找一个帅帅的男朋友相亲相爱，耳鬓厮磨，快乐，甜蜜，浪漫。即使哪一天她们的青春走到了尽头，亦可以有甜美的回忆。靠着这回忆，她们足以安之若素地老去。

她们刚开始与刘离、费茅谈恋爱时，看到他们整天陪着她们转悠，以为他们也如她俩一般只图眼前的快乐，胸无大志，哪想到他们竟然优秀得能够打赢没有硝烟的保研战。保研之后，他们必然会再在京城待三年，甚至再读几年博，然后，光鲜体面地留在了某个名企或机关里。而她们，如果在京城找不到工作……

她们不敢往后推想了，在几经磋商之后，两人做出一个悲壮的决定：
为了爱情，拼了！

就这样，为了捍卫爱情，丁蓝蓝与戴雪加入了浩浩荡荡的考研大军。

"他们三兄弟都能保研，那林华呢？"凤飞飞听了，一边说，一边把
目光投向叶晶。

叶晶说："在申请国外的大学。他原来打算到美国的，为了与我少离别，
准备改为英国。"

丁蓝蓝问："怎么改英国就能少离别？"

凤飞飞说："这点都不知道啊。中国读研要三年，美国两年，英国
只一年呢。"

戴雪听了，说："英国真好，有钱真好，能买回两年的青春啊。"

戴雪无意的话触痛了凤飞飞的神经，她说："是的，有钱真好啊，只是，
要自己有钱才真好，爸妈……"

说着说着，凤飞飞抽泣起来。

戴雪和丁蓝蓝望着吧嗒吧嗒流泪的凤飞飞纳闷，叶晶正准备安慰凤
飞飞，却看到QQ对话框弹出一条信息：可以进系统了。

"快，进系统报名！"叶晶大声说。

"啪啪啪啪……啪啪啪啪……"

凤飞飞的抽泣声被击打键盘的声音淹没，她双手将泪一抹，提包出门。

叶晶、戴雪和丁蓝蓝几乎同时提交了考研报名信息，都轻松下来。
叶晶开机看林华发的信息，丁蓝蓝戴着耳朵听歌，戴雪躺在床上休息。

"讨厌鬼！"丁蓝蓝突然骂道。

"怎么了？"戴雪鲤鱼般迅速从床上弹起来，问道。

丁蓝蓝说："戴雪、晶姐，快，你们快看A大考研微信群，群里有

人被骂'考研狗'，大家都在里面闹得欢呢。"

叶晶和戴雪打开Ａ大考研微信群，看到里面已经有了很多信息。正当眼花缭乱之时，听到丁蓝蓝说："你们先看最上端'我不是黄蓉'发的信息，它是导火线。"

叶晶和戴雪将考研群的信息拉到最上端，看到了"我不是黄蓉"发的信息：

> 今天早上，我在去自习室的路上听到有人在我身后骂："考研狗，起早摸黑的，真正考上的能有几个！"当时，我只是默默一笑，从心底鄙视那人，可事后，越想越气，可怜我们考研的，真比狗还累了，还要被人戳脊梁骨，多可悲啊。

消息发出不到1分钟，就有人回应：

> 吃得苦中苦，方为人上人。如此鸟人，不必理会，燕雀安知鸿鹄之志。楼主加油！

两分钟后，无数信息如繁花点点，开遍了Ａ大考研微信群：

> [嫦娥奔月]：对于那两个人，不用鄙视，浪费精力。
> [京都居士]：考研是自己的事情，和别人没有什么关系，坚持自己的梦想吧，对别人说呵呵。
> [星空战狼]：井底之蛙永远不知道它的上面是何等美好！
> [天下无戈]：你要相信，那些说出这些话的人，都是为了

掩饰他们内心的恐惧。

[**幸福97**]：好好加油，人生就像赌博，赌上了的话，你就会得到不一样的收获，这个是需要很多的勇气的！

[**丑娃娃**]：人丑多读书，我也是考研狗，挺住！

[**书香有路**]：有什么办法，从决定考研那天起，我留给世界的，只有背影。

[**拼命三郎**]：只要学不死，就往死里学。

[**独孤不败**]：在孤独中享受寂寞，在寂寞中创造辉煌。

[**海上明月**]：咱们的世界他们不懂！别管他们。

[**ciss**]：汗水是最美的书，我累，我快乐！

[**霹雳王**]：只有最黑的夜才能看到最亮的星，兄弟，咱啥也不说了，加油啊！

[**奔向诺贝尔**]：向前！向前！向前！待到相约巅峰日，自是载歌载舞时！

[**物理威力**]：别认输，熬过黑夜才有日出！

[**学霸天下**]：最有力的回击，就是学习，加油！

[**小雪花儿**]：连追梦的勇气都没有的人，必然没有你我有出息，加油！

……

一口气读了几十条信息，戴雪说感到眼睛有些不舒服，一边轻揉，一边说："到底都是Ａ大的，这信息回得多给力啊！"

叶晶说："何止给力，它们彰显了我们Ａ大的精神呢！"

"可不是！"丁蓝蓝说，"我这条大懒蛇，都给激出了斗志！"

叶晶轻呵一声，说："更是爱情的力量吧！"

戴雪说："不错，爱情抽掉了我的懒筋，只是我这临时抱佛脚的……怕……早知这样，何必当初！"

丁蓝蓝说："还是晶姐聪明，你从进大学的那天起，就决定了保研和考研两者兼顾。"

叶晶说："一颗红心，两种准备，我啊，不过是听妈妈……"

说到"妈妈"后，叶晶后面的话打住了，纤细的手指如几片柳叶，在蹙眉上来回拂动。

丁蓝蓝透过叶晶指间的缝隙，看到一颗水珠挂在她的睫毛上闪烁着正要询问，有人闯了进来。

来人是林华，脸上的汗水虽然沿着鼻子往下淌，他也顾不上擦，一个箭步就跨到了叶晶身后。

他从来都是气定神闲、沉稳傲娇的，今天怎么了？

丁蓝蓝和戴雪四目炯炯，同时朝着林华扫射过去。

一滴汗水流到了嘴角，林华尝到了一丝咸味，掏出纸巾轻抹了脸上的汗水，看到丁蓝蓝和戴雪莫名其妙地盯着自己，他很自然地恢复了平时的神情，望了望她们，嘴角荡出两丝笑意，双手轻轻落在叶晶背上，柔声说道："你不回信息也就罢了，怎么连手机也关了？真忍心急死我！"

虽然是责备，每字每句都落得轻轻柔柔，丁蓝蓝和戴雪的心湖都被荡漾得温暖。

叶晶听了，知道林华来了，没有回头，手指依然在眼睛上轻抚。

戴雪见了，说："晶姐，我都被感动了，你一定泪奔了吧？"

叶晶的右手往腿边一落，回过头，正要回话，林华的双手将她的脖子搂住，轻轻扶回原位，说："别回头，会扭歪脖子的。"

说完，林华走到叶晶对面坐下，见她双眸红艳饱胀，如两粒浸透着晨露的花苞，问得更是柔绵了："你是病了吗？对不起，我来晚了。"

叶晶摇摇头，轻轻说："刚填了考研信息，有点儿累。"

"保……"林华才知道叶晶保研落空，忙改口说道，"如果觉得累，就别考了。"

叶晶又说："也不是啊，系统太繁忙，屏幕盯得太久了。"

戴雪附和说："是啊，一个下午都进不去，累死我们了。"

丁蓝蓝说："考研的战争才拉开序幕，我们就身心疲惫了，怎么熬得到头啊。"

"真有这么累吗？"林华望向叶晶，一双眸子波光盈盈，荡得叶晶心湖涌动。她眸光如水，缓缓朝着林华的眼睛流去，竟然没有回答林华。

丁蓝蓝插嘴道："考研狗，哪有不累的！"

"别怕，有我陪你呢！"林华见叶晶不语，说道，"我现在决定停止申请去英国读研，陪你一起考 A 大的研究生。"

叶晶的身子轻轻一颤，头如杨柳般轻摇，眼里的柔波朝着林华涌过去，轻声说："不可以，你不能为了我改变志向。"

"出国读研是我爸的安排。"林华坚定地说，"我陪你当考研狗，就这么定了！"

听到林华霸气的回答，叶晶不再作声，身子颤动如和风中的花蕊，如果不是有丁蓝蓝和戴雪在场，她会扑进林华的怀里泪奔。

"林华，你疯了！"丁蓝蓝说。

林华的嘴角又扬起两丝笑意，说："小弟媳，大哥正常着呢。"

"你……"听到林华称自己"弟媳"，丁蓝蓝的脸"刷"地红了，说，"你放着好好的国际名牌大学不去读，偏来当考研狗，怎么不是疯了？"

"疯了的，不止我一个吧。"林华笑着说，"你俩不也是为了瘦鼠、肥猫才考研的？"

戴雪说："虽然是这样，但你与我们不同，与我们比起来，你亏大了！"

"哈哈。"林华爽笑两声，说，"性质一样，都为了爱情，值！"

丁蓝蓝见林华一脸的坚毅，问道："很累人的，你不怕吗？而且，不一定考得上，付出了，不一定有收获。"

"能让我林华害怕的事，还没有出现过呢。"林华又笑着说，"何况，你们三个娘子军都不怕，我堂堂男子汉，又有何惧？"

一缕夕阳透过窗户的玻璃射在林华的脸上，如一尾金色的鱼在欢跳。叶晶望着林华，心浪也欢跳如一尾鱼；我叶晶能遇此人，一生足矣，只是，爱，不能只是索取和占有；爱，更是奉献和成全。他为了我放弃自己的理想和将来，我如果心安理得地接受，于心何忍？

于是，叶晶望着林华，说道："你可以陪我考研，但你不能放弃去国外读研。"

"为什么？"林华笑着问。

"我不想你为了我失去自我。"叶晶望了望林华，脸上泛起微微的红晕，轻轻道，"再说，我不想没有进门，就被公公和婆婆戳脊梁骨。"

"小猪——晶儿。"林华听了，情不自禁地握住叶晶的手，说，"你想得真远，好吧，那我就脚踏两只船——不，是一颗红心，两种准备。"

叶晶点点头，嘴角微扬，正要说什么，丁蓝蓝大声说道："叶晶，你两口子有没有完啊，秀恩爱可以啊，也要看看你们旁边的人有没有承受力啊。"

林华听了，松开了握住叶晶的手。正在这时，他的手机铃声响了，他掏出手机接了电话，说道："你马上召集肥猫和书呆，到蒙拉利莎西餐厅等我。"

听到刘离在追问有什么喜事，林华说："庆贺我们Ａ大又诞生了四个考研狗，我买单！"

21

人面荷花相映红

林华每天吃了晚饭都往外跑，林越开始以为儿子谈恋爱了，不禁喜上眉梢。后来，他发现林华每次出门都带着哲学、英语等书，就有些纳闷了。终于，当他空闲的时候，他一把抓住了又要出门的林华，问林华怎么回事。

得知林华要考研，林越如一只受到惊吓的松鼠，迅速从沙发上蹿起来，瞪着眼睛问："你说什么？"

林华回答说："我报名考研了，以后没有特殊情况，都要去学校上自习。"

"真的？"林越的眼睛瞪得更大了，问道。看到林华点点头，看样子不是在开玩笑，他一边伸出右掌摸林华的额头，一边问，"你是不是发烧了，要不要去看看医生？"林华一边握住林越的手往下垂，一边嬉笑着说：嗬，谢老爸关心，托你洪福，你儿子基因好，身体棒棒的呢。"

"依你的成绩和综合素质，完全可以申请读英国名校，放着好端端的世界名校不读，你却要去当一个累死累活而不一定有好结果的考研狗，你还说没病，我看你就有神经病！"林越说着说着，眼珠子越鼓越大，像两个被高温烘烤到极点的玻璃球，随时会爆裂。

看到林越突鼓的两只红眼球，林华知道林越发火了。他双手轻轻拍拍林越的肩膀，一边扶着林越往沙发上坐，一边说："身体第一，老爸别生气，气坏了身子骨，老妈就会从国外飞回来找我算账。我挨打挨骂事小，老爸的身体无恙事大。"

"小王八羔子！"听了林华的话，林越的胀鼓的眼珠回落到眼眶里，轻骂了一声，问，"怎么回事？"

"为了爱情！"林华响亮地回答。

"嗬，谈恋爱了！"林越听了，转怒为喜，问，"谁本事这么大，能够征服我的儿子？"

"叶晶。"

"名字不错，人怎么样？"

"林大董事长的儿媳妇，要有多漂亮就有多漂亮，要有多好就有多好！"

"行行行，你安排好，两天之内，我要见到我的准儿媳。"看到林华一脸的自信和喜悦，林越说，"另外，我林越的儿子是要做大事的，必须在世界的名校读研，你陪她读读书增进感情是可以的，但千万别为了爱情放弃自己的前程！再说，如果她真成了我们林家的媳妇，也必须在国外名校读研才不失我们林家的体面……"

"好了好了，你说的我都记住了。"林华打断林越的话，说道，"今明两天，你随时开机，静候佳音吧。我要到自习室给她占位置去了，晚了，就没有座位了。"没等林越反应过来，林华转身朝外走去。

"瞧那猴急的模样，又是一个情种！"望着林华的背影，林越摇摇头，苦笑道，"媳妇还没进门，就把我这当爹的，当儿子使唤了。"

叶晶走到自习室时，发现自己和林华前些天坐的位置已被人坐了，自习室里已经没有一个空位了，林华却还不见踪影。

正要退出时，叶晶看到不远处的丁蓝蓝和戴雪朝着她挥手，示意她过去和她们挤在一起看书学习，她们旁边的刘离和费茅一个在拿着书冥思苦想，一个正在埋头画图。叶晶不想挤过去当电灯泡，想凤飞飞近些天神出鬼没地经常玩失踪，只要她不在宿舍里睡大觉，宿舍倒是学习的好地方。于是，她朝着丁蓝蓝和戴雪微笑着摇摇头，走出自习室。

林华正好快要走到门前，看到叶晶走出来，知道自己姗姗来迟了，轻声道歉后，解释了原因。听到叶晶说要回宿舍看书，林华一把抱住叶晶，一边命令道："只耽误你一晚，跟我去见一个人，马上！"

不容思考，强硬霸道，典型的林华风格。叶晶想到这里，双眼向林华抛过去两个问号。

"啵！"林华没有回答，肉实温暖的嘴唇亲在叶晶的左脸上，发出一声脆响。

"路上有人呢。"叶晶左手捂住被林华亲得润湿温热的脸颊，一边娇嗔地说。

"不答应，我就一直亲下去，直到这世界上最美丽温馨的风景被1000个路人看到为止！"林华夸张地做出又要亲嘴的姿势，说的话更加强硬。

叶晶的心却柔软了，身子微颤成一株被风拂动的莲，默然无声。

"是我爸。刚才被他缠住，他非要见你。"林华轻轻说道。

轻轻一语，落在叶晶的耳里，似雷霆炸响。她身子猛地一震，"啊"

了一声，说："改天吧，我还没有准备。"

"只要是我爱的，老爸老妈即使不喜欢也得喜欢，要准备什么？再说，择日不如撞日，就现在。"林华右手围住叶晶的腰身就走，说，"正好你们都有空。"

走了几步，林华担心林越已经外出应酬，掏出手机打他的电话。林越接到电话时已经开车出门，准备去与几个老客户一起打高尔夫球。听到儿子说他的女朋友现在有空见自己，忙嘱咐儿子在Ａ大荷池中央的荷花亭里稍等，他火速就到。

往日的Ａ大荷花池周围，一到夜晚，少不了情侣漫步，热闹繁华。

这夜，少有的寂静。

当林华与叶晶走进亭子时，竟看不到一对情侣。偌大的荷花池，只有他们俩在嘤嘤细语。

虽然已经是深秋，仍有荷花立水，摇曳生姿。被月光朗照着，粉荷碧叶，晶莹透亮，比白日更显洁净美艳。

那一片片微微涌动在叶与叶之间的亮光，是潺潺的流水，远远看去，似无数银色的小鱼在荷叶间嬉戏。

看着叶间那些涌动的流水，叶晶觉得自己的心湖也在不断地涌动，轻声说："我有点儿紧张。"

"有我呢，别怕！"林华一边说，一边望向叶晶，看到她两颊如荷，眼波似水，又说道，"小猪猪，我感觉自己现在是天下最幸福的男人。"

叶晶眼里的两泓秋波朝着林华涌过去，问："为什么？"

林华眼里的秋波也朝着叶晶涌过去，说："今日Ａ大荷亭中，人面荷花相映红。"

　　叶晶听了，想说些什么，又觉得心中似有万语千言，不知说哪一句好，便静静地站着，凝视着林华，见林华的脸被月光洗得如牛乳一般洁白，自己的容颜如一朵娇艳的荷正在他微波闪动的瞳孔里开放。

　　林华也不作声，两人默默相对，四目激滟，眸光电闪。此时的荷花池静极了，除了秋蝉的低鸣，还能清晰地听到鱼戏莲叶和飞鸟扇翅的声音。

　　就在这时，叶晶感觉自己的左脸上飘来一朵花蕊，轻柔如雪，湿润温热。

　　是他，又在亲我了，那么温柔。叶晶想到这，闭上眼睛，全身心地感受着林华轻到极致的温柔。然而，林华的朱唇只在叶晶的眼睛上停留了蜻蜓点水的瞬间就飘飞而逝了，叶晶依然闭着眼睛，娴静如水，等待着那蜻蜓花蕊般的温柔再次飘落，心，却已如一只兔子在急跳疯跑，似乎要从胸腔里冲撞出来。

　　小等一会儿后，林华的花唇没有飘下来，当她缓缓睁开眼时，那朵湿润温热的花又突然落在了她的左眼上。她来不及闭上眼睛，因为距离太近，没有看清林华此时的脸颊，眼角边的两道余光却看到了天上的月亮：一轮圆月，如一面银光闪闪的镜子缀在湛蓝的天空。在叶晶颤动的眸光里，月亮坠了下来，映进她的瞳孔里，当她承受不住林华那朵温润的落蕊而再次闭上眼睛时，这皓月已经深深嵌进她的心里，熠熠闪光。

　　"华儿。"

　　林越的叫声打破了久久的寂静，惊得叶晶如一只白兔从林华的怀里挣出，当她貌似气定神闲地端坐在石椅上时，看到林越已经走进了亭子，只得站起来，朝着林越礼貌地笑了笑。

　　"老爸，这就是叶晶。"林华向林越介绍道。

　　没等林华说完，林越眼里的两道亮光已朝着叶晶扫过去，从头到脚地将叶晶打量了一番。

林越笑着说："不错，有林家媳妇的风范，到底是我儿子，有眼光。"

"叔叔好。"叶晶脸颊飞起两瓣桃红，轻声招呼道。

"叶晶，好……好……好……"林越的眼睛仍然盯着叶晶，笑着说，"回去跟你父母商量一下，最好明日就把订婚时间定下来，等你们一毕业——不，也可以一拿到毕业证就举行婚礼。"

"这……"叶晶又喜又悲，不知如何回答。

"不愿意吗？"林华和林越异口同声。

"也不是……"叶晶说得很轻，低了头，父母的脸庞浮上脑海。

"那就成了！"林华父子不约而同地欢呼。

这时，林越看到叶晶的眼眶里水雾迷蒙，泪光点点。

似喜似忧，这孩子怎么了？林越又继续打量叶晶。

叶晶的头更低了，右手托住下巴，食指在上面一上一下地滑动，如一只雪白的鸟儿在白玉兰上飞舞。

这情景，似曾熟悉……

林越的嘴缓缓张大，笑，僵在他的脸上，20多年前的一幕幕在他的脑海里闪现。

"是她——是她的女儿！"这话在林越的心里一喊出，几颗豆大的汗水珠，立即从他的额头冒出来。

"家里有急事，我先走了。"林越收敛笑容，表情严肃地说，"华儿，你现在送她回宿舍，火速回家！"

林华感觉到了林越莫名其妙的变化，说道："老爸……"

没等他说完，林越已经走出荷花亭。

看到林越远去，叶晶抬起头，说："刚才我太紧张了，太没出息了，你爸好像有些不高兴了。"

发神经！林华心里这么想，嘴上却说："你没看到他见了你后喜形于色？他是个大忙人，在与我闲聊时经常会突然间想起什么事来，然后匆匆而去。"

听到叶晶"哦"了一声，林华挽了她的手，送她回宿舍。

回到家里，在脑海里经过一番比对后，林越确定了叶晶是冯菁的女儿，也认定了叶晶与林华谈恋爱，是寻仇上门。因此，当林华来到他的身旁时，他正在用毛巾擦身上惊出的一身汗水。

林华从林越手中拿出毛巾，一边帮林越擦汗一边说："叶晶说了，她的婚事自己做主，订婚和结婚的日期不用与她父母商量，由我们家说了算。"

林华这话一说，林越更加笃定了叶晶与儿子谈恋爱的动机，说道："好，由我说了算，我现在就决定。"

林华说："哪一天？趁明天上午有空我先去把戒指买好，你给我的卡上多充些钱，我可要买最好的！"

林越说："没有那一天，我不同意。"

林华以为林越在开玩笑，笑着说，"老爸，在儿子面前，你就不要玩幽默啊。"

"不是幽默，我是真的不同意。"

"刚才在荷花亭，你不是同意了吗？"

"刚才是刚才，现在是现在。"

"什么？你还真把自己当成了比悟空还能千变万化的如来佛？"林华听了，仍然嬉笑着说，"既然这样，那以后就是以后，变去变来，我老爸以后又会同意我和叶晶的婚事喽。"

林越却拉下脸皮,说:"听着,没有以后,马上和她分手,快刀斩乱麻!"

　　林华收敛了笑容,问:"理由?"

　　"没有理由!"

　　"我不答应!"

　　"不答应也得答应。"林越一掌拍在桌子上。

　　林华是林越的独苗,林越对他向来是百依百顺的。关于他恋爱之事,林越向来只是催他早日带女朋友回家,结婚抱孙子的,先前他见到叶晶时,分明已经赞许她并且催促他们早日订婚了的,怎么一下子就变卦了?而且,又不肯说明理由,还这么固执霸道,不可理喻,这,可不是老爸的风格。林华被激怒了,也一掌拍在桌子上,大声说:"都什么年代了,你还想来法西斯这一套拆散我和晶儿,门儿都没有!"

　　林越的脸阴沉得更厉害了,说道:"那就走着瞧。"

　　"好,那就走着瞧!"林华一边回答,一边转过身,朝自己卧室走去。

22

住院

　　叶晶的手机铃声虽然连续响了几次,因为她与戴雪、丁蓝蓝头天晚上在自习室看书很晚才回来,她们谁也没有被唤醒,被吵醒的,是凤飞飞。

　　凤飞飞被吵醒之后，拿了手机在微信里看有多少代购单。在搞了一段时间的化妆品微商之后，凤飞飞每个月的生活费虽然基本上能够自理了，但只是解决了基本的温饱问题，与原来她的日子相比，她依然在地狱里生活。在班上一位女同学的生日party上，她得知很多女生现在都流行韩货，并且，一般都懒得浪费时间和精力到街上的品牌专卖店购买，都喜欢找经常跑韩国的熟人代购后用快递送货上门。从那次生日party回宿舍后，凤飞飞开始在网上搜索女生最喜欢的韩货，她发现女生喜欢的不只有化妆品、围巾、帽子、鞋子、衣裙、美味小吃等，连她们的发夹和避孕套都是韩国货。于是，凤飞飞开始搞起了韩货代购，第一次飞韩国济州免税店代购的本钱是找同学借的，因为在微信里宣传得力，所购之货，全部销完，赚的那笔钱够她3个月的生活费了。当时凤飞飞喜不自禁，想拉上宿舍里的3个姐妹上Ａ大外面的"芝佐家"小吃店豪吃一顿，让她们都来分享她赚到第一桶金的喜悦。谁知，自从叶晶、戴雪她们报名考研后，每天晚上，凤飞飞熟睡了她们才从自习室回来，第二天凤飞飞出门上"馨香屋"花店打工时她们还没起床，于是，她与她们虽然住在同一个宿舍里，却很少见到她们的身影。打几次她们的电话都提示关机后，凤飞飞骂得咬牙切齿：考研考研，就知道考考考，一个个都疯了，像饿狗吃屎般不停地啃书。疯吧，疯吧，考研狗，要是明年考不上，工作也找不到，有你们好哭的！骂过之后，凤飞飞想起容易是贵州人，与她这个湘妹子一样爱吃辣椒，就打了容易的电话，请他到芝佐家吃美味小吃。容易的电话一打就通了，虽然他当时正在给一家餐馆送外卖，一刻钟不到就赶到了芝佐家。就在那个下午，凤飞飞和容易一起吃了两大盘香辣凤爪、一盘牙签牛肉，还有一盘泡椒猪皮和一盘香辣藕片。就在那个下午，凤飞飞发现：用自己赚到的钱豪吃是世界上最幸福的事，而这种幸福，如果有人一起分享，那就是福中福了。

　　发布去济州岛购物的时间不到一周，微信里就有许多人下单了，因为忙着在花店打工，凤飞飞还来不及清理上面的单子。大清早被叶晶的手机吵醒，距离到花店打工尚有一个多小时，凤飞飞开始分类清理代购单子，谁知，思路总是断断续续地被叶晶的手机铃声打断。

　　平时机子不是经常关着吗，今天是怎么了。凤飞飞一边嘀咕，一边走到叶晶身边，准备帮她关机。刚拿起叶晶的手机，不知谁发来了一条信息，正好被凤飞飞看到：

　　　　叶晶，我终于打听到你不能保研的原因：

　　　　还记得那个朱达吗？你申请的那个学科的导师万家珍教授就是他的母亲。因为你拒绝了她的儿子让她觉得丢了面子，她当着系主任的面儿划掉了你的名字。记住，系主任让我嘱咐你，这件事只能烂在你的肚子里，不能宣扬出去。你过几天在网上确认考研信息时，一定要记得改选一个导师甚至一门学科。

　　"教授，教授，简直就是禽兽！"凤飞飞义愤填膺，一边大骂着，一边把叶晶从床上抓起来，嚷着要她看手机上的信息。

　　"凤飞飞，你是不想让我们活吗？"丁蓝蓝被吵醒了，气得坐起身子瞪着凤飞飞骂。

　　"是啊，要疯就到外面去啊，不要在这里吵我们。"戴雪也被吵醒了，附和道。

　　"晶姐都让禽兽给欺负了，你们还睡得着？"凤飞飞骂道，"你们这考研狗一当，良心就给狗吃了？"

"晶姐？"戴雪和丁蓝蓝听了，不约而同地望向叶晶。

叶晶正在看何天给她发的信息，没有回答。戴雪和丁蓝蓝都穿好衣服，跑到叶晶的身旁。

看完信息，叶晶淡然一笑，说："没事。"

"从你决定考研以来，都累得真成了狗似的，还说没事！"凤飞飞大声说，"不要怕，我帮你去找那姓万的狗屁教授说理，让你参加复试。她要是胆敢不答应，我就揍死她！"

叶晶把手机递给在旁边不断追问她的丁蓝蓝，要她和戴雪两人自己看，然后望着凤飞飞，轻声问："然后呢？"

"然后……"凤飞飞顿了顿，说，"难道你真甘心就这么算了，这可是Ａ大的推免生啊。"

叶晶说："既然知道于事无补，就当我没有看过这信息吧！"

戴雪和丁蓝蓝看完信息，都为叶晶叹息，都说林华家距离Ａ大不远，他家在Ａ大一定有关系，劝叶晶去找林华和他家人活动活动，或许能够成功，这样她和林华双双都会免了考研之苦。

凤飞飞听了，拍手称赞。

"不，越是我在意的人，我越不想去麻烦他。"叶晶说，"再说，我叶晶什么苦没有吃过，还怕这考研之苦？"

"行行行，是我狗拿耗子——多管闲事了。"凤飞飞拿了包，说，"你们三个考研狗给我记着，再怎么疯狂，也得早些回来睡觉，不要一个个把自己折腾成残花败柳的样子。我有事出去了，你们继续忙吧。"

看到凤飞飞甩门而去，丁蓝蓝"哼"了一声，说："得意什么啊，就凭你这张臭嘴，无论你长着一副怎样迷人的狐狸样，也只能是当剩女的份儿！"

戴雪也嘀咕道："可不是！"

叶晶说："蓝蓝，戴雪，你们怎么那么说飞飞啊，难道你们没有从她的话里听出她对我们的关心？"

戴雪说："听出了，只是，她怎么就不能像你一样，表达得好听一些呢？"

叶晶说："像我，她就不是凤飞飞了，各有各的性子嘛。"

丁蓝蓝说："再有性子，说话也不能太刺人了啊。"

叶晶说："蓝蓝，你也牙尖嘴利，和飞飞比，你们平分秋色呢。"

"嗬。"丁蓝蓝听了，咧嘴一笑。

叶晶看了看手机，说："时间不早了，大家快洗漱吧，得去自习室学习了，去晚了，我担心林华、刘离他们会为了捍卫给我们占的座位和别人打架呢。"

戴雪和丁蓝蓝听了，都争先恐后地往洗手间跑。三人洗漱完毕，胡乱吃了些点心当早餐，正要出门，丁蓝蓝的手机响了，打电话的人是刘离。听完刘离的电话，丁蓝蓝表情怪异地望着叶晶，说："晶姐，林华在医院，刘离让我们迅速过去。"

丁蓝蓝的话像一只突飞而至的鸟在叶晶的心口上猛啄一口后迅速飞离，叶晶怔了一下，很快恢复镇定，拿了包与丁蓝蓝和戴雪出门。

拐过一个长廊，叶晶看到对面"急救室"三个大字，一个人正立在门前，身材魁梧挺拔，背对着她们。

林华！

叶晶一眼就瞥出他是林华，想到他平安无事，乐得一溜烟跑到林华身后，轻轻喊着他的名字。林华回过头，看到叶晶额上蒙了一层泪珠，两颊通红，艳若桃李，正在大口喘着粗气，不由得轻轻责备道："瞧你，气都快接不上了，怎么不慢点儿！"

叶晶听了，开心一笑，说："见你安好，我就没事——里面的，是谁？"

这时，丁蓝蓝和戴雪也赶到了急救室门前，看到林华正若无其事地在帮叶晶擦泪水，也奇怪地问林华怎么回事。

林华说："容易被人用花钵砸得头破血流，详情只有凤飞飞知道，你们问她吧。看样子她情绪很激动，你们好好劝劝她。"

听林华一说，三人才看到了坐在旁边的长椅上捂着脸抽泣的凤飞飞，忙走过去问她是怎么回事。凤飞飞捂着脸的手没有放下来，呜呜咽咽地跟她们说事情的经过。

原来，凤飞飞家里出事不久后，她除了到叶晶给她介绍的学生家里做英语家教，还到容易给她介绍的"馨香屋"花店打工。容易从苗圃运花给"馨香屋"时，正遇上一个中年男顾客与凤飞飞争吵，那中年男顾客吵不过凤飞飞，随手给了凤飞飞一巴掌，凤飞飞气不过，抓起那人的手咬了一口。那人被咬痛了，大吼一声，朝着凤飞飞一脚踢去，却被刚好赶到店里的容易双手把腿抓住。那人的右脚被容易紧紧抓着，用力挣扎了几下，无力挣脱，猴急了，随手端起胸前的一盆花砸向容易。容易当时半蹲着，花盆正好砸在了他头顶上，他当时就扑倒在地，血，沿着他的头往脸上流。那人见容易倒地流血，仓皇逃走。当店主听到凤飞飞的尖叫声从里屋走出来时，容易已经不省人事。

店主帮着凤飞飞将容易送到急救室后就跑了，当护士告诉凤飞飞要去收费室预交2000元后才能为容易抢救时，身上只有200元的她，只得拨打了林华的电话。

说到这里时，里面的医生走出来，问谁是家属。看到林华回答，那医生说："病人如果能熬过今晚，明天就没有生命危险了，所以，今晚你必须安排人守夜，以防万一。"

说完，医生走进急救室，轻轻带上门。

大家谁也没有说话，都不约而同地止住了呼吸，过道上安静极了。

"啪——啪——"两声脆响突然响起，打破了过道上的寂静。

"要是他死了，我也不活了！"凤飞飞一边说，一边又挥起巴掌朝自己脸上打去。

"别啊，飞飞！"叶晶一边说一边抓住凤飞飞扬起的手掌。

凤飞飞又扬起另一只手掌朝自己脸上打去，被戴雪一把抓住。

凤飞飞一边挣扎，一边喊："是我害了容易，你们别管我。"

"你不是故意的，别跟自己过不去！"叶晶抬高嗓门儿说，"再说，容易很坚强，他一定没事！"

叶晶的话刚说完，又见护士从里面走出来，瞪了叶晶、凤飞飞她们几眼，指了指墙上的"静"字后，转身进了急救室。

林华见了，走到叶晶身旁，轻声说："这里有我，不用你们管了，你们都回去吃晚饭吧，晚自习不能耽误。有什么情况，我随时发信息过来。"

"你的晚饭怎么办？"叶晶问，"要不要我送过来？"

"我已安排刘离、费茅到餐馆里吃饭去了，一会儿他们就送过来，你们快走吧。"见叶晶、戴雪、丁蓝蓝面露担心，林华又说，"晚上我和肥猫、瘦鼠三人轮流守夜，谁都累不着，你们都放心，快回去吧。"

"好。"叶晶一边回答，一边站起身，示意大家一起回学校。

凤飞飞虽然极不情愿，还是被戴雪和丁蓝蓝一左一右地抓起身子站起来，押着往前走。四人在医院门口遇到刘离和费茅，丁蓝蓝和戴雪反复嘱咐了几句，才搭车回到 A 大。

林华醒来时，过道上已经没有其他人。走廊上的灯光暗淡迷离，像瞌睡人的眼。

林华从长凳上坐起来，开机看时间时，短信、微信、QQ等信息的声音群鸟争鸣，打破了长廊的死寂。

凌晨3点了，不知呆子怎么样了？林华没有去理会那些狂疯乱叫的信息，起身走到急救室门前，弓着身子眯了眼睛，从门缝往里瞧。无奈缝太小，他看到的，只是里面的一条狭长的地板和医生或者护士的半只鞋子。

呆子应该暂时安全，要不，早被推出来了。想到这，林华又回到长凳上躺下，回看各种信息。

叶晶发了10条微信，时间从晚上11点到凌晨2点30分，内容除了问容易的情况，更多的是问他累不累，要他趁刘离和费茅守夜时好好睡一睡；刘离、费茅各发了6条微信，除了问容易的情况，更多的是嘱咐他如果受不了了，就打电话让他们来接班。昨天晚饭后，他们俩是要留下来值班守夜的，都被林华赶回A大上自习了。林华的理由是：他如果考不上研，可以到国外读研，也可以凭老爸的关系进名企，还可以直接到老爸的公司当助理、经理什么的。而他们，如果保研复试不能通过，想留在京城就难了，如果丁蓝蓝、戴雪考上留在A大，他们就很有可能尝到劳燕分飞的苦果。为了爱情，为了理想，也为了与林华这样的好兄弟多聚几年，刘离、费茅最终被劝回了A大自习室看书。从叶晶和他们发给林华的信息来看，他们都是身在曹营心在汉，一整个晚上，都牵挂着他和容易。

林越的信息比叶晶的还多，几乎每半小时一次，不过，他不发短信，都是打林华电话打不通时留下的"请回电话"的短信提示。

这老爷子，一定是急疯了！

黑夜漫漫，林华独坐长凳，脑海里连续不断地浮现出叶晶如星星花朵般光亮艳丽的明眸和笑靥，无聊和寂寞都无翅而飞，取而代之的，是绵长的温馨和幸福。正当他的幸福怒放得像花儿一样时，手机又响起来了。他一看，是急疯了的林越。听到林华的声音，林越在电话里叫了声"儿子"后，开始滔滔不绝地说他担心林华被人绑架了，要是真那样，他一定尽一切财力、人力把儿子拯救出来，只要那些歹人敢动儿子一根毫毛，他会让他们死无葬身之地。

"停！停！老爸，你别开公司了，改行当影视导演吧。"林华打断林越的话。

林越听出林华在调侃自己，也不生气，问林华怎么会关机。林华想到容易没有交保险费，肯定拿不出钱交住院费，就说自己住院了，要林越给他的卡上多充一些钱。

林越听了，惊悚地"啊"了几声，说他随即打10万元钱给林华，明天上午处理好公司的事后，下午就从吉隆坡飞过来到医院看他。

林华听了，舌头一卷，忙说自己只是不小心摔着了，要林越以公司为重，不要过来，至多嘱咐一下王妈每天多做一个人的饭菜送到医院来就行了。

林越哪里肯依，嘱咐儿子好好休息，等着他明天来看望。

"不好，要露馅了。"林越挂了电话，林华将手机放回衣袋里，开始想应对的办法，想着想着，就睡着了。

醒来时，林华感觉全身酥软，身子左右转了几下，正要睁开眼睛，两道金光朝着他射过来，刺得他连忙眨眼睛。

天大亮了，呆子怎么样了？

想到这，林华一骨碌爬起身，走到门前，正准备从门缝里瞧里面的情况，有人推门出来，门刚好打在他的额头上，他痛得后退了好几步。

看来人正是容易的主治医师，林华来不及捂住被打痛的额头，连忙问容易的情况。听说容易已无生命之危，只需要转到外科的一般病房观察治疗一周，林华一边叫好，一边举起巴掌朝着自己额头上拍去。一掌拍下去，痛得他双脚蹦起一尺高，方想起自己的额头被门打了个正着，他捂着发痛的额头，灵机一动，应付林越的办法跃上心头，忙掏出手机，编辑了一条信息，群发给叶晶、刘离等人，又单独给林越发了一条信息。

23

兄弟

将容易转入普通病房后，林华嘱咐容易好好休息，说他去去就来。

护士长一眼瞥见林华朝着办公室走来，用手轻轻推推她旁边的高护士说："说曹操，曹操到，你的帅哥马上就到了。"

那高护士也一眼瞥见了林华，笑着说："这帅哥可是共享的风景，有眼即可欣赏的，凭什么说是我的啊？"

"这还用问吗？"护士长笑着说，"就凭你这双贼溜溜的眼睛。"

"呵呵。"高护士轻轻一笑，说，"这样的帅男是只能欣赏，不能占有的；占有了，会有打不完的保卫战！"

护士长听了，笑得双嘴咧成了两瓣，正要回话，林华已经跨进办公室。听到林华说要住院，而且指定了要与他刚才送的那病人同房，她和高护士都惊得张大了嘴巴。

林华看到两位护士莫名其妙地望着自己，知道她们的疑虑，就指了指自己的额头，说刚才自己被门撞伤了。

高护士长走上前认真看了看，说："只是有点点儿红，用得着住院？"

林华说："你们医院不是要创收吗？这送上门的钱，你们不要？"

"要……要，当然要！"护士长愣了一下，一边回答，一边示意高护士为林华办住院手续。

望着他挺直的背影，护士长扯了扯小护士的衣角，说："小高，有戏了，这大帅哥八成是看上你这个美人儿才来住院找机会下手的。"

"我看不是呢！"高护士吐了吐舌头，说，"不过，来了即风景，每天能欣赏到这样的风景，养眼，又快乐呢。"

"可不是！"护士长一边附和，一边笑起来，高护士也跟着"呵呵"大笑。

虽然，这些欢声笑语全都入了林华的耳朵，他只淡然一笑，朝着容易和他的病房走去。

看到林华又回到病房，容易坐起身，问林华怎么不回去好好看书，怎么又回病房守他了，说他只是头还有一点儿点儿晕，完全不用守护了。

林华扶容易躺下去，凑嘴到容易的耳边说了原因。容易听了，眼角溢出两行泪，说，"老大……我容……易……有你这样的兄……兄弟，死……死了也开心！"

"别胡说，呆子。"林华情不自禁地握住容易的手，说，"你这家伙，比牛还健壮，长命百岁呢！"

高护士正好拿着药盘推门进来，看到这一幕，暗自庆幸自己即时发现了大帅哥是位"同志"，否则，她百分之百会坠入情网。

这人长得帅有什么用，典型的金玉其外，败絮其中。高护士一边想，一边笑着说："无伤也上药，我可从来没有遇到过，回去请教一下医生再说吧。"

"不用问了！"林华做了一个'停'的手势，说，"给我用双氧水洗一下，贴一团药棉后用纱布包好，再药棉上涂一些碘酒！"

高护士犹豫了一下，见林华表情严肃，只得照做了。

高护士一出门，林华就扬起唇角问容易自己像不像一个伤员，容易"扑哧"一笑，本来打算脱口称赞的，却感到头有些晕痛，只得朝林华举起了大拇指，轻声说："高……高……好……兄弟！"

林华笑了笑，说："惭愧，对付我老爸，只能用这烂招了！"

容易憨笑着说："都怪我，要不是我……你……你……"

林华打断容易的话说："我们是兄弟，就不要分你我了，只是我想问问，你怎么会跟凤飞飞在一起，还惹出受伤这样的事来？"

容易听了，将凤飞飞失恋后生气飙车，租他上香炉峰散心，凤飞飞家里出事后打电话要他去长沙和他介绍她到馨香屋花店打工等事一一说给林华听。

林华听了，说："这凤飞飞真能给你惹麻烦的，你不嫌烦？"

容易说："不……不烦，有她在身边，开……开心呢。"

林华两眼一转，两道亮光射在容易脸上，追问道："比跟我在一起还开心？"

容易听了，脸"刷"地红成了两片厚厚的云，他支吾了几声，说："这……各有……各有各的味儿吧！"

"好你个书呆子！"林华的神情严肃起来，双目炯炯，朝着容易脸上扫射。当他看到容易的脸颊几乎被自己的目光灼成了两片厚厚的红猪肝，一双眼睛正惶恐不安地盯着自己，他马上笑着说，"恭喜你，呆子！"

容易愣了愣，问："喜……喜从何来？"

林华拍拍容易的胸膛说："你恋爱了，兄弟为你高兴呢。"

容易开心一笑，说："谢谢老大，只是……我……一个人在想……她……她……不过，只要能听到她笑或……或看到她一眼，我这心里都……都乐呢。"

林华问容易向凤飞飞表白了没有，容易摇摇头。

林华说："爱她，就要向她表白。"

容易又摇摇头，说："她是仙……仙女，我……配……配不上，能天天……天天看着她，足……足矣。"

"呆子，真是个呆子！"林华嘴里虽然骂着容易，却被他感动得心潮起伏，不由得又握住了容易的手，说，"呆子，你摊上凤飞飞这样的辣妹子，得做好吃苦头的准备。"

"我是乡下人，不怕吃苦。"容易一边说，一边望着林华傻笑。这时，林华的手机响了，刘离说今天市应届毕业生人才交流会在 A 大的球场举行，问容易能不能去看看。

对于放弃保研的容易来说，大学毕业后要想继续待在京城，唯一的捷径就是通过人才交流会进入这里的某家单位工作。挂了电话后，林华扶容易下了床，正打算带着他出门，却被迎面而来的高护士拦住，说容易被撞出了脑震荡，一周内不能离开病房。林华正要争辩，看到容易眨了眨眼睛，表情痛苦地闭了眼，两手摸索着往床前走，知道他现在头晕得厉害，只得扶他回到床上休息。

依容易的成绩和表现，他完全够格保研的，可他因为没有钱主动放弃了保研；如果他能够参加今天的人才交流会，凭他的实力，被京城的名企录用是毫无悬念的。可惜……望着沉睡中的容易，林华叹道："人人生而平等，可很多人，就是得不到平等——晶儿，晶儿也要毕业了，她能留在这座城里吧。凭她的聪慧和实力，考研和在这里找到好工作都没有问题，万一……如果有万一，我林华一定会帮她把这个万一消灭掉……"

就在这时，林华的思绪被推门声打断了。

他抬头看时，林越已经急匆匆走到了他跟前，两眼盯着他脑袋上的纱布说："竟然破了头，这么严重！"

说完，他掏出手机拨打电话，朝着对方说："我儿子林华现在住进你们医院外一科39病室78床，你看你能不能抽空过来一下！"

挂了电话后，林越说："从现在开始，老爸来医院陪你，直到你出院为止。"林华惊出了一身汗水，却轻声说："公司离不开你，我没事，你现在就回去吧！"

林越却说："不，在我心里，儿子比公司更重要。你看你额头上的血都渗出纱布了，还说没事，嘴硬。"

林华说："老爸，我真的没事；你回去，公司离不开你。"

林越说："公司的事，我打电话让徐经理代理。"

林华说："不行，别人代理哪有你亲自上阵好啊。要是因为陪我影响了你的工作，我现在就出院！"

"你……"林越望着林华，说，"那我就请一个人来病房照顾你吧。"

林华正要反驳，高护士和护士长陪着几个人走进来，其中一个人上前握住林越的手，说："对不起，林总，如果我事先能够接到你的电话，早就来看贵公子和来迎接你了，这……"

林越打断对方的话，指着正在病床上的林华，说："肖院长，你看我儿子伤得这么重，怎么能够允许别人打扰呢？"

肖院长听了，挤出一脸笑，说："对对对，护士长，马上给林公子转到特级病房去！"

"是！"护士长答应着，正要走出去，林华喊道，"慢，我不转病房！"

林越说："转，我儿子住院，不得有其他病人打扰。"

林华说："不转，他是我同学容易，没有一点儿病，只是走路时被我的头撞了一下，流了点儿血，额头上缝了几针。"

林越听了，笑着说："嗬，你们两个，这么不经碰。"

肖院长笑着说："林董事长，我看贵公子的头是铁脑壳呢，一碰就能让对方头破血流。"

林越望了望容易，看到他除了脑袋被纱布围了几圈，额头上还用线缝了几针，不禁想到：还是我儿子的脑壳厉害。于是，他"哈哈"一笑，说："是的，铁脑壳，才能一碰伤人！"

林华见林越的脸笑开了花，趁机说道："老爸，我住进这里面后，都是他照顾的。你不是说要请人照顾我吗？不用找了，就他；他是我们Ａ大的武术冠军，人又憨厚老实、头脑好使，200元一天，包吃，够便宜吧。"

"武术冠军？"林越听了，一边问一边琢磨，看到林华点点头，就说道，"就这么定了。"

容易听了，却说道："不……不可以！"

林越睁大了眼睛问："嫌工资少了？"

林华怕容易说出实情，自己就帮不上他的忙了，连忙给容易递眼色，说："呆子，别胡说！"

容易却脱口而出："我们是兄……兄弟，相互照顾，不……不能要钱的。"

林华听了，松了一口气。

林越大笑着说："开始我还不放心把儿子交给你呢，冲着你这句话，我一天给你加100元，不过，一定要把我儿子照顾好，否则，我拿你是问！"

林华双手捂住额头，说："老爸，我没事了，你现在回去吧，人多，我头都有些被吵昏了。"

林越看看林华，正在犹豫，肖院长把嘴凑到林越耳边说了一句，林越点点头，嘱咐林华好好休息，有问题随时打他电话，又嘱咐容易要照顾好林华，才与肖院长一起离开病房。

林越一行刚走，容易说："老大，你为了帮我出住院费，已经……够……够伤脑筋了；明明是你照……照顾我，工资……该我……我给你……"

"呆子，真是呆子。"林华说，"你还欠着助学贷款呢，出院后找工作要花钱的，你哪有钱开我工资？"

容易说："那……那我也不能……不能拿你……你爸的啊。"

林华说："拿我爸钱的人多着呢，你是我兄弟，不拿白不拿。"

容易摇着头说："这……不……不好。"

林华说："你看在院长面前，我老爸牛不？"

容易竖起右手大拇指，说："牛……太牛了！"

林华问："知道是为什么吗？"

容易摇头。

林华说："他今年刚给这家医院捐了1000万元的基础建设费。"

容易像被惊雷突然击中了似的，张大嘴巴，半天说不出话来。

"我爸看上去架子很大，却到处做善事的。"林华又说，"汶川、雅安、九寨沟地震，他都捐了款的，而且，数目不小；另外，他每年都资助20名贫困生上大学，直到读完研的。如果我早知道你家的情况，早就让他资助你上大学和读研了。所以，如果你真把我林华当成兄弟，就不要为今天这点儿小钱再跟我争了。"

容易说："小钱？几天下来，这是……一大……大笔呢！"

林华说："正好可以还你的助学贷款啊，你还欠多少？"

容易说："1万块。"

林华说："这次住院老爸给我打得多，我都帮你还了。"

容易听了，眨眨眼睛，将要溢出的一滴泪逼回湿润的眼眶里，望着林华说："谢……谢老大，工作后一拿……拿到工资，我就还……还你。"

看着容易一本正经较劲的模样，林华的心里生出一丝悲怆：同为兄弟，自己养尊处优，锦衣玉食；而容易，劳累贫困，缺衣少钱……好在，自己对容易没有居高临下的盛气凌人；容易对他没有低三下四的巴结讨好，更没有得不到葡萄说葡萄酸的忌妒和仇视。

想到这，林华轻声叫了一声"呆子"。

容易正在用手抹眼睛上的泪水，应道："嗯。"

林华接着说："能够与你做兄弟，真好！"

容易没有说话，右手从眼眶上落下来，双手紧握住林华的手，用力上下晃动着，久久不放手。

高护士推门进来，看到这一幕，重重地咳了几声，大声说："容易、林华，你们自己量体温。"

容易突然一松手，林华的手落在床沿上，痛得歪了歪嘴巴，高护士笑了笑，说："15分钟后我来取。"说完，转身出门，乐呵呵地向护士长八卦去了。

林华望着容易说："呆子，你看这护士……"

容易打断林华的话说："爱……爱笑，态度蛮……蛮好。"

林华乐了，笑着说："兄弟你真是个呆子，难得糊涂，蛮好，蛮好。"

24

敢问路在何方

还没到傍晚6点钟，A大的天空已经开始阴暗了。

前几科考试一结束，叶晶还没走到和林华约定见面的第三棵银杏树下，林华都会站在第一棵银杏树下踮着脚朝她远远地挥手。最后这科考研考试结束了，叶晶按照约定来此见林华，却没有看到他站在那里朝自己挥手。当她踩着松软的银杏叶子缓缓走到第三棵银杏树下时，还是没有看到林华。

自两人恋爱以来，每一次约会林华都会提前赶到，今天怎么了？如果他临时有事，一定会打电话或发信息的。想到这里，叶晶开了手机。

> 小猪猪，狗狗被导师叫去修改毕业论文了，尽量争取在你考完之前到老地方等你。我导师要求极严，万一我不能按时赶来，你不许生气伤了自己的身体，一定要先回去吃饭，等我回来后再由你折腾和惩罚。

最后这科考试的科目虽然是叶晶的弱势科目，但她自我感觉不错，因此，一交卷就迅速赶到银杏大道，想早些与林华分享自己的喜悦。林华没有按照约定在这里等待，叶晶难免有些扫兴，看到他发的信息，又开心起来。看到暮色渐浓，叶晶料想林华一定被导师缠住来不了了，就蹲下身子拾捡落叶，打算把它们编成几朵大金花来装点宿舍。

刚将一片黄叶拿在手心，叶晶就听到有人叫自己的名字。

"你来了。"

叶晶以为是林华，一边说，一边欢鸟似的从地上雀跃起来。

"是我。"林越一脸严肃地站在叶晶面前。

叶晶有些意外，轻声招呼："林伯伯好。"

"你好。"

林越不苟言笑的回答让叶晶感觉如雨打秋霜、落地生寒，脑海里浮现出与他在荷花池第一次见面时的慈眉善目。

她与林越前后两次见面相距两个月，这期间虽然没听林华再谈起订婚买戒指的事，倒也没听他说有什么变故……

"我不同意林华与你的婚事。"还没等叶晶继续往下推断他的来意，林越就打断她的思路，直奔主题。

叶晶心中一凛，却平静地说："知道了，林伯伯。"

果真是她的女儿，文静，沉着。

林越虽然在心里头暗赞，却又说："你以后不要与我儿子来往了。"

叶晶依然静如秋水，轻声问："只因为你反对吗？"

"不只，我和她妈已经给她找了未婚妻。"林越将手机递给叶晶，说，"你看，她是G市市长的千金，也是你们A大的校花，或许你们认识。"

叶晶接过手机，一眼就看出那校花正是上次在篮球馆里见到的那位武昕，更加坚信林越是在越俎代庖。她一边将手机递给林越，一边微笑着说："的确不比我差，家境还比我好，林华同意了？"

"当然，等他母亲圣诞节一回来，我们就给他们订婚。"

虽然林越的话像一只穿胸而进的虫子咬痛了叶晶的心脏，她还是微笑着说："是吧，那我恭喜你们了。"

　　不卑不亢，比她母亲还镇定，如果不是因为……不行，为了以防万一，必须坚决阻止她与儿子继续来往。想到这里，林越说："既然这样，希望你从此以后彻底从我儿子眼里消失，有什么条件，你尽管开口。"

　　叶晶说："我只有一个条件。"

　　林越问："什么条件？"

　　叶晶说："见林华最后一面。"

　　林越听了，脸上扯紧了的肌肉弹跳了几下，却说："见多少次面都不能改变你们的结局，我答应你。"

　　叶晶看到了林越脸上肌肉的弹跳，回答说："谢谢林伯伯。"

　　"谢叶姑娘理解支持。"林越说完，转身往回走，正准备上车，又回头嘱咐道，"就这样说定了，你不能反悔！"看到叶晶点了点头，才上了车，开车离去。

　　尽管叶晶相信林华不会因为那校花离开自己，但只要她一想到这两个月来他没有透露出林越突然变卦的蛛丝马迹，就开始有些不放心起来，连续拨打林华的手机，每一次都提示关机。

　　天，完全黑了下来，像一张巨大的黑网将叶晶罩住。不远处的图书楼的门前有两盏灯，灯光虽然被黑雾弥漫得有些迷离缥缈，但那光亮仍然驱散着它周围的黑暗，照亮了叶晶回宿舍楼的路。

　　回到宿舍，叶晶才想起自己还没有吃晚饭，想到楼下的小卖部买些寿司糕点水果，又感全身无力，看到凤飞飞的桌子上摆着两个面包，就走过去拿来充饥。凤飞飞正在床上发朋友圈代购广告，听见响动，探了头往下看，看到叶晶一手拿了自己的面包在咬，说道："晶姐，你把我的早餐消灭了，我明天怎么办啊？"

　　叶晶一边咬面包一边说："饿了，管不了那么多了，明早我给你买早餐。"

在凤飞飞的记忆里，叶晶吃东西从来都是文静优雅的，可现在的吃相与从来都是风卷残云的自己相比，竟有过之而无不及。凤飞飞大感奇怪，从上铺爬下来，问："你不是不喜欢吃面包的吗？现在怎么疯吃啊，像只恶狼？"

"饥不择食。"叶晶没有抬头看凤飞飞，一个劲儿地咬面包吞面包。

凤飞飞随手拿起桌上的镜子端到叶晶跟前，说："瞧你咬面包的那股狼样，哪是在咬面包啊，分明是在咬敌人。那个恨啊，像是要把敌人一下子全部咬死，无奈喉管太小，只好耐着性子一口一个，狼吞虎咽，眼睛都不眨一下呢。你平时还总是说我凤飞飞吃相难看，现在，你这大家闺秀比我这个辣妹子疯狂多了，不，简直就是心狠手辣！怎么回事？快说吧，坦白从宽，抗拒从严！"

凤飞飞说完这番话时，叶晶已经吞完了两块面包，喉咙鲠痛，忙示意凤飞飞给自己倒一杯水。凤飞飞看到叶晶那痛苦不堪的样子，来不及放下手中的镜子，忙用左手拿了杯子去饮水机前接了水过来递给叶晶。叶晶接过杯子，"咕嘟咕嘟"喝了几口，突然重重地打了一个喷嚏，嘴巴里飞出来的水花和面包渣正好落在对面的凤飞飞脸上。

凤飞飞发出一声尖叫，大吼着说："晶姐，你搞什么鬼，让我好心不得好报啊！"

叶晶来不及道歉，赶忙拿了纸巾给凤飞飞擦脸，再到洗手间打了一盆水给她洗脸。

洗了脸，凤飞飞还是感觉不够清爽，又跑洗手间里冲了一阵，才噘着嘴巴走出来，坐到惶恐不安的叶晶身边。

"对不起，飞飞，我不是故意的。"叶晶这才想起道歉。

"要是故意的你还能好端端地坐在这里跟我说话？"凤飞飞大声说，"早被我捶得稀巴烂了！"

说完，凤飞飞的杏子眼飞出两道亮光朝着叶晶的脸射过去，说："今天你一定有事，是姊妹，你就告诉我。"

叶晶的右手从额头往脑后轻轻一抹，低声说："我和林华的事遇上麻烦了。"

"什么？"凤飞飞大声问。

叶晶示意凤飞飞小声点儿，然后将事情的原委一五一十地说给她听。说完后，叶晶感觉心中的块垒似乎卸下了一半，问凤飞飞："你说我该怎么办？"

凤飞飞愣在那里，半天不回答，心思却在飞动：叶晶的麻烦不正是自己的机会吗？从上次她与林越见面的情形来看，他分明是想撮合她与林华的，只是，此一时彼一时，那时她凤飞飞是白富美，现在……唉……还有那让她拿了刀子想将之从心头上割去却割不去的林华，他，对她是彻头彻尾的恩爱全无……罢了罢了，想来想去，即使叶晶这个眼前的情敌因为林华父母的阻拦进不了林家，但那个什么什么市长的女儿Ａ大的校花，岂能是现在的自己能够撼得动的？看来，林华于她，仍然是水中月、镜中花。

凤飞飞感觉到她的内心从来没有如现在这般复杂：先是为自己看到有一丝希望而窃喜，随之是意识到希望终将幻灭的伤感，还有对原来自己家里优越条件的留恋，也有对叶晶这个情敌突然遇到麻烦的幸灾乐祸。对于那个校花，她心里燃烧着一团嫉妒的火苗……

"飞飞，你怎么了？"叶晶见凤飞飞像块木头，半天不回话，问道。

"没……没什么啊。"凤飞飞清醒过来，说，"我在给你想办法啊，怎么对付林华父母。"

"想到了吗？"

"没。"

"谢谢你，不要想了，瞧把你累的，人都有些傻了。"

叶晶的最后一句话让凤飞飞心中一暖，不由得在心里骂起自己刚才的自私来，说："我们还是好好想想吧，除了你，任何人抢走林华我都不甘心呢。"

叶晶说："如果他是一个可以被任何人抢走的人，失去了，我也不会悲伤。"

凤飞飞没想到叶晶会说出这句话来，瞪着眼问："真的？你那么爱他，真的舍得？"

叶晶说："山雨欲来风满楼，我还是静观其变吧！"

凤飞飞听了，一双杏子眼盯着叶晶左看右看上看下看。叶晶被她盯得有些不好意思，骂道："小狐狸精，你又动什么歪心思了吧？"

"我怎么看你都不像是一个老先生啊。"凤飞飞大笑几声，说，"怎么说出这般老气横秋的话来！"

叶晶微微一笑，说："人间有很多事都是冥冥之中自有定数，争，是争不来的，还是顺其自然的好。"

凤飞飞"哼"了一声，说："我看你又年轻又漂亮的，从哪儿拣来的这些老掉牙的鬼东西。"

叶晶说："我爸妈出事后，为了排除苦闷，我读了一些老庄的书。"

"老庄？"凤飞飞问，"他是哪里人啊？一定是个糟老头吧，才给你灌了满脑子的古董。"

叶晶听了，抿嘴一笑。

凤飞飞问叶晶笑什么。

叶晶说:"亏你还是Ａ大的,老庄都不知道,真不怕丢咱们Ａ大的脸。"

凤飞飞一边用手机百度"老庄"一边说:"谁说我不知道啊,刚才我只是想逗你开心呢。老庄不是一个人,是老子和庄子两个人,合称'老庄'对吧。"

叶晶一把抢过凤飞飞的手机,指着手机显示屏上的文字说:"知道你就只是嘴硬。"

凤飞飞抢回手机正要争辩,戴雪和丁蓝蓝两人搀扶着跟跟跄跄地走进来,两人都是面紫腮红,一身酒气。

"晶姐完了!"一看到叶晶坐在床上,丁蓝蓝甩掉戴雪的手哭喊着朝她怀里扑过去,如果不是叶晶及时伸出双手把她搂在怀里,她已经扑倒在地上。

丁蓝蓝被叶晶一搂在怀里,就呜呜哭起来。叶晶还来不及问她怎么回事,戴雪也奔过来,双手抓住叶晶的双臂,脸埋在她的肩膀上哭。

叶晶的身体被丁蓝蓝和戴雪一前一后压着,刺鼻的酒味熏得她几乎要呕吐,可她纹丝不动地坐着,任由两人泪奔水泻。

凤飞飞看到叶晶被两人拽得气喘吁吁了,说道:"戴雪,丁蓝蓝,晶姐可是金枝玉叶啊,哪经得起你们两个女汉子折腾,快放手,有话就说,别哭坏了身子。"

戴雪和丁蓝蓝听了凤飞飞的话,双手从叶晶身上松开了,却又趴倒在叶晶的床上"哇哇"大哭。凤飞飞被两人哭得心烦意乱,走过去拉她们起来,两人谁也没有理她,她生气地说:"中邪了中邪了,都中邪了。你们中邪了就算了,非要城门失火殃及池鱼,吵得我头昏脑涨,要知道,今天我在花店累了一天,想早点儿休息呢。"

叶晶朝着凤飞飞做了一个手势，示意她不要作声，任由戴雪和丁蓝蓝发泄。凤飞飞哼了一声，爬上床看代购单。

戴雪和丁蓝蓝哭累了，都望着上铺的床板发呆。叶晶轻声问她们发生了什么事。丁蓝蓝说也没什么大事，只是两人都感觉考试太差读研无望，担心毕业后留不了北京。

"更担心那肥猫瘦鼠保研后留在Ａ大一脚把你们踹了吧。"凤飞飞插嘴道。

戴雪和丁蓝蓝同时从床上弹起来，异口同声："凤飞飞，你就不能积点儿口德啊。"

"瞧，给我说中了吧。"凤飞飞说，"就这点儿烂事，还遮掩什么。还是晶姐好，一吐为快。"

丁蓝蓝问："凤飞飞，我和戴雪的事，你怎么与晶姐扯到一起了？"

凤飞飞望了望叶晶，叶晶也不隐瞒，将她的事和盘托出。

丁蓝蓝听了，说："连晶姐都这样，我们四个姐妹都是前路漫漫难行走啊。"

叶晶说："再难，也得走下去，看看飞飞，你们谁有她难？她现在不是开始闯出自己的路了？"

凤飞飞说："晶姐这话对我胃口，就冲着这句话，戴雪，丁蓝蓝，我给你们指一条路。"

"什么路？"戴雪丁蓝蓝问。

"漂！"凤飞飞说，"异常辛苦，你们敢不敢？"

"敢！"丁蓝蓝说，"为了爱情，再难的路也得走下去！"

戴雪咬咬牙说："好，万一他们考上研留在Ａ大，我和蓝蓝就加入拥有1000万北漂的浩浩大军。"

叶晶笑着说："飞飞，敢问我的路在何方呢？"

"早在你心里了。"凤飞飞说，"不过，为了公平起见，我送你一个字。"

"什么字？"除了凤飞飞，三人异口同问。

"拖！"凤飞飞说，"晶姐你知道怎么办了吧。"

叶晶听了，点了点头，莞尔一笑，凤飞飞大笑，戴雪、丁蓝蓝也跟着笑起来，宿舍里笑波荡漾，闪烁的灯光摇曳得更欢了。

25

三生三世够了不

林华被导师放出来时已经是夜里11点55分。当他开机看时间时，手机跳出很多条"请回电话"的短信，显示的都是叶晶的号码。林华很想打电话向叶晶道歉，又担心打扰她睡觉，就将手机放入衣袋，开车回家。

"过来，坐好。"刚踏进门，林华就听到林越在客厅里叫道。

林华走过去，看到林越一脸严肃地坐在沙发上。

林华没有立即坐下，而是拿了手机抓拍林越正襟危坐的模样。

林越问："你搞什么名堂？"

林华说："老爸在我面前一向和蔼可亲，难得见你威风凛凛的样子，今日一见，给你拍几张照片当作纪念。"

林华的话让林越很是受用，他拉长的脸慢慢恢复，微笑着说："对你这宝贝儿子，我自然是温和亲切的，在外面，我可从来都是雄赳赳的。"

"那当然，林董事长嘛，要多威风就有多威风。"林华一边说，一边把手机递给林越，要他看自己的英武形象。

林越接过手机，看到他极其严肃冷峻的白脸，还有墙壁上的一张黄底暖色的全家福，冷酷与温馨，相映成趣，滑稽、荒诞。

林越嘴角往两旁一歪，"嘿嘿"一笑，身子往沙发上一靠，说："坐下吧，老爸有话对你说。"

林华说："好啊，我洗耳恭听。"

林越说："这就对了，儿子就得听老爸的。"

林华说："不要搞前奏，时间不早了，直奔主题吧！"

"行！"林越答应一声后，将他从美国回来到医院看林华后肖院长给他介绍市长千金Ａ大校花做儿媳的事说了出来，并嘱咐林华最迟明天晚上与叶晶见面后分手，后天与那市长和千金Ａ大校花见了面后，近期内择日订婚。

听林越一口气说完后，林华说："我请教老爸两个问题。"

"说吧。"

"是你找对象还是我找对象？"

"胡扯，当然是你！"

"是你结婚还是我结婚？"

"又胡扯，当然还是你。"

"既然这样，我的事我做主，请老爸不要胡扯！"

"你……"

"谁做主谁就去恋爱结婚！"

"噗——"林越忍不住笑着说："我要是再去恋爱结婚，你妈会剥了我的皮；再生出一个二孩来，你怕是会抽了我的筋。"

"看老爸你这神情……"林华嬉笑着说，"八成我是歪打正着了。"

林越咳嗽了一声，收敛笑容，说："你爸老了，公司的事都忙不完，我哪有空闲去胡思乱想和胡作非为。稍有时间，又要操心你的婚事。"

"我的事情我做主，"林华说，"容不得你瞎操心。"

"你……你你你……"林越的右手挽住林华的肩膀，说，"其他的事老爸都对你百依百顺，这件事，你就不能听老爸一次，就听一次。"

林华说："其他的事我都可以听老爸的，就这件事我不能由你摆布。"

林越见林华跟自己较上劲了，想到终不能将儿子绑着去见市长千金，那市长千金既然是Ａ大校花，其容貌至少不会比叶晶差，甚至在叶晶之上，只要儿子愿意与她见面，见面之后，或许他能够改变主意。

"咱们各退一步，你看这样行不行？"

"怎么退让？"

"我允许你继续和叶晶往来，你跟我去见市长千金。"

"好！"林华答应得干脆响亮。

林越心中一喜，说："早些睡觉，明早我就打电话给肖院长，让他安排你们明天上午就见面。"

林华说："好，只见一次面，老爸，你不会反悔吧？"

林越说："君子一言，驷马难追。"

林华右手拍拍林越的肩膀，说："老爸英明，晚安。"

林越在餐厅等了一会儿，没有看到林华下来吃早餐，打林华的电话，提示关机。以为林华昨天睡得晚起不了床，就喊王妈去叫林华下来吃饭。王妈却告诉林越，林华大清早就出门了。

又让这臭小子溜了！林越摇摇头，苦笑了一下，只得拿起手机准备给肖院长打电话说因他临时有事只得将儿子林华与市长千金见面的事暂缓一下时，林华发来了信息：遵老爸之命，我与叶晶继续交往去了。林越回信：胡扯，市长千金你还没见呢，我已经约好了，今天上午9点在……赶快回来。林华回信：遵老爸之命，我与市长千金只需见一面。这个任务，早在前两个月我就提前完成了，余下的时间，就是遵老爸之命继续与叶晶好好地交往了。

见到这信息，林越火了，拨打林华的电话，连续拨打几次，都提示关机。

"臭小子，竟然跟老子耍滑头，回来我就揍……"林越的话越骂到后面声音越小，最后打住了。如果滑头都不会耍，他就不是我儿子了。想到这里，林越又笑了起来，吩咐王妈上早餐。

叶晶、凤飞飞等人刚跨出宿舍大门，就被几个女生拦住。叶晶见那女生身材高挑、明眸皓齿，一眼就认出她就是那市长千金——A大校花，因为觉得两人没有什么可说的，就只冲对方笑了一下，准备斜着从人缝中穿过去。那女生双手一伸，拦住叶晶，说非要跟她谈谈。叶晶说她不认识她，没有什么好谈的。那女生急了，一把抓住叶晶往自己身边拉。叶晶没有防备她来这一招，打了个趔趄，一脚踩在凤飞飞脚背上。凤飞飞大叫一声，一把抓住那女生，杏眼圆睁，正要开骂。那女生连忙道歉，说她只是想找叶晶谈谈，没想到会惊动到她。这时候，丁蓝蓝认出这女生就是上次篮球赛上看到的那个校花武昕，就把嘴凑到叶晶嘴边小声嘀咕。

叶晶听了，说："好吧，有什么事，请说！"

武昕却摇摇头，说这里人多嘴杂，由她买单请叶晶到校园外面的杭州小笼包店里吃早餐，两人一边用早餐一边谈。

叶晶想到林华刚发来信息，约她到街上正宗的上海早餐店用了早餐后，两人一起骑车去郊游，约定的时间就快到了，若答应了武昕就不能按时赶到了。向来守时的叶晶不想让林华等自己，就摇头拒绝了武昕，说她现在有事要外出，有什么事就直说。

"本来是想给你留面子的。"武昕说，"既然这样，我就直说了。"

叶晶微微一笑，说："请吧。"

武昕说："我劝你不要再跟林华来往了，继续下去，对你只能是一种伤害。"

叶晶明知故问："为什么？"

"我舅舅肖院长与他爸爸已经约好了，今天9点我们在北京最豪华的咖啡馆见面，商定订婚的日期。"

"真的？"周围的人都瞪大了眼睛问。

"这还有假？"武昕一双眼睛直逼叶晶，一脸地得意扬扬。

"是吗？那我恭喜你了。"叶晶说得很平静，说完，她挥挥手，与凤飞飞等人告别，正准备转身往前走时，武昕的手机铃声响了。武昕快速扫了一眼信息，一把扯住叶晶，说："不许走！"

"狐狸精，好好的约会取消了！"武昕的两只眼珠子一下子像死了的金鱼的眼睛一般突鼓出来，骂道，"一定是你这狐狸精搞的鬼！"

叶晶双手用力抓开武昕的手后，往前走去。武昕见叶晶气定神闲、一副稳操胜券的样子，气急败坏，追上去，左手抓住叶晶，右手用力向叶晶脸上打去。

随着"啪"的一声响，叶晶感觉眼睛一黑，脑袋昏痛，不由得闭上了眼睛，正要睁开眼睛，又听得"啪"的一声响，奇怪的是没有巴掌落在她的脸上。叶晶睁开眼睛，看到武昕的双手正捂着自己的脸，显然，是她被人打了。

"飞飞、蓝蓝，别闹了，你们快吃饭去吧，我没事。"叶晶以为打武昕的是凤飞飞，忙说道。

"是我，晶儿。"林华走到叶晶跟前说。

除了凤飞飞、戴雪和武昕的同伴，宿舍门口已围了很多人，都站着看热闹。

武昕双手仍然捂着自己的脸，说："我们就要订婚了，你竟然为了她打我！""与你订婚？"林华傲娇地笑了笑，说，"下辈子也不会！另外，我看你是初犯，这次只回报你一掌，若你胆敢有下次，我定让你得到千倍补偿！"

"好一个护花使者！"武昕冷笑一声，说，"好好的市长千金你不守护，偏去守一个贱货！"

"晶儿是我的女神。"林华说，"再胡说，当心你的嘴。"

武昕却歇斯底里，大吼道："我胡说？她爸是贪官污吏现在还关在牢里呢，她妈在一年前就给她爸气死了，你还说她不是贱货！"

武昕的话还没有说完，那些被叶晶封存了的哀痛如一条条冬眠了很久的蛇突然被春雷唤醒，都伸出又尖又细的长牙争先恐后地撕咬着她的心脏，很快，泪珠一颗连着一颗从她的眼睛里冒出来。

听武昕这么一说，林华心里一惊。他与叶晶谈了两三个月的恋爱，他了解的只是叶晶本人，关于她的父母家庭，他曾试问过一次，叶晶不但不回答，反而急忙岔开话题。在她岔开话题的瞬间，林华明显能够感受到她的眼睛里突然有惊鸟腾起，随后就飞逝在广袤的天空，那平静如湖的眼波被飞鸟掠过的痕迹搅动得波光粼粼、愁雾迷蒙。

他一提到叶晶的父母，她就显得有些慌乱、哀愁，他猜想可能是因为她的父母没有体面的工作而家境贫寒，否则，她不会去做家教。

爱情是两个人的事，与家境无关。

于是，从那以后，林华再也不追问叶晶的父母和她的家庭。

林华原本只笃定了叶晶是个灰姑娘，武昕的话一说出来，他才知道，娇小的叶晶，原来竟藏着如此深重的痛苦，难怪她的眸子总是烟波浩渺。现在，一颗又一颗晶莹的泪珠正从她的眼眶里滚出来，林华觉得那每一颗泪珠都长满了牙齿，咬得自己心脏无比刺痛。

透过泪波愁雾，叶晶看到林华的脸上写满了惊讶和痛苦。

看样子，他……不会要我了。想到这，叶晶的泪水更是奔泻而出，身子开始颤抖起来，摇摇欲坠。

看到林华与叶晶的神情，武昕的白脸变成了红脸，得意地说："就知道你一定对林华隐瞒了家里的丑事，否则，林华绝对不会爱上你的。纸，是包不住火的。这不，火，已经烧到你眉毛上了，趁林华还没有宣布抛弃你之前，赶快滚吧，省得丢人现眼。"

"住嘴！"凤飞飞本来想看看林华知道叶晶家里的事后有怎样的反应，武昕的话她实在听不下去了，不由得大声喝道。

"再是吃不到葡萄说葡萄酸，说话也不能这么刻薄。"丁蓝蓝扶住叶晶，说，"晶姐，我们走。"

围观的人越来越多，一个个七嘴八舌。

叶晶在丁蓝蓝和戴雪的搀扶下，正准备冲出人群，听到林华大声喊道："慢！"

武昕见林华一脸严肃地拦住了叶晶她们，以为他会立即宣布与她分手，不由得拍手叫好。

林华的双手向前一伸，将丁蓝蓝和戴雪分向两边，一把将叶晶搂住，望着武昕，轻幽幽地说："即使是她在牢里，她仍旧是我的女神。这辈子，我都是她的了。"

所有的人都惊得张大了嘴，一声不响。林华的话如一个消音器，迅速让全场寂静。

　　正当大家屏住不了呼吸换气的时候，林华的唇落在叶晶的脸上，轻轻说："爱你，三生三世，够不？"

　　林华的声音温柔到了极致，如被轻风吹落的花蕊，带着淡淡的香味从大家的耳畔轻轻滑过，渐渐消失。除了武昕被惊得目瞪口呆，其他人都不由自主地深深呼吸，似乎在努力将其淡淡的芳香吸入自己的心肺。叶晶这时软成了一只充满了柔情蜜意的小猫，乖乖地蜷在林华的怀里，一声不吭。

　　"疯了，你疯了！"武昕突然大声吼道，"林华，你爸妈绝对不会同意你娶她的！"

　　林华笑了笑，说："我的事情我做主，谁也管不了！"

　　武昕又高嚷道："林华，你要想清楚，你和她结婚，以后有了孩子，高考和考公务员都可能通不过政审的！"

　　林华又是一笑，说："那又何妨！"

　　说完，他做了一个请大家让开的手势，搂着叶晶走到他的自行车旁，将叶晶抱到车尾坐好，再上前一步，右脚往空中一抬，屁股稳稳地坐在座凳上，双脚往两旁一撑，旁若无人地说："坐稳，我们早餐后，郊游去。"

　　说完，他的左脚往单车踏板上一踩，右脚一接，自行车便如一条欢快的鱼在人潮里穿梭着前进。凡鱼游到之处，人潮，快速往两旁涌动，缓缓散开，消失。

　　叶晶什么也不说，她不顾众目睽睽，把头和身子都紧紧地贴在林华的背上。林华的背，多么坚实，又多么温暖。从现在开始，叶晶笃定了林华的背从此就是她一生一世，不，三生三世都是她叶晶的温馨港湾了，即使风吹浪打，或是刀剑相逼，她都不会离开这个坚实、温馨的港湾。

"好美，好羡慕啊！"不知谁说了一声。

"不是都说现在的爱情只是拼爹拼房拼车吗，也不尽然啊。"不知谁又说了一声。

丁蓝蓝觉得后面那人的声音与凤飞飞的声音很像，朝她看过去，却看到一颗泪花正挂在她的眉睫上闪烁，说："飞飞，别羡慕和嫉妒了，祝福他们吧。"

凤飞飞说："哪里，我这是被感动，被感动呢。这林华……这爱情，真的很纯粹，很纯粹。"

戴雪也叹道："真美，真美！"

只有武昕，呆了一阵子后，望着林华和叶晶的背影大声嚷道："得不到父母的祝福，你们不会幸福的！"

林华和叶晶这时已经驶出去了很远，那里，树天相接，晨光如烟，如一幅清淡、迷蒙的画。他们的身影很快成为嵌在这幅画上的珠玉，熠熠闪光一阵后，消失无痕。

26

雪花那个飘

大四上学期的期末考试已经结束，每年的这个时候，全国各大学那些不参加考研的毕业生都已经与各家单位签约，因为不用担心找工作，只需集中精力修改毕业论文，因此，他们的时间便充裕起来，一个个往公园、超市、餐馆、网吧、球场、读吧等地方钻，将灰蒙蒙的冬季的北京装点得色彩斑斓，回到宿舍后，各自将这一天的见闻在宿舍里八卦。申请出国读研的，除了毕业论文，还要把主要的精力花在考托福和雅思上，也没有较多的时间在外潇洒或是沉湎于各种游戏之中。那些不考研而还没有找到工作的，比起已经找到工作和申请出国读研的要辛苦得多，除了应付毕业论文，他们既要天天泡在网海里查找各种适合自己就业的岗位而填报投递出十几份、几十份甚至几百份简历，又要奔波在各个人才交流市场参加考试和面试，还要考一些与自己专业和就业方向一致的证件：计算机证、律师证、会计证、导游证、驾驶证、教师资格证、英语六级证、英语专四和专八证等，只要是参加其中任何一项证件考试，都足以让他们筋疲力尽。参加考研而自我感觉良好的，都在焦急地等待考研查询的那几天的到来。感觉考得不妙而没有希望的，是大学毕业生中最苦的人群，他们比不考研还找不到工作的人活得还累，因为考研，他们没有报考能够给他们带来各种就业机会的证书；因为考研，他们放弃了很多次单位招聘毕业生的人才交流会；因为考研，他们甚至还放松了功课的学习和毕业论文的写作从而担心期末考试会不及格而补考或论文无法通过而拿不到毕业证。虽然，寒假来了，他们没有如释重负的快感，他们有的是找不到工作和前途渺茫的忐忑不安，甚至忧心忡忡。

戴雪和丁蓝蓝就属于这一族成员。

想到这一点，坐在窗前看冬日飞雪的叶晶给戴雪和丁蓝蓝发了同一条短信：

你那里下雪了吗？一切安好吧？

信息发出不久，叶晶收到了戴雪的微信视频邀请，点了接受之后，戴雪出现在了叶晶的手机屏幕上。她穿着一身棉睡衣，打着哈欠向叶晶问好，然后说："我们这里也下雪了，我啃了半夜的专八单词，啃着啃着就睡着了。外面的雪很大，竟然有雪从纱窗里飘进来，落在我的脸上和鼻子上，把我冷醒了，就睡不着了，正准备继续啃单词，就收到了你的信息。"

"辛苦了！"叶晶说着，提高了嗓门儿喊，"戴雪，你站起来，让我好好看看你。"

戴雪伸着懒腰从被子里站起身，朝着叶晶调皮地扭了扭身子，又坐下去。

"恭喜戴雪！"

"喜从何来？"

"你瘦了，这身衣服我去年寒假看到你穿过，当时紧贴着身子，现在都空了。"

"瘦了，真的？"

"是啊，瘦了很多，很漂亮很漂亮了。"

"太好了！"

"还不到一个月的时间就苗条成这样，你是不是进了减肥店啊？"

"没有没有，绝对没有；可能是压力山大吧，一想到要是过不了专八就更难找工作了，觉都睡不着，没想到这坏事变成了好事，多年的愿望不到一个月就实现了，嘿嘿。"

"开心就好，将美丽进行到底，开学时肥猫见到你会高兴得把你抱起来抛上天的。说到这打住吧，蓝蓝在Q我了。晚安！"

"晚安！"

叶晶刚挂了与戴雪的视频，丁蓝蓝又申请视频聊天了。一看到丁蓝蓝的模样，叶晶"呵呵呵"地笑起来。

自从认识叶晶以来，丁蓝蓝从来没有见到她这么笑声朗朗过，不禁问道："晶姐，你笑什么啊，这么变态？"

"刚才见了戴雪，你们两个啊，才短短20多天不见面，胖的瘦了，瘦的胖了，呵呵，有趣。"

"我都胖得出双下巴了，正担心开学时不敢见刘离呢，你再幸灾乐祸，我就挂视频了。"

"对不起，蓝蓝，我只是看你一眼愁怨，想活跃一下气氛。"

"这还差不多。"

"小馋猫，我想你爸妈一定有一个是大厨。"

"才不呢，我是压力山大呢，一天到晚啃书，累了，倦了，就啃零食解困，竟疯长了16斤！"

"这数字吉祥，你过专八和找工作都会是六六大顺的。"

"这话我爱听。天冷，外面下着雪，明早我要起来自测听力，不多说了，晚安！"

叶晶回了句"晚安"后，正准备睡觉，林华的信息又过来了：

> 小猪猪，我必须在开学前完善好所有的申请材料发给牛津大学，时间很紧，这一周都不能陪你了。雪大了，天冷，一定要注意保暖，有事微信留言，晚安。

读完信息，叶晶回了个笑脸和晚安后，将手机放在枕头边，双手合掌，对着窗外的飞雪祈祷林华申研成功。

正准备睡觉，手机短信又来了，发信人不是林华，是一个陌生人。叶晶以为是垃圾信息，正要点删除，却扫到了"林华"两个字，拉到最后，看到了"林越"。这么晚，他来信息做什么？叶晶认真地看起信息来：

> 叶晶同学，为了林华的一辈子，作为他的父亲，我想请你明天上午10点到距离你们Ａ大不远的"一米阳光"喝茶，那里空调好，我有事要跟你谈谈。

叶晶回信：

> 明天那时候我正好要去做家教，对不起，林叔叔，有什么事请你直接发信息给我。凤飞飞正在睡觉，我不能打电话吵她。

林越：

> 我明天下午2点的飞机去美国，抽不出别的时间。你能不能调调家教时间？这事对你和林华都非常重要，最好面谈。

叶晶：

> 我明天上下午各有两节家教课，实在是调不了，对不起，林叔叔，有什么事，还是请你发短信吧。

叶晶这条信息发出去后，好久没有林越的回信。她感觉自己倦了，很想睡觉，又担心林越随时发信息过来，就将背靠在墙壁上，一边猜想林越会跟自己谈些什么，一边往窗外看。

距离窗户五六米的地方立有一棵玉兰树，树高与叶晶的视线平行。树冠的枝条上挂有一只照明的灯泡，灯光橘黄，虽然有些微弱，却将它周围的天空照得灰白。因此，叶晶看到了那些从黑幕上飞卷而下的大片大片的雪花，觉得这些纷纷扬扬的雪花远远看上去就像一床白色的席子镶嵌在广袤黑暗的夜空；近处的，却如一朵朵梨花从空中撒下来，轻飘，优雅，落在玉兰树硕大的叶片上，被橘红的灯光笼成了淡黄色。

"像迎春花，真美啊！"

当叶晶脱口而出时，手机短信铃声连续响了几声，她拿起手机，看到林越连发了几条回信。

短信一

林华是我唯一的儿子，凭着他的优秀，我相信他百分之百能够收到英国牛津大学的录取通知书，他读完研后，除了留在本校读博，更多的可能是在国外管理我们家的公司。因此，我和他妈妈都希望他能娶一个有经济实力在国外读研读博的妻子，以后才可以助他一臂之力。

短信二

从目前别人介绍的对象来看，武市长的女儿武昕正在申请就读英国和美国的名校，她无疑是最佳人选。在这一点上，林华他妈妈已与我达成共识。等林华过几天将申请材料寄出后，我们一起飞纽约，同他妈妈一起与武市长一家见面，商量订婚的日期，然后就在那里给他和武昕订婚。

短信三

林华与你相爱，本是好事，无奈你的家庭决定了你不可能成为林家的媳妇。林华订婚日期渐近，为了不节外生枝，我恳请你与林华快刀斩乱麻来个了断，如继续拖延下去，只会败坏你的名声。林华暂时还对你念念不忘，不肯与武昕和她家人见面，因此，我想请你劝他与你分手后去见武昕一家人。只要你能够成功，我会用以下条件作为给你的报酬：

短信四

1.如果你打算以后留在Ａ大读研读博深造，我将负担你这两个阶段的学费和生活费。

2.如果你打算毕业后留在北京工作，我保证让你能够进入薪水和待遇都令你非常满意的公司。

3.如果你打算并能够成功申请到国外的大学（英国除外）读研读博，我负担你这两个阶段的学费和生活费。

4.如果以上条件都不要，我可以一次性给你500万元人民币的现金作为精神补偿金。

短信五

林华这个周六下午寄申请材料出去。之后，你们可以一起晚餐，我相信以你的聪明，你一定能够用你的方式在那天下午达到我的请求。

　　如果你决定按照我的吩咐去做，请将你在北京的银行卡号发给我，我会在我和林华上飞机前将你需要的费用打给你。拜托了，林越。

凤飞飞正在熟睡，突然听到有人抽泣的声音。这声音虽然小，却如寒蝉的鸣叫般凄切，搅得她心烦意乱。开始，她以为自己是在做梦。当她在床上辗转反侧几次之后，还能清晰地听到那呜咽声时，才断定自己已经醒了，哭声来自宿舍。还想继续睡觉的凤飞飞不得不睁开眼睛，寻找声源。

当她断定哭声来自上铺的叶晶时，不由得大声问道："晶姐，你搞什么？"

叶晶止住了哭泣，但没有回答凤飞飞，只是呆呆地盯着窗外，一动不动，像一个刚被人捏好的泥人。

自认识叶晶以来，凤飞飞何曾见过她有这副神情？凤飞飞见了，蹑手蹑脚地爬到上铺，坐到叶晶身边，小心翼翼地问叶晶怎么了。

叶晶还是没有说话，她抹了抹眼泪，指了指被她扔到一边的手机，示意凤飞飞自己看。

凤飞飞一口气读完林越发的短信，嘴巴惊得像一个大桃子，半天合不拢。

"如果是你，你会怎么做？"叶晶突然问道。

"这……"凤飞飞一边观察叶晶的表情，一边说，"怎么说呢，我觉得你做与不做都是好事。"

"说详细点儿。"

"不做，按照你原来说的顺其自然，将事情拖下去，或许你们的事会有转机；做了，你以后读研读博找工作都没有后顾之忧了，这是让所有的寒门子弟羡慕和嫉妒的事呢。"

"林越已下定决心，林华此去，回来时就是别人的未婚夫了，拖，改变不了结局……"

"那就做！"凤飞飞说，"现在不只本科生，连硕士生博士就业都成大问题了呢。前不久北京几所中小学招几个老师，每个学校竟然都有几个甚至十多个博士报名呢。相信你也一定看到报纸上说的了吧，现在很多大学生因为找不到工作而不得不在家陪父母或者到外地旅游，美其名曰'慢就业族'和'待定族'，其实啊，连新华社都说了这是掩耳盗铃。"

叶晶说："那篇报道我也看到过。"

凤飞飞说："家里条件好的，找不到工作可以啃老；条件差的呢，想啃也没门。做吧，晶姐，只要你做了，你就不会成为'慢就业族'了，再凭着你的国色天姿，找一个比他更帅的富二代，不是没有可能。这买卖，合算！"

"爱情，不能够买卖！"叶晶说得斩钉截铁。

"也是的，如果是我，也会这么想。"凤飞飞说，"那你……"

"我也不知道自己会怎么做。"叶晶说，"但无论如何，我不会把我的爱人当成商品去与别人做交易！"

听到叶晶的回答，凤飞飞"哦"了一声后，钻进被子里，开始胡思乱想。叶晶的身子依然靠在床背上，双眼凝视着窗外。

宿舍里早已熄灯，玉兰树上的灯光透过玻璃照进来后，更加微弱，将叶晶氤氲成一个黑底泛黄的剪影。

窗外，依然是雪花飘飞。

27

逃婚

　　小猪猪，我的读研申请资料刚才已经发出去了。我妈病了，今晚我和爸要坐9点多的飞机飞美国去看她。5点30分，我们到Ａ大不远处的那家"上海餐馆"吃晚餐好吗？不见不散。狗哥哥。

　　叶晶将林华发来的微信看了又看，当她准备给他回短信的时候，才发现手机屏上已是一片水光。她只得用纸巾抹了眼泪，又将手机上的泪花轻轻拭去，然后打下了一行字：

　　今天上午我已赶到外地实习，如果有缘，下次再聚，祝你全家安好！

　　信息一发出去，叶晶就关了机。虽然，她曾经跟林华说过要去实习的事，但具体时间和地点还从未说起，她担心林华打电话过来追问原因，不得不关了手机。

　　手机虽然关了，叶晶发给林华的每一个字都如一只只虫子不停地在她的脑海里跳上跳下，这些虫子每跳一次，都蚀骨穿心。因此，整整一个下午，她都疼痛难忍，心神恍惚，昏昏沉沉。

　　凤飞飞推门进来时，叶晶正好从洗手间里出来。她看到叶晶步履沉重，面色苍白，珠红眼湿，一把将叶晶扶住，问她是不是病了。

叶晶望着凤飞飞，摇摇头。

不料她这头一摇，竟如一阵强劲的风将她眼眶里的梨花泪一点儿又一点儿地刮了下来。

凤飞飞一惊，问道："梨花一枝春带雨，凄美死我了！你怎么了，我的晶姐？"

叶晶听了，没有说话，眼泪簌簌流下，更如梨花纷飞。

凤飞飞双手扶叶晶到床沿边，说："是不是昨晚那事你做了艰难的选择了？想哭，就痛痛快快地哭吧，千万别憋着，气坏了身子就不值得了。"

叶晶双手向两旁一展，像一只突然被人射伤了的白鸽从空中往下落，瘫软在床上，微微抖动着双翅，"呜呜"抽泣起来。

这时，凤飞飞的手机响了。

"林华打来的，接不接？"凤飞飞问道。

叶晶停止抽泣，说："接，如果他问起我，就说我实习去了。"

凤飞飞接通电话，林华果然说他打不通叶晶的电话了，问凤飞飞她到哪里去了。凤飞飞按叶晶的话回答后，林华又问她叶晶在哪里实习，凤飞飞一边打岔，一边望向叶晶，看到叶晶反复摇头，凤飞飞回答说不知道。林华在那边"哦"了一声，说他在A大外面的上海餐馆已订了两人的晚餐，问她愿不愿与自己共进晚餐。凤飞飞心中一喜，正要答应时，看到已经坐起身在擦眼泪的叶晶，马上回答道："免了吧，我凤飞飞不当别人的代替品。"

挂了电话，凤飞飞正要问叶晶是如何给林越回信的时，叶晶却已拿了包冲出房门。

如一只脱兔，叶晶很快飞出几十米远，消失在楼梯的拐角处。

身穿白色羽绒服的林华远远看上去像一只体形硕大的白鹤，一举一动，优雅娴静。旁边，立着那盆叶晶最喜欢的金边吊兰，再旁边，就是那些穿得花花绿绿的人。虽然，他们的衣服并不缺少色彩，但因有了林华的映衬，他们在叶晶的眼里，便成了举止拙笨而滑稽的一只只麻雀。

飞过去，如一只小鸟依偎在他的怀里，让两只爱情鸟在大庭广众之下一起呢喃温存，多么幸福，多么美好！

这样的念头一次又一次在叶晶的心湖里涨潮，可每一次，都被她耳畔里回响着的林越的声音击退消隐，她只能躲在一个雪人的后面，悄悄地凝视着几十米之外的林华。

雪，清晨就已经停了，却依然天寒地冻。

他穿得那么薄，就不怕冷吗？叶晶一边搓着冰凉的手，一边想。

他掏钱埋单，开始往外走，眼睛四处巡视着，似乎在寻找她的身影。

迎上去吧，她还是他的唯一！

可是……

只犹豫了片刻，他已经转过身往回走，留给叶晶的只是一个挺直的背影。她停止搓手，屏住呼吸，眼眶里飞出的两道光像两只白色的鸽子，用它们无形的爪子牢牢吸住林华的背影。

永别了，狗哥哥！

叶晶在心里说完这句话时，林华已到了街道拐角处，那些高大的砖墙房屋立即变成了一把把锐利冰冷的刀子，用力往下一切，林华便无翼飞逝。叶晶的白鸽迅即跌落，散作一地的星辉，细细碎碎，晶莹透亮，比雪白，比雪冷。

不，狗哥哥，我要你！

叶晶像一只受到惊吓的鸟展开了翅膀，朝着林华消失的方向腾飞。

可当她汗涔涔地追到那街道的拐角处后，她面前已是车水马龙，人潮涌动，只是再没有林华的身影了。

狗哥哥，你一定要幸福喽！

叶晶双掌合拢，闭着眼睛默默为林华祝福时，一辆白色的法拉利车在她后面急刹车，司机的头从窗户里伸出来，骂道："好好的人行道不走，找死吗？"

叶晶这才意识到自己失态，忙上了人行道，飞快地往回走，走到上海餐馆时，看到林华先前坐的那个位置还空着，就走了进去，屁股轻轻往椅子上落下去。

沙发椅不凉，尚存一丝余热。

当叶晶的身子贴在椅子上的瞬间，她感觉自己坐的不是沙发椅子，而是林华温热柔软的身子。

他的体温尚存，正温暖着她几乎被冻僵了的身子，他没有走！

当叶晶出现这样的一种念想时，两行热泪，从她的眼角滚出来。当服务生拿着菜单请问她点些什么时，她才从自己的意想中走出来，怔了一下，稀里糊涂地在单子上勾了两三道菜，等服务生把菜端上桌时，她才发现，这三道菜自己都不喜欢吃，但林华喜欢。

当服务员将菜摆到桌子上后，她久久注视那些腾腾的热气。在她看来，林华随时有可能从那些热气里冒出来，一旦她的双眼离开了那些雾气，就会错过了与他的相会。她保持着这样木讷的神情坐着，很久很久。直到服务生走过来，催她离开，告知她餐馆要关门了，她才从无尽的回忆和遐想里走出来，准备离开那张方桌、那张沙发，还有那一盆金边吊兰。服务生见到上面的饭菜一动不动，问她要不要打包带回，她摇摇头，走出门，看到外面已夜色浓重，华灯闪烁。

回到宿舍，叶晶估计林华已经登机了，开了手机。

QQ、微信、短信等争先恐后地啁啾着，如百鸟争鸣，好不热闹。

所有的信息都是林华发的。

请她回话的信息有20条，看来，林华打了她20次电话；微信和QQ各有10条。

叶晶不胜其烦，将这10条信息看了又看，只要看着它们，叶晶就觉得林华可能会从这些字眼里跳出来与她相坐相依。尤其是最后一条信息，让她觉得暖意融融：

　　　小猪猪，见了妈妈，我会告诉她你是我唯一爱的女孩，这一辈子我只会娶你。

一想到林华此去不过是掉进了他父母精心设计的骗婚的罗网，叶晶满腔的温暖顿时化作了霏霏的雨雪将她周身笼住，整整一个晚上，她都犹如一条冻得要死不活的鱼在暖意与冰寒交织的大海里沉浮，却无力挣扎。

整整三天，叶晶几乎都这样躺在床上，没有开机，也没有出门。

到了纽约，林华在丽思卡尔顿酒店见到了武昕一家，看到父亲林越和母亲卓玲子的脸色神情，他知道如果不答应娶武昕，自己是跑不了的，便应诺下来。

虽然林华一口就答应了娶武昕的事，可林越对他并不放心。当他们一回到纽约那奢华的家时，屁股刚落到沙发上，林越就给他敲警钟：老老实实待在家里等订婚和结婚，如果出了半点儿差错，他将断绝父子关系，取消他的财产继承权。

对于林越的威逼加利诱，林华表面上安之若素，唯唯诺诺，心里却盘算着如何趁他和卓玲子外出时逃出去，然后搭飞机逃回国。

道高一尺，魔高一丈。

每当他们外出后，林华想出门时，林越请的那个黑人保镖都把他逼回客厅。最后，他只得联系了武昕，请她上门来玩，然后发微信给在公司上班的妈妈卓玲子说两人要去看戒指和项链，收到卓玲子给他卡上充的10万美元后，他假装亲热地挽着武昕的手出门时，又被那黑人保镖拦住。看到武昕一脸的怒气，林华故意对她说，他将卡拿给她，喜欢什么，请她自己去挑。说完后，他马上伸手去衣袋里掏卡。武昕被他一激将，偏要缠着他一起去，就打电话向林越请示。林越要保镖接电话，要他陪林华和武昕一同前往，并再三嘱咐，不能把人跟丢了。

到了珠宝店后，除了黑人保镖寸步不离地跟着林华，那武昕也总是幸福地挽着他的手，他哪有机会逃脱？

万不得已时，林华突然捂住肚子，说自己肚子痛得厉害，要上洗手间。武昕只得说她留在原地等他，保镖却跟着他往洗手间方向跑。到了门口，林华问保镖要不要跟着进去，保镖看了看洗手间的房屋结构，认为他只要守在洗手间的通道上，林华就插翅难逃，才没有跟进去，立在距离洗手间门口十来米的对面盯着。

林华一进洗手间就东张西望，看有没有窗户可以翻出去。当他环视一周后，没有看到一扇窗户。

正当他一筹莫展之际，一位年轻的阿拉伯男子匆匆走了进去，脚差一点儿踩到他的脚上。看到林华表情严肃，对方一边捂着肚子，一边向林华道歉。林华听见他说的是英语，又穿着黑袍戴着黑头巾，灵机一动，说自己不小心搞大了一个美国女孩的肚子，那女孩正在外等着，要抓他去结婚登记，只要他肯帮忙甩脱那女孩，他愿意用300美元做酬谢。

听了林华的话，阿拉伯男子哈哈一笑，问林华自己如何帮他。

林华指了指两人的衣服。

看到阿拉伯男子神情变得严肃，林华立刻想到阿拉伯人的习俗，不由得心中一沉。哪知那男子只皱了皱眉头后，又大笑起来，开始脱衣。

原来那是一个留学生，正在追一个来自加拿大的女同学，那女同学多次说，如果他脱不下他身上的袍子头巾，他们之间永远也没有戏唱。

有了爱情，习俗又算什么？

那留学生又哈哈一笑，开始脱衣服。

两人互换衣服之后，林华告诉阿拉伯留学生，等他离开5分钟后，他再出去。看到对方点点头，林华走出洗手间。当他沉着镇定地从黑人保镖面前穿过去时，他的余光看到那保镖竟然看都没有看他一眼。

于是，他很快穿过珠宝店的后门，搭车飞往机场。

好险！

如果没有那个阿拉伯留学生，他的爱情、他的青春、他的一生就全给毁了！

望着机翼下浮着的那些状如白莲的硕大雪白的云朵，林华关了手机，任凭叶晶的容颜不断地在他的脑海里绽放。

冬日的暖阳透过窗户的玻璃射到叶晶的脸上，她微微睁开眼睛，似醒似睡，两汪清澈透亮的清泓映入她的眼帘，衬着这明眸剑眉的是两张俊朗娟秀的脸，嘴角稍许上扬，带着微微的笑意。

狗哥哥！

正当叶晶要像鱼儿一般跳进林华怀里时，她看到了跳跃在他脸上的那些金光。

原来，是在梦中。

想到这，叶晶伸展着的双臂往回缩，身子又恢复成冻鱼，木愣愣地往床上摔下去，却被人一把抓住，抱进怀里。

叶晶感觉了熟悉的体温和呼吸。

"你回来了，这是真的？"叶晶睁开眼，看到搂着她的人果然是林华时，难以置信，幽幽问道。

"千真万确。"林华认真地回答后，马上又浅笑着说，"本人完璧归赵，你要不要亲自验货？"

寥寥几语，却一字一春风，将叶晶那些被冻寒的细胞拂弄得温温热热。顷刻之间，冰凌融化，以往的生机与活力恢复，她又开成了一朵粉嫩的荷，在林华的怀里微微颤动。

突然，她推开林华，问："你怎么回来了？"

"因为你在这里啊。"

"他们怎么会让你回来？"

"当然不允许，我是逃回来的。"

"啊？"叶晶听到这里，觉得事态严重，惊问，"他们拿你怎么了，你怎么能够逃回来的？"

林华见叶晶的粉脸倏地成了白脸，一脸的惊恐，故意轻描淡写，说："我妈其实没病，他们骗我去，就是要我去见那个Ａ大校花市长女儿，刚刚见面，双方家长决定一周内就给我和那武昕订婚，半个月后再按西方的习俗举行婚礼。我当时准备拒绝，可转念一想：拒绝后一定难以脱身。于是我就装得若无其事，答应一切听从他们安排，然后趁他们忙着筹备订婚和婚礼之际，偷偷买机票跑了回来。"

"狗哥哥！"听完林华的话，叶晶的心田开出一朵朵迎春花，她把脸轻轻贴在林华的脸上，闭上眼睛，柔声说，"幸亏你那么聪明镇定，要不……"她止住话，松软了筋骨，蜷在林华的怀里，如一只湿软甜蜜的小猫咪。

林华将叶晶紧紧搂住，脸贴在她光滑粉嫩的笑靥上。叶晶感觉到有一股温热浸在了自己的左脸上，她用手一抹，手心湔湿。她从林华怀里挣出来，定睛一看，林华的眼睫上正挂着几颗泪珠，像滴着露珠的两丛芳草。隐藏在那草丛里的两泓清泉，闪着清辉，似愁，亦似喜。

相爱半年，叶晶何曾见过林华这般模样？

他，从来都是高贵傲骄的。

"你怎么啦？"叶晶的话，问得比水还柔。

"没事。"林华右手在眼睛上轻轻一擦，将手机递给叶晶，说，"你看，爸妈要给我断奶了。"

叶晶接过手机，看到了林越发的微信：

> 华儿，这信息我只发一遍：无论你在世界上的哪个角落，三天内你必须回到纽约，否则，你将不是我的儿子，我将停止供给你各种费用，包括生活费。望你深思，不要因为一个女人抛弃父母，以至于毁了自己的前程！

"对不起。"温暖与歉疚同时掠上叶晶的心头，她不知说什么好，双手紧紧搂住林华，双颊变成两个吸盘，将林华的脸吸住，轻轻摩擦。

"傻小猪猪，你不用过意不去。"林华的嘴唇在叶晶的脸上轻轻吻了一下，说，"我不怕断奶，财富没有了，我有手有脚有脑袋，可以自己去创造回来。只是，我不知道这需要多久的时间。时间越长，你跟我受苦的日子就越久，这是我唯一担心和心痛的。"

"我没事，自家里出事后，我已经习惯了吃苦；只是，如果你不逃婚，你将终身养尊处优和锦衣玉食，哪会吃一点儿……"

林华打断叶晶的话，说："只要有你，没有如果。"

叶晶的双眸很快湿成了两颗浸在清泉里的黑玛瑙，嘤嘤道："我怎么舍得让你吃苦？"

"一别竟伤春去了。"

林华柔声说："听说过这诗句吗？比起这来，吃苦算什么！"

叶晶听了，泪珠如雨点般往下落，林华掏出纸巾一边轻轻擦着她的泪水，一边说："别哭了，时间不早了，凤飞飞也许会回来了，别让她笑话你啊。"

叶晶破涕为笑，说："那你快走吧，我可不想她回来抢你。"

林华站起身告别，说为了不让父母用断奶来威胁他就范，他现在就去租房子，好从家里走出来，然后好好找工作。

叶晶也不挽留林华，浅浅一笑，与他挥手告别。望着林华离去的青葱背影，她想起了徐志摩说的话：得之，我幸。

28

芦苇花

"这房子不到10平方米，连洗漱间都没有，你能住得惯？"看着林华租住的小房子，叶晶面露关切，问道。

林华淡淡一笑，说："为了省钱，将就些吧。有你在我身旁，我什么苦都能吃。"

叶晶说："你从小到大都是养尊处优的，这房子住一两天还行，坚持下去就难了。"

"如果坚持不下去，你拿我是问！"林华的右指尖在叶晶的嘴唇上轻轻划动，说，"就这样了，你就别说了，再说下去，男神就变成小羊羔了。"

叶晶抿嘴一笑，正要说话，手机响了。

来电话的是她小姑，说她出差到北京，顺便看看叶晶。听说小姑就在附近的米萝阳光西餐厅吃中餐，叶晶说："我爸妈出事后，小姑就像妈妈一样照顾我，你要不要去见见她？"

"那还用说。"林华一说完，拉起叶晶的手就往外走。

叶晶和林华赶到米萝阳光时，小姑看到林华，眼睛一亮，笑问叶晶旁边的帅男是谁。听叶晶说是男朋友，小姑的眼光立即如剑一般锐利起来，朝着林华扫来扫去。突然，她一把抓住叶晶的衣襟，一声不吭地往旁边拖，直到离开了林华的视线才站定，问叶晶男朋友的姓名。听到"林华"二字，小姑大惊失色，说："你不能跟他谈恋爱！"

小姑对叶晶疼爱有加，从不干涉她的事，在叶晶恋爱上突然横插一杠，搞得叶晶莫名其妙。她愣了一下，缓过神来，问小姑反对的理由。

小姑环视了一下四周，看到周围没有人，压低了声音，说："你一定看过一个叫'鹰'的人写给你妈妈的信吧，他就是那小子的爸爸。"

小姑的职业是律师，业余爱好是写小说。虽然她说话的神情诡秘而郑重，在叶晶看来，小姑是把她当成了读者来检验她新创的小说能不能出奇制胜。于是，叶晶歪头看了小姑几眼，眨眼笑着说："还是得过全国小说大奖的小说家呢，编出的故事俗得不能再俗。"

小姑一脸严肃，一声不响地掏出手机，在屏幕的图片上点了几下，把手机递给叶晶。

手机上的那个人剑眉皓齿、气韵逼人，正微笑着注视叶晶。

不是林华又是谁？

叶晶生气了，怒目圆瞪，朝着小姑嚷道："你怎么会有林华的照片？你竟然派人跟踪调查我，说，从什么时候开始的？"

"他是林越，不是林华。前些日子为了准备给你爸翻案，我费了九牛二虎之力才找到了他年轻时的照片……"

小姑的话犹如晴空霹雳，打得叶晶目瞪口呆。小姑后面还说了很长的一串话，叶晶一句都没有听进去，两只眼珠子睁得像两个大桃子，盯着照片一动不动。

虽然，照片上的人长得跟林华一模一样，但发型、衣着老旧、过时，照片明显地模糊和褪色。

小姑的话不假！

一想到这里，叶晶的胸口像被什么东西猛地蜇了一口，发出"咔嚓"一声响，接着，头开始轰轰响起来，明亮的餐厅陡然黑下来，她头晕目眩，感觉自己被魔剑刺了一下后，被人扔向万丈深渊。惊恐万状的她双手突然向上展开，颤抖着，如一只受了伤的鸟使劲扑打着翅膀，挣扎着往上飞。当她竭尽全力站稳脚跟时，脑袋成了一个盛满了沸水的高压锅，滚滚的热浪在里面掀打和翻卷，似乎要冲破头迸裂出来。

"啊——"

她突然爆发出一声长长的尖叫后，像一支离弦的箭，从小姑身旁射出去，又飞鸟般从林华身前掠过。

"林华，抓住她！"小姑大喊。

当莫名其妙的林华听到小姑的喊声追出米罗阳光时，叶晶已经飞到了对面的人行道上，朝着前方奔跑。林华迅速穿过人行道，朝着叶晶追去。小姑从米罗阳光里跑出来，穿过人行道，朝着林华跑去。

夕阳，已经从远处的高楼之巅落下去，林华距离叶晶的身影越来越近，可就在这个时候，林华看到叶晶像一株突然被子弹击中的芦苇，轰然倒地。

"晶儿！"

林华一个箭步跨上去，将叶晶搂抱进怀里，大声呼喊着她的名字。

叶晶闭着眼睛，没有一点儿反应，粉脸白成了霜，上面布满了黄豆大的汗珠，如一颗颗露珠，闪着清冷的光。

"休克了，让我来！"

气喘吁吁的小姑大拇指在叶晶的人中和虎口上使劲掐了几下。

叶晶缓缓睁开眼睛，看到林华清澈的双眸盛满了担忧，舒展的眉头也皱成了一个浅浅的"川"字，她不由自主地闭上眼睛，眼泪，雨一般泻下来，很快就湿了她的脸颊。

林华不知叶晶突然发生了什么事，纳闷，心疼，却没有发问。他指尖如花，轻落在她的脸上，缓缓抹着上面的泪水。

突然，叶晶鲤鱼般从林华的怀里跃起来，转身，如一只受到惊吓的蝴蝶朝着公路上的一辆奥迪A6横飞过去。

"晶儿！"

林华和小姑异口同声，朝着叶晶追过去。

急促高亢的喊声如一发强劲的炮弹，炸得叶晶心碎肺裂，她身子猛地一抖，如一株被强风刮歪的芦苇，晃了几晃，努力地站稳。

叶晶突然停步的时候，只与那奥迪相隔1米的距离了，如果她仍旧横冲，即使司机紧急刹车，也免不了会撞着她。愠怒的司机放慢了速度，从窗户里探出头来，朝着叶晶横眉竖眼，骂道："神经病，想找死啊，跑远点儿，不要来这里害人。"

司机加速后飞驶而去，叶晶依然站在原地，瑟缩着，苗条纤秀的影子被夕辉拉得很长很长，如微风中一株纤瘦的芦苇，轻轻颤抖着。

她多想转过身，扑进已跑到她身后的林华的怀里，蜷成一只受伤的兔子，头慵慵懒懒地靠在他坚实有力的手臂上，伴着他均匀平稳的呼吸，安然入睡。

可是，她不能。

他既然是那个在她母亲的信里自名为鹰的男人的儿子，也就是他的仇人！

当她的念想遭遇"仇人"一词时，立即不翼而飞。

这时候，林华走到她跟前，伸出手要抱她，她身子一侧，泥鳅一般滑到了他前面，闷声不响地朝前走。

林华伸出手，准备抓住她。

"滚！"小姑怒目圆睁，横在了他的身前。

"咕咕……咕咕……"

一只白鸽惊叫着从路旁的树尖朝着高楼大厦顶上的天空飞去，叶晶的身影在林华的视线里渐行渐远。

回到租住的小房子后，林华试着给叶晶打了几次电话，想问她到底发生了什么事，可每一次都提示关机。他无可奈何地摇摇头，躺在床上，仰面朝天，胡思乱想：叶晶的考研分数已经出来，高出去年同校同类录取线60多分，她读研的事已毫无悬念，而学费和生活费却没有着落。林华早就听学长们说过读研非常辛苦，科研压力很大，他绝对不能让叶晶再做家教了。只是，如果没有父母的经济支持，他除了赴英国读研的事将成泡影，而且生活费也没有着落，他哪里还有能力让叶晶不做家教而全心全意地读研？

当务之急——找工作！

林华鱼跃而起，拿起手机在网上搜索了一些北京的知名企业，一一比较这些企业的工资、福利等，看哪家给的待遇最高。辛苦一点儿没什么，只要工资高。从不缺钱的他，第一次觉得没有钱多么难过。

钱，真的很重要！

有了钱，他才能保证自己心爱的人心无旁骛全力以赴地完成学业。

手机上的字很小，很多页面拉不大，租住的房间只安着一个节能的吸顶灯，灯光发黄暗淡，照在手机屏幕上，像被秋霜打残了的菊花丝。

林华坐在床上，身子尽量往手机屏幕上靠，只差一个乒乓球的距离，他的眼球就落在了屏幕上。只有这样，他才能看清楚上面的字。

只要有台电脑，他的阅读速度就会翻几番。电脑是有的，平板、台式、笔记本多的是，可它们都在家里。而现在，因为叶晶，他已经走出了那个家，那些东西已经不再属于他。

不再属于他的，还有花园、游泳池、别墅、高尔夫球场和价值百亿元以上的公司，还有那在很多人看来都引以为豪的富二代的身份。

有失必有得。

他失去的，只是物质金钱和有些人看重的那个看似光鲜的人为的称号；得到的，是最质朴纯真的爱情。

物质有价，身份有价，爱情却无价。

有了无价的爱情，他完全可以凭借自己的双手将失去的那些东西创造回来，给叶晶一个安定、祥和、富庶的家。只有这样，他才是真正的人生赢家。

然而，一切才刚刚开始。这一开始，就充满了艰辛。从小养尊处优和锦衣玉食的他开始明显地感到了不适应和不习惯。

为了尊严，为了爱情，为了自己和叶晶共同的幸福愿景，他必须忍耐。他坚信：忍耐过后就会适应和习惯，当他适应习惯了吃苦耐劳，一切就能破茧成蝶。这样的青春花开，方能美丽而持久。

经过反复对比和审核，林华向中建和北汽等十来家企业投了简历后，眼皮开始打架了，正准备上床睡觉，却听到了敲门声。

除了叶晶，没有人知道他住在这里。

想到叶晶就在门外，林华浑身是劲，一个鲤鱼打挺站起身去开门。

"晶……"

林华兴奋的喊声戛然而止。

林越就在林华木讷时走进来，双手背到腰后，环视着房子。

"你……你怎么住这么一个鬼地方？这灯、这烂墙、这破床……洗漱间都没有，这……这哪是人住的地方？"林越站在林华的对面，拉着林华的手说。

"别人住得，我也住得。"林华冷冷地回答说，"只是简陋一点儿，又死不了人，怕什么！"

"你不怕我怕！"林越高嚷一声，盯着儿子的眼睛开始润湿，压低了嗓门儿说，"你才逃回来几天，也不看看自己瘦成了什么样子。你受得了，老子可受不了，马上给我搬回家去！"

林华摇摇头，说："不，你们要是再反对我和叶晶的事，我就是饿死，也不会搬回去！"

"臭小子……"林越的眼睛里噙着眼泪，问，"为了她，你真的爸妈都不要了？"

林华说："不是我不要你们，是你们不要叶晶；你们不要叶晶，就是不要我。"

林越说："天下优秀漂亮的女孩多的是，你为何非她不可呢？"

林华说："一见如故，一见钟情，没有一点儿杂质和功利，这就是爱情！"

"爱情……爱情……"林越一边说，一边眼泪婆娑。

"爸爸。"林华语气缓和下来，一边掏纸巾递给林越，一边说，"我记得你开始很欣赏晶儿，还要我们迅速订婚结婚的，却一下变卦了，顽固又野蛮，这是为什么？"

"这……"林越一边擦眼泪，一边说，"先跟老爸回去吧。"

林华说："那叶晶……"

"也不是不可以。"林越打断林华的话，说，"要是没有她，我儿子也没了，我和你妈守着家里的那些房子和钱物有什么意思。回去吧，华儿！"

"真的，不反悔？"林华问。

"嗯，不反……"林越话没说完，喉咙突然被什么卡住，咳了几下后，噗的一声，嘴巴里竟然喷出几点血来，像几朵通红的梅花落在地上。

林华一惊，掏出纸巾将林越残留在嘴角的几点血擦掉，要带林越上医院检查。林越推辞了几下，林华拉着他出门，上了林越的保时捷跑车，开车朝医院奔去。

叶晶在那个黄昏跟着小姑回到了上海，整整一周，她都犹如掉进了万丈深渊，痛不欲生！

当她几经挣扎还是跳不出那幽暗的深渊之后，她开始号哭，哭声凶猛，凄厉，撕心裂肺。渐渐地，她力不从心了，声音哭不出来了，眼泪流不出来了，她成了一具躯壳，里面装着的，只有哀伤和绝望。

直到有一天，小姑告诉她青浦监狱已经发了接见单，一周以后她可以凭接见单去那里看望她爸爸叶明阳时，叶晶才如梦初醒：林华是她心中的唯一。但是，造化弄人，她与他，注定有缘无分！

长痛不如短痛！叶晶想到了这句话后，决定雷厉风行，快刀斩乱麻。

她掏出手机，在微信里给林华留言：

我移情别恋了，你另觅佳人吧。对不起了，叶晶。

点了发送后，叶晶先把林华的电话、QQ拉黑，犹豫了片刻后，又把林华的微信拉黑。

想到林华再也联系不上自己了，她长长地舒了一口气。可是，没过多久，她留给林华的那些字如一把又一把刀子接连不断地朝着她飞来，剜向她的心脏。伴着一阵又一阵剧痛，她觉得自己的心被割得千疮百孔，灵魂也飞得无影无踪，整个人，便如一具躺在床上的行尸走肉。

如果没有凤飞飞、戴雪、丁蓝蓝每日的微信问候，如果没有重见爸爸叶明阳的憧憬，叶晶不知道她还能不能活下去。

　　凤飞飞说，她又开始恋爱了，对象是一个长得不错的海归博士后，只要与他结了婚，她可以凭被引进人才的妻子的身份留在Ａ大做辅导员或到办公室打点儿杂什么的。虽然比不上在Ａ大任课的教师那么风光，但她一个本科生能够留在Ａ大，她知足了。

　　青春的爱情花凋零了，还可以再开。原来，花开青春，不止一季哟，祝福我吧，晶姐！

　　凤飞飞的最后这句话虽然完全不符合她的泼辣劲儿，却让叶晶微微一笑。虽然，这笑泛着微微的苦，可它，毕竟是笑。自从回到上海后，她再没有尝过笑的滋味。

　　凤飞飞的短信，让叶晶感到了丝丝的暖意。

　　原来，生活的雨露和甘霖，并不只有爱情；朋友安好，也能让她干涸枯萎了的花枝长出新芽！

　　丁蓝蓝则告诉叶晶，刘离没有通过保研的复试，却因祸得福，回到重庆后，他们先后到了一些单位考试面试，刘离与北京现代重庆分公司签约，她被重庆市最好的一所高中录用，虽然没能留在北京，这结果也差强人意了。双方家长见了面，家长们对两人都满意，说只要他们一领了毕业证，就回重庆领结婚证。

　　　我那学校距离他的单位不远，他父母给我们买的房子就在
　　我们单位的中间，三点一线，任凭刘离这只瘦鼠再怎么机灵好
　　色，他也休想跳出我丁姥姥的掌心！

"呵呵！"

看到最后这几句话，叶晶竟然笑出声来。

时间真是个奇妙的东西。

才一个寒假不见，辣妹子凤飞飞竟被它拂出了几丝文雅和温柔；而丁蓝蓝，却被它修得越发精明老辣了。

叶晶的三个姐妹中，戴雪，让叶晶捏了一把汗。

肥猫费茅通过复试了。他父亲与他选的导师孔教授正好是大学同桌，只一个电话就锁定了结局。尽管戴雪一得知费茅的事后就将自己的个人自荐材料投了很多家北京的公司和学校，还跑回北京参加了几次人才交流会的面试，结果却是广种无收。

> 万不得已，我就进外语培训学校，为了爱情，我只能投身
> 北漂大军了。但愿肥猫有良心而不辜负我，祝福我吧，晶姐！

戴雪的性格比丁蓝蓝懦弱，叶晶实在不敢确定她能够守住颇为圆滑的费茅，她隐隐为戴雪担心，又默默为她祝福，祈祷费茅不是陈世美。

容易也有消息了，虽然他有些口吃，但凭着他的学霸成绩和诚实、勤快，他竟然签约了一汽。这消息，是戴雪告诉叶晶的。

好人终有好报！叶晶为容易高兴。

三个兄弟都有着落了，他怎么样呢？

林越断了他的奶，他还有实力去英国读研吗？如果不读研，他会与哪家单位签约？

不经意间，叶晶又想起了林华。自从她回到上海后，她胸腔里充满了对林越的恨。

恨屋及乌！

林越的儿子，自然也成了她仇恨的人。

因了这仇恨，她很快滋生出慧剑斩情思的勇气：在回到上海的日子里，在她的心海里连续地潮涨潮落的不是他，而是她的爸爸叶明阳。半年没有见到爸爸了，他是不是又憔悴了？白发有没有增多？再见面时，爸会对她说些什么？她又将对爸说些什么？

几天没有想他了，她确实做到了。

可现在，他又回到了她的心湖和脑海。

原来，情断了，思念还会尚存。所谓的一刀两断，只不过是一时之快，只要假以时日，那些被斩断了的筋络，又因那些肉眼看不到的丝而连接起来，她比以往的任何时候都更透彻、更深刻地理解"藕断丝连"这个成语的含义。

太不争气了！

想到这里，叶晶嘴一张，用下面的一排牙齿，紧紧将嘴唇咬住。牙齿越往深里咬，她的思念却越深，当唇齿间渗出血来时，她感觉那一缕缕血丝竟然往上飞，被寒风吹得漫天飞舞，像一朵朵被染红了的芦苇花，席卷了她四周的天空。

正当叶晶昏昏欲睡的时候，一条微信信息铃声划破了房间里的寂静。她睁开惺忪的眼，看到没有微信信息，是通讯录被点红了。

看看时间，已经是凌晨3点多了，谁会在这时候加自己？

叶晶觉得有些奇怪，点开通讯录里的"新的朋友"，发现是一个叫"芦苇花"的人申请加她。

叶晶一般是不加陌生人的，可这网名正合自己先前的念想。

网海茫茫，竟有如此巧合！

通过验证之后，对方给叶晶发了一张笑脸，叶晶回了一个笑脸。

芦苇花：认识你真高兴。

叶晶：认识你真高兴。

芦苇花：时间太晚了，为了不打扰你休息，祝你晚安！

叶晶：已经被你打扰了，正好睡不着，只要你尚有精力，还可以八卦的。

芦苇花给叶晶发过来一张"握手"的表情，叶晶复制了发过去。几番问候之后，两人开始八卦聊天。叶晶以前没有时间也不喜欢QQ和微信聊天的，可这一次，她聊了很久。因为一开始，芦苇花就告诉她：男朋友甩了她，她失恋了，睡不着，想找个人诉苦，才会打扰她。叶晶则告诉她：她也刚失恋。

叶晶想，只有这样同病相怜，方能惺惺相惜，反正对方又不认识自己，不如敞开心扉，宣泄压抑了多日的秘密。于是，她将自己离开男朋友的原因向芦苇花和盘托出，而这些原因，她不曾与任何人说起。

芦苇花也向叶晶谈起了男朋友与她分手的原因，两人都把对方当成了一条宽阔绵长的河，将各自的苦水连续不断地往这条河里泻，直到叶晶看到晨光透过纱窗照射进来时，才突然想起下午2点要到青浦监狱探望爸爸叶明阳，她必须睡上一觉，绝不能让爸爸看到自己萎靡不振！于是，她向对方说明缘由，道了晚安，合上眼睡觉。

睡了整整一个上午，叶晶才被闹钟吵醒，慌忙洗漱穿衣，顾不上吃早饭，她就叫了一辆的士直奔青浦监狱。

爸爸叶明阳的面容精神一点儿都不像叶晶想象的那么糟糕。甚至，他完全可以称得上精神抖擞。

知女莫如父。

在见到叶晶的第一眼，叶明阳就问她是不是失恋了。

虽然隔着厚厚的玻璃，叶明阳一脸的担心和关切显露无遗。

叶晶望着他慈祥温和的眼睛，泪如泉涌，正要放声大哭时，看到了站在叶明阳身后的狱警的一双鹰眼正朝着自己犀利地射过来。她只得将胸前的衣服用力往上一提，将眼泪缓缓往肚子里咽，双肩抖动，如飞鸟扇翅。

叶明阳没有受到叶晶情绪的影响，他微笑着对叶晶说："失恋，才多大一点儿的事啊，用得着哭鼻子？再说，大凡谈恋爱的年轻人，失恋者十之八九呢。失恋失恋，就是经验；有了经验，凭着你的条件，何愁找不到金龟婿？"

叶晶说："是我不要他的。"

叶明阳面带诧异："你不要人家，怎么还把自己折磨得不成样子？"

"可我还爱他想他。"

"这还不简单，打电话给他，重新和好。"

"不，绝对不能！"

"为什么？"

"他是林越的儿子！"

"什么？"叶明阳以为自己听错了，又问道。

"他是林越的儿子！"叶晶激动了，抬高了嗓门儿。

叶明阳听了，神情严肃，皱上了眉头，"哦"了一声。

叶晶耷拉下脑袋，等着叶明阳教训自己。

"傻孩子……"叶明阳顿了顿，说，"爱他，就去把他找回来。"

"什么？"叶晶睁大了眼睛，问，"可他爸……"

"他爸是他爸，他是他。上一辈人犯的错误，不能让下一辈来承担苦果。"

"可你……"叶晶说，"只要和他在一起，我就觉得对不住你。"

"只要你快乐，就是对得住我；不快乐，就折磨我。"

"爸……"叶晶说不下去了，伸出双臂，想扑进叶明阳怀里大哭，额头和双臂却碰在了玻璃墙上，发出"咚咚"的响声。

"晶儿，痛吧，小心……"

叶明阳的话还没有问完，狱警就说探望的时间到了，催叶晶马上走人。叶晶只得忍痛站起来与叶明阳挥手告别。

最后一次回头远望监狱时，叶晶能看清的是那掩映在树荫里的高大的建筑，还有那一面迎风飘扬的五星红旗，大门上的"青浦监狱"四个字已经在她的视野里模糊不清。

"爸爸，你一定要挺住，等到我有实力了，一定把你解救出来。"叶晶在心里这样想着，正打算转身往前走，却被人从后面抱住。

这温暖的体温、均匀的呼吸，甚至周身的气息，叶晶都熟悉得不能再熟悉。

是他？

怎么会？

白日竟做梦了？

叶晶的手用力挣了挣，真实地感觉到她是被人从后面紧紧搂着了，她眨了眨眼睛，回眸一看。

"是你！"

"除了我，还能有谁能够从北京追到这里来找你？"

"可是……"

"我爸犯的错，我用一辈子的温情替他偿还和弥补。行不？"

"这……"

林华松了手，转了身，双手轻轻抚摸着叶晶的脸蛋，说："瘦了。"

叶晶迎着林华的目光望过去，看到他眼眶稍陷，眼睑浮肿，叶晶的恨意立刻无翅而飞，疼，涌上心头，双泓清泉，已全是柔波荡漾。她怔了半天，才说："你怎么能找到这里？"

林华满眼的柔波里闪出一丝歉意，幽幽软软地说："对不起，为了找到你，我成了'芦苇花'。"

叶晶恍然大悟后，抿嘴一笑。

林华看到叶晶笑了，如释重负，牵了叶晶的手就往监狱方向走。叶晶问他怎么要往那边走，林华说他要去拜见岳父大人，跪求他将女儿嫁给自己。

叶晶给林华说了监狱的探监制度，林华轻叹一声后，身子向下一蹲，示意叶晶爬到自己背上去。

"怎么了？"叶晶明知故问道。

林华说："从美国逃回来后，法拉利肯定是不能开了，从今天起，我就是你的法拉利，上吧！"

"芦苇花，你一夜未睡，又风尘仆仆的，身体能受得了？"

"我是CUBA的健将；你是依人的小鸟，来吧！"

当叶晶的身子轻轻往林华背上靠时，林华双手用力把她往上一提，两脚突然立起来，背着叶晶飞快地往前跑。

"你这飞机刚一起飞就速度飞快，我头昏，晕机了！"叶晶说，"慢点儿吧！"

"好！"林华话音一落，速度降下来，叶晶的身体紧贴着林华的手和背，温暖，迅速传递到全身。

林华的背部随着脚步的轻重和深浅微微起伏着，叶晶安详地贴在林华的背上，身子随着他轻摇，缓缓前行。

冬阳，开始西斜。叶晶和林华如一艘沐浴着阳光的小船，淡黄，温馨，在碧如大海的田野里悠然前行。

29

忏悔

听说林越要见自己，叶晶马上摇头说不行。林华说："我爸不反对我们了，你就见见他吧。"叶晶说："一想到他……我过不了这道坎儿。"林华说："他带病飞到上海来，是为了找证人救你爸。他已经开始赎罪了，看在我的面子上，宽恕他，好吗？"

叶晶努了努嘴，没有作声。林华望着叶晶，说："我们来上海之前，他吐血，检查出肺癌晚期，医生说他最多只能活一个月，我求你……"

说着说着，林华哽咽了，泪珠在眼眶里打转。

自认识林华以来，在叶晶的眼里，他从来都是风流倜傥和神采飞扬的，她哪见过他如此悲戚和伤痛？

望着满眼愁波闪动的林华，叶晶憾然心痛，眼睛里也滚出几颗泪珠来，一双湿眸凝视着林华，轻声说："狗哥哥，我习惯你帅帅酷酷的样子了，你别流泪啊，再流，我的肠肝肚肺都会被你的泪珠子揉碎的，我答应你，去就是。"

叶晶的声音轻柔到了极点，熨得林华浑身舒坦。他破涕为笑，甩甩头，朝着叶晶望过去。四目相对，柔光闪动，林华在叶晶的秀眸里温润如玉，叶晶在林华的明眸里温软如水。林华情不自禁地把叶晶的双手握在他的胸前，低了头，嘴唇落在她的眼睫上，溜出舌尖，轻轻吸着上面的泪珠。

"咳……咳……一个大家闺秀、一个大富公子大白天在这外滩上演情人秀，一点儿都不怕过路的剩男剩女朝你们抛白眼吐口水啊！"伴着几声咳嗽，一个清脆尖厉的声音由远而近。叶晶听出这是凤飞飞的声音，双肘轻轻往旁边一拐，如一只白鸽，从林华怀里飞出来。

"飞飞，你怎么也来上海了？"

"难道这大上海就只允许你们这对男神女神在这里逍遥快活？"凤飞飞没有看叶晶，火辣辣的眼光朝着林华脸上扫过去，说，"华哥哥，把叶晶嫂子借给我几分钟，我们姐妹俩好久不见了，说一会儿话，行吧？"还没等林华答应，凤飞飞拉了叶晶的手就往一边拖，直到看不到林华了，才停下来。

凤飞飞一开口，叶晶就被吓得蹿高了一截，张大了嘴巴问："什么？你说你快要当妈妈了，孩子的爸爸昨天却提出了要跟你分手？"

凤飞飞点点头，右手在肚子上轻轻拍了两下，笑着说："你该不会看不出它的变化吧？"

叶晶朝着凤飞飞肚子上看了几眼，果然，她看到凤飞飞平扁的肚子已经胀成了一个圆西瓜。想到孩子的爸爸已向凤飞飞提出了分手，不由得倒吸了一口冷气，问："你打算怎么办？"

凤飞飞看上去倒没有叶晶想象中的那么痛苦，她平静地说："不管他是男是女，都是我的骨肉，我会把他生下来。"

"你疯了？"叶晶大声说。

"我没有疯，只要有了孩子，他妈妈或许会接受我的。"

"他妈妈为什么不接受你？"

"因为我没有北京户口。"

"北京户口就那么重要？就因为他妈妈反对，他就连你和自己的骨肉都不要了？"

"他给了我10万元的补偿，要我去做掉孩子。"

"为了这10万元，你就这样委屈自己？"叶晶说，"飞飞，你糊涂啊，要是人家不认账呢？"

凤飞飞说："我才不糊涂呢，只要孩子生下来了，我就做DNA化验，到时拿了材料找他们。铁证如山，看他们往哪里逃！"

叶晶说："到时，他们完全可以说你们只是一夜情的结果。"

"呵呵……"凤飞飞笑了两声，说，"这一点，我早就未雨绸缪了，我和他从相识到相爱的过程细节等，我都留了文字、录音和录像。只要他们敢惹毛我凤飞飞，我就上法庭起诉，要他们给予我赔偿。虽然我凤飞飞是孤家寡人，如果他们给的补偿不能让我满意，我会把他们弄得鸡飞狗跳！他们一家都是有头有脸的人，不会不要面子。只要我得到了一大笔精神损失费和孩子的抚养费，即使我依然只能在北京漂，也不会太寒碜！"

叶晶虽然觉得事情不像凤飞飞说的那样简单，但不知如何劝凤飞飞，只好说道："钱虽然有了，你总不能一个人带着孩子生活啊。"

"在你眼里，我凤飞飞就只这点儿出息？"凤飞飞瞪了叶晶一眼，说，"别以为林华不要我，我就没有魅力了；朱达不要我，是她妈嫌我没有北京户口，不代表我没有魅力；另外，容易跟我说过，他会一辈子爱我等我。"

叶晶惊问："你肚子里的孩子是朱达的？"

凤飞飞说："当然，你们认识？"

叶晶支吾了一下，说："我只听人说他是教授的儿子，就是保研拒绝我的那个万教授万院长的儿子。"

凤飞飞回答说："对，那老妖婆叫万家珍，害了你又害我，等我有机会了，会有她好看的！"

"轻点儿轻点儿，小心惊动了孩子。"叶晶轻轻拍拍凤飞飞的肚子，说，"容易知道你跟朱达的事吗？"

凤飞飞说："当然，我先前还打电话跟他说起朱达不要我的事，他听我说我要带着孩子去死，马上要我别做傻事，他说他正在沈阳实习，明天就飞北京，只要我愿意，他一到北京就娶我。"

叶晶说："这个容易真的是爱你，飞飞，嫁给他吧。"

"容易是对我最好的男生，我也感觉自己对他除了好感，现在还多了一些情愫。"凤飞飞说，"嫁他，却不可能！"

叶晶问："为什么不？他只是有点儿口吃，几乎没有其他缺点了，人又老实可靠，你嫁了这样的人，我心里才踏实。"

"不错，嫁给他绝对不会婚变，有安全感。"凤飞飞说，"可是，他无钱无权无车无房无北京户口，只要有这5个'无'存在，我凤飞飞在大北京永远只能是一只最卑微渺小又没有安全感的蚂蚁。所以，我最多只能把他当成一个备胎用来打发无聊和寂寞，或者进行必要的情感宣泄。"

叶晶万没想到凤飞飞会说出这样的话来，她怔住了好半天，才说："容易那么爱你，你这样对他，太不公平，太自私了。"

凤飞飞却说："你知道的，我爱的人是华哥哥，除了他，我爱任何人都是将就。既然都是将就，我何不拽住个有房有车有票子有北京户口的，他朱达，就是我抓住的一棵救命稻草，只要我嫁他，就可以少奋斗一二十年甚至一辈子。他虽然不要我了，我把孩子生出来，即使他们一家仍不愿对我负责，但他们不会不对孩子负责，只要我的孩子能够在他们那个家庭里成长，我还担心什么。反过来，如果我嫁了容易，不仅我，我的孩子也将沦陷到社会的底层，一旦掉下去了，可能永远也爬不起来。得到了朱达一家的补偿后，我再嫁容易，有了这笔钱，我和容易的日子才不会像其他漂族那么艰难。"

　　一想到容易对凤飞飞一往情深，叶晶还想劝劝凤飞飞，但见她一脸的坚定，知道她主意已定，再劝下去也是徒劳，便不再说话。凤飞飞见叶晶愣在那里，走过去在叶晶的头顶上轻轻磕了两下，说："我的事你千万要保密，尤其不能让我华哥哥知道，得不到他的爱我认了，但我不能让他看不起我。"

　　"嗯。"叶晶点点头。

　　"再说下去，华哥哥会担心我把你拐卖了。"凤飞飞朝叶晶挥挥手，说，"快过去吧，我去机场了，回北京等容易。Bye bye ——"

　　"Bye bye ——"

　　叶晶也挥手与凤飞飞道别，望着她渐行渐远，叶晶喃喃道："飞飞，你一定要幸福啊！"

　　林华走过来，说林越已在东方明珠塔下等他们，他三小时后要去机场飞纽约。叶晶听了，忙挽了林华的手朝着塔那边走去。

　　林华远远地看到林越在黄浦江边来回踱步时，他停住了脚步，说："老爸反复交代了，他要和你一个人谈谈。"

　　"这……我……"叶晶欲言又止。

　　看到叶晶神情有些慌乱，林华说："别怕，我在这边看着你，去吧。"

叶晶点点头，转过身，缓缓朝林越走去，心里五味杂陈。

在知道林越就是那个叫鹰的男人后，叶晶第一次面对他。在见到林越的第一眼时，叶晶的目光聚焦成两团火焰，朝着林越喷过去。

林越被叶晶的眼光扫得低下了头，说："华儿说了，你已经知道我是谁了，对不起，我……"

叶晶做了个"停"的手势，冷冷地说："说吧，什么事？"

"我……我想……见……见见你母亲。"林越抬头望向叶晶，一脸的乞求。

林越的话像一根棍子猛然打在叶晶的头上，她蒙了一下，低声说："爸进那里面不久后，妈妈就走了。"

"走了？"林越的眼睛立刻鼓得像乒乓球一般大，问道。

"嗯，她离开人世已经快两年……"说着说着，几滴眼泪从叶晶的眼角滚出来。

"啊……"

林越的身子抖了一下，摇着头，往后退了两步，深陷的眼睛溢出几颗泪珠，浑浊，发黄，挂在他苍白的脸上，如几只琥珀虫子，闪着微微的水光。

叶晶这才发现，这个曾经在她面前威风凛凛的人，正颔首低眉，萎靡不振，枯萎得像一张晒干了的虎皮。

林越站稳后，眨了眨眼睛，抖了抖上面的泪水，低头，闭眼，默哀。几分钟后，他长叹一声，说："菁儿，你真傻，怎么就不给我解释的机会，照片上的人，其实是我死去的妹妹。我就这样被你恨了一辈子，从青春一直到衰老，要不，我怎么会，唉……想不到你比我早走了……不过，你不会再寂寞了，我很快就来陪你……"

没想到，他对妈妈竟然……叶晶不愿意再想下去，表情复杂地望着林越。

林越的右掌在眼睛上抹了抹，低声说："你爸的事我已经处理好了，相信他不久之后就能出来。我……不敢乞求你的原谅，我只是求你，从今以后，不要由于我的原因轻易和华儿说分手。在你给他发了分手信息并消失的这些日子里，我亲眼见着一向生龙活虎的他蔫得像干茄子。那小子和我一样，在爱情上，是一根筋走到底。为了你，他万贯家财都不要了；为了你，他连父母也不要了；为了你，他心甘情愿地住破房子过苦日子。你可以继续恨我，但请你看在华儿为你做的这些事的分儿上，你不要再因为恨我而拿分手去折磨他。如果你愿意，你们一拿到毕业证就订婚——不，越早越好。你们订婚后，我就着手将公司全部转到林华的头上；我现在就去纽约让华儿母亲安排好一切。"

林越一口气说完这一串话后，叹了一口气，望着呆若木鸡的叶晶说："我走了，再见，祝你们幸福美满、白头到老！"

哦，叶晶从懵懂里清醒过来，想对林越说谢谢，她的嘴唇动了动，声音却低得自己都听不见。就在这时候，林华走过来，说："时间不早了，我现在和老爸去机场，陪他去纽约的医院看病，不能陪你回A大了。你回去吧，明早你要飞北京，晚饭后早些休息，明天坐飞机才不会晕机。"

叶晶说："一位同学约我在这附近吃晚饭，我就在这里等她，你们先走吧。再见！"叶晶一边说，一边挥挥手。林华父子也挥手跟叶晶再见，然后转身离去。父子俩的身影渐行渐远，最后从叶晶的视线里消失。她抬起头望去，夕阳，如一颗橘红色的珠子，缀在东方明珠塔的尖上，熠熠闪光。那亮光刺得叶晶头昏眼花，她后退几步，腰靠在铁护栏上，闭上眼睛，任心潮与身后的黄浦江一起奔流。

30

花开青春

"晶姐快来看，迎春花开了，春天真的来了！"叶晶坐在床上正准备给远在纽约的林华发短信询问林越的情况时，听到凤飞飞惊喜的叫声。

叶晶放下手机，欣欣然跑到凤飞飞身旁，窗台上的迎春藤果然开出了一朵小黄花，像一只金色的蝴蝶藏在绿叶里。凤飞飞双手拨开柳条般纤长的枝条，把鼻子凑在花朵上，闭着眼睛闻它的香味。

"你这样子太美了，飞飞！"叶晶赞叹说，"别动，保持这个姿势，我去拿手机来给你拍一个特写，发到朋友圈里让大家分享。"

"好呢，谢……"

凤飞飞话没说完，捂住肚子呻吟起来。

"怎么了，飞飞？"叶晶来不及去拿手机，问道。

"哎哟……肚子……痛……痛死了……哎……哟……"凤飞飞猫着腰，头垂到了膝盖上，身子已经站不起来了。

叶晶看着凤飞飞脸上的汗水如雨后春笋般不断冒出来，忙伸手去扶她。

"啊——"凤飞飞突然发出一声尖叫，惊得叶晶伸去扶她的手弹回腿边，愣了一下，又伸了双手去扶凤飞飞。凤飞飞说："羊水破了，可能是早产了，你背不动我，快，快打给容易！"

叶晶坚持将凤飞飞扶到床边躺下，才拨打容易的手机，然后按了滴滴打车。不到10分钟，容易到了，和叶晶一起把凤飞飞扶上了车。

凤飞飞刚进产房没多久，一个护士走出来，问："你们谁是家属？"两人怔了一下，容易说："我……我是……"

"你是她什么人？"

"朋……朋……老……老公。"容易说出这话时，双颊红成了鸡冠花。

护士把一张单子递给容易，说："病人和孩子都有危险，她提出先保孩子，你看先保谁？迅速决定后立即在这上面写好意见签好字，我们好采取措施。"

"啊！"叶晶和容易不约而同地叫了一声。容易接过护士递的笔飞快地在上面写下一行字后，签上他的名字。护士接过笔和单子走了，叶晶问容易意见单上保的是谁。容易说："保……保大人。"叶晶说："嗯，这才好。"容易说："这不……不好，是没……没办法，万……万一孩子……没……没了，飞飞会恨我一辈子！"说完，不再吱声，眼泪吧嗒吧嗒滚出来。叶晶也不再吱声，眼泪簌簌地流下来，她顾不上擦拭，双掌合在胸前为凤飞飞和孩子祈祷。

"哇……"随着一声啼哭，护士抱着一个婴儿走出来。

"孩子！"

叶晶和容易一喜，不约而同地叫着从靠椅上弹起来，想到凤飞飞没有出来，忙向护士打听她的情况。

"产妇大出血，正在抢救！"护士的话冰雹一般朝着叶晶和容易砸过来。两人身子一颤，不约而同地跑到产房门前，踮起脚，伸长脖子，往产房里瞧。

"你们还看不看孩子？不看我就抱进婴儿房里去了。"

"看。"两人异口同声，忙转身回来看孩子，都伸了手要抱孩子。

"看一眼就行了，以后你有的是机会。"说完，护士瞅了容易一眼，抱着孩子一扭一扭地走了。

想到凤飞飞命悬一线，叶晶和容易谁也没有说话，坐立不安，在走廊上踱来踱去。容易的额头和脸上挂满了汗珠，像亮晶晶的青春痘，密密麻麻地挨挤着。叶晶盯着容易头上的汗珠，手紧张得捏成两个馒头，手心里全是汗。

随着"咔嚓"的一声响，产房的门开了，一个护士推着产车走出来。叶晶和容易立刻迎上去。

凤飞飞闭着眼躺在产车上，脸色惨白，像两张薄薄的纸。听到喊声，她缓缓睁开眼睛，看到容易和叶晶的脸在她的上方晃动，露出淡淡的笑，低声说："你们放心，我挺过来了！"

叶晶的眼角溢出两滴眼泪，握住凤飞飞的手，说："飞飞，你真伟大！"

凤飞飞动了动嘴唇，正要说话，容易却摆手示意她不要说话，他弯着腰把嘴凑到凤飞飞耳朵边，轻轻说："你才从鬼……鬼门关里出……出来，要休……休息。"

护士看到容易将凤飞飞抱到床上躺好了，推了产车准备离开，却被容易拉住。

"你还有什么事？"护士莫名其妙地望着容易问。"我……谢谢你，谢谢抢救了飞飞和孩子，医生我……谢谢你们！"容易一边说，一边低头弯腰，朝着护士深深地鞠了一个躬。护士感到有些突兀，几颗泪珠噙在了眼眶里，似乎要滚出来，她忙点了点头，转身推着产车，匆匆走出病房。

叶晶见凤飞飞睡着了，把容易叫到走廊，说刚才来得太匆忙，什么东西都没有带来，她回Ａ大的宿舍里拿一些日用品过来，要容易守着凤飞飞。

　　叶晶刚走进Ａ大，看到远处有一对手拉手的情侣正往樱花湖方向走，那男的背影像朱达。叶晶悄悄跟上去，当她追上到樱花湖时，朱达和那女子停住脚步，站在大青石前接吻。

　　飞飞刚冒着生命危险为他生了孩子，他却在这里玩罗曼蒂克！叶晶怒发冲冠，冲到朱达的背后说："凤飞飞刚为你生了一个儿子，命都差点儿丢了，你去看看他们母子吧！"

　　朱达听了，身子抽搐了一下，继续搂着女生接吻。

　　"朱达！"叶晶明白他是在装蒜，厉声喝道，"我说的就是你，你抛弃飞飞也就罢了，亲儿子也不认了？"

　　那女生听了，惊兔一般从朱达怀里挣脱出来，一巴掌打在朱达的脸上，发出"啪"的脆响。

　　朱达恼羞成怒，回过头，看到叶晶，愣了片刻，很快，他说道："你是谁？凤飞飞又是谁？如果你们因为穷得没有生活费了，直接找我讨啊！"他一边说，一边从衣袋里掏出几张百元票子，高高举在空中，说，"拿去，够你吃几顿好的了，别到处敲诈勒索！"

　　"你……"叶晶没有料到朱达会如此厚颜无耻和盛气凌人，她两颊通红，说不出话来，情急之下，她拉住女生的手，想告诉她朱达和凤飞飞的事情。朱达见了，飞起脚朝她踹过来，她慌了，双手抓住朱达的脚，拼命往后一推，"砰"的一声，朱达朝天倒在大青石上，半天没有爬起来。那女生伸手去拉朱达，看到他一动不动，猫着腰，耳朵凑到他胸前听了一下，她突然发出"啊"的一声尖叫，蹿起来，转身就跑。

　　叶晶蒙了一下，蹲下去，右手掌按在朱达的胸上，听他的呼吸。

　　没有了！叶晶悚起来，脸白得像雪，身子抖得像筛糠，掏出手机拨打110，哆嗦着说："快……Ａ大……Ａ大樱花湖……死……死人了。"

林华从墓园回来，屁股刚坐在沙发上，视频声响了，他一按接听，就看到费茅慌乱地说："老大，快……快来，大嫂被抓了。说是杀人，死者家人咬定她故意杀人，要求判她死刑立即执行！"

　　"不，怎么可能，你是不是搞错了？"

　　"千真万确！不说了，我找人去了。"费茅挂断视频。

　　林华按下视频聊天，费茅却没有接听。林华双手在额头上一擦，手掌上全是汗，拿纸巾擦了手后，正要去换衣服，母亲卓玲子走出来，问他这么着急换衣服准备去哪里，听到林华说要回国，卓玲子说："你爸刚下葬，你就要扔下我？"

　　"十万火急！"林华说，"叶晶被抓了，对方告她故意杀人，我必须马上回去救她！"

　　卓玲子听了，惊悚得跳起三丈高，如一只突然被击中的鸟一般坠落在沙发上，轻声说："这种女人……我不许你回去。"

　　林华已换了衣服出来，说："反对无效，只要她是晶儿，哪怕是上刀山下火海我都要把她救出来！"

　　"我绝不允许你蹚这浑水，更不许你娶这种女人回家！"卓玲子咆哮着站起来，展开双手，拦在林华前面。

　　"要是救不了她，我也不活了！"林华一边嚷，一边迅速拿起茶几上的水果刀对准手腕。

　　卓玲子以为林华只不过是吓吓她以让她放行，朝着他"哼"了一声。

　　"那你现在就给我收尸吧！"林华一边说，一边拿了刀子去割脉搏。

　　卓玲子鹰一般朝着林华扑过去，双手抓起他的左手抱在自己跟前，全身抖得像一个风铃。

　　林华将刀子对准自己的胸膛，说："只要你再说一个'不'字，这一刀下去，妈妈，我们就永别了！"

卓玲子从来没有听到过林华如此冰冷阴鸷的声音，知道他心意已决，只得放行。

林华马上掏出手机call容易，容易半天没有接听，他又call刘离，刘离接听了视频。林华将叶晶之事简单说了一下，嘱咐刘离："你和戴雪、丁蓝蓝速回Ａ大，同时在Ａ大论坛、Ａ大经常玩的游戏空间、QQ群、QQ空间、微信群和微信朋友圈广发帖子刷屏，询问事发当天下午有哪些人到过樱花湖畔，只要有人当时在这附近散步玩耍过，他们都有可能是最有力的证人。如果没有目击证人，你大嫂必死无疑。大学四年，我林华从来没求过你们什么，这一次，你们必须帮我；另外，迅速联系上费茅、容易，人多力量大。我即刻去机场，最迟明天中午12点可到北京。"

看到刘离唯唯诺诺，林华挂断视频，迅速往机场奔。

因为叶晶是未决犯，不允许探监，林华回到北京后，想尽一切办法都没有见到她。

望着看守所那高高的围墙，林华一拳打在身旁的一棵高大的柿子树上，说："晶儿，就是散尽家财，我也要救你出来！"

费茅看到林华的右手背上渗出了一丝血，掏出纸巾就要给他擦。林华挥起左手止住费茅，右手在腿侧使劲一甩，说："上车。"

"去哪儿？"刘离问。

"先回Ａ大，再兵分三路。我跑公、检、法、司，你们到樱花湖询问，戴雪、丁蓝蓝继续疯狂刷屏。呆子要照顾凤飞飞，就别去打扰他们了。"

刘离和费茅点头答应，三人上了车，直往Ａ大奔去。

叶晶醒来时，太阳已升到了看守所墙外的那棵高大的柿子树上，一抹阳光透过监房的玻璃窗射进来，如一条纤细的金蛇在叶晶的腿上游动。

叶晶的思绪如她腿儿上的那条金蛇般浮动起来：现在是第几天了，怎么还没有放我出去啊，不会一直把我关在这里吧。他回来了吗？有没有知道我在这里面？要是知道了，会来救我，还是抛弃我？

正在这时，叶晶听到狱警在外面叫她，说有人探监。

一定是他！叶晶忽地站起来，朝着门那边迎过去，却突然一震，折回来，对着墙上自己的影子，整理头发和衣裳。

听到门"嚓嚓"的两声响，叶晶缓缓转过身子，抬头望去，看到的竟然是一个戴着眼镜的中年男人。

中年男人一看到叶晶就直奔主题，说自己叫梁正清，是林华请来的律师，要她说一说案发时的详细情况。

叶晶愣了一下，把那天在樱花湖发生的情景一五一十地说了出来。梁律师一一做了记录，最后问叶晶知不知道那个女生的相关情况，叶晶摇摇头，律师跟叶晶握了手，转身走了出去。

听到门"嚓嚓"两声响，叶晶的心里"咯噔咯噔"直跳：他知道了！还为我请了名扬京城的梁大律师！看来，我这案子不像我想的那么简单……狗哥哥，我在这里好好的，你千万不要着急和悲伤啊……要不，就不帅了！

想到这里，叶晶踮起脚，朝着窗户望去。

太阳，已经散作一缕缕朝霞，如一条条金鱼在柿子树的树冠上游动，有鸟在树梢上雀跃，鸣声欢快。和着鸟的啁啾声，叶晶心潮起伏，忙双手捂住胸口，闭上眼睛，泪，珠子一般洒落。

回北京一周了，叶晶的案情还没有一点儿进展，林华坐在沙发上，背靠着沙发，闭着眼睛想办法。

"晶儿别怕……晶儿别怕……我来救你……我来救你……"

　　一个声音突然在客厅响起，林华睁眼一看，一只金黄绿翅的鹦鹉双爪扣在前面的那只巨大的青花瓷瓶上，两只黑宝石一般的眼睛正盯着他。

　　林华心中一震，鼻子眼睛一酸，泪花，开始在眼眶里打转。就在这个时候，手机响了，林华按了免提，一个陌生的声音问："你是不是林华？"

　　"是，请问你是……"

　　对方听说是林华，说："久仰大名，我也是Ａ大机械系的，比你低一届。我刚看到了你们发的帖子，能不能见一面？"

　　林华如一头凌厉的豹子，迅速蹿起身，问："好啊，在哪里？"

　　"马上，Ａ大樱花湖。"

　　林华听了，立刻拿了小车钥匙出门。

　　林华在樱花湖见到的是学弟柳子昂，他一见到林华，就将一个Ｕ盘递给林华。

　　原来，事发那天下午，他和女友陶虹虹正在樱花湖约会，因为是第一次表白，陶虹虹要他用手机录下他的誓言和樱花湖四周的景色做成PPT来做纪念。看到论坛和微信里疯传的帖子时，柳子昂突然想起那段被他选定后搁置在其他文件里的视频。他递给林华的Ｕ盘，已经将那段视频复制在里面……

　　"谢谢你……"林华握住学弟的手，泪水，雪花般落下来。

　　柳子昂说："虹虹说你是我们Ａ大的男神呢，这可不像男神的风格，别哭了，办正事要紧。"

　　林华右手一抹，擦了眼泪，正要离开，又止住脚步，从包里取出两沓百元票钞，说："这点儿小意思，请你笑纳。再次感谢！"

　　柳子昂坚决不要，说："虹虹反复交代，一分钱都不许收。"

　　"这……"林华不知如何是好。

柳子昂说："她和我一样，都不忍心看着一个和自己一样年轻的生命因为蒙受冤屈过早地凋零。快去吧，别误了正事！"

林华搂住柳子昂往自己胸前使劲一抱，挥手再见。

丁蓝蓝靠着被子坐在床上，问："戴雪，你知道有关晶姐杀人的具体情况吗？"戴雪摇摇头，说："肥猫说他是第一个得知她被抓的，当警察到了樱花湖后，确定朱达死亡。晶姐说她是正当防卫，可朱达的家人却认定她是故意杀人，还说她杀人的动机是因为谈恋爱被朱达甩了，心有不甘。他们正在通过各种关系给法院施压，要求速判叶晶死刑，立即执行。"

"畜生，分明是……"丁蓝蓝突然想起了什么，掏出手机打何天的电话。何天正在海南实习，听到叶晶的事，说他马上会飞回来为叶晶作证。

戴雪听丁蓝蓝说了何天马上回来作证，松了一口气，丁蓝蓝却说："他只能证明晶姐没有杀人动机，要是没有目击证人，晶姐必死无疑！"

"啊！"戴雪大叫一声，哇哇大哭。

丁蓝蓝说："戴雪别哭，再哭我也忍不住了！"

戴雪一听，哭声更大了，丁蓝蓝见了，"哇哇"哭起来。

两只蝴蝶从窗户飞进来，被突如其来的哭声一震，慌忙扇着翅膀逃离。

戴雪的手机响了，电话是费茅打来的，说了柳子昂和陶虹虹的事，两人听了，如释重负，抱成一团，哭得稀里哗啦。

"戴雪，现在还不是激动的时候，"丁蓝蓝突然说，"我们还有任务没有完成。"

戴雪被丁蓝蓝一语惊醒，两人一边擦泪，一边翻看网上有没有人回应。

正当戴雪和丁蓝蓝在手机上继续扩散发帖时，宿舍门突然开了，凤飞飞闯了进来。

"飞飞！"丁蓝蓝一惊，说，"你在坐月子啊，不能出门，孩子呢？"

"天都要塌下来了，你们竟然瞒着我！"凤飞飞粗声粗气地说，"如果我上午不抽空看看手机，晶姐……要是有什么三长两短，我跟你们急！"

"大家都不想瞒你的。"丁蓝蓝说，"容易说你刚从鬼门关出来，怕你知道后身体……"

"奶奶的！"凤飞飞骂道，"在你们眼里，我凤飞飞就只是一朵经不得风雨的玫瑰？"

"也不是啊。"戴雪说，"你还有宝宝啊，不方便的。"

"人家的刀子都架到晶姐的脖子上要砍下去了，你们还考虑这考虑那的。"凤飞飞问，"林华在哪里？"

"这……"丁蓝蓝眨着眼睛，问，"找他干什么？莫非你想趁晶姐不在……"

"瞧你想歪哪里去了。"凤飞飞说，"我找到那个女生了，她愿意为晶姐作证。"

"太好了！"戴雪和丁蓝蓝欢呼，问，"你怎么找到她的？"

"我自有办……"凤飞飞话没说完，两眼发黑，差点儿倒在戴雪身上。戴雪扶着她往床上躺，说她马上联系林华，问凤飞飞怎么了，要不要回医院检查检查。凤飞飞眨了眨眼睛，甩了甩头，说，"跑了一天，有点儿累了，没事。"说完，她把那女生的相关信息转发给戴雪，看着她打电话把那女生的相关信息告诉了林华，凤飞飞才松了一口气，眼角里流出两行泪水，自言自语道，"人，只有在大难临头的时候才知道哪些人在自己的生命里最重要。晶姐，你放心好了，我爱上那呆子了，再也不会抢你的华哥哥了，你快点儿出来吧！"

"你刚生宝宝没几天，不能哭。"戴雪拿了纸巾轻轻为凤飞飞擦泪，说，

"飞飞，祝贺你，爱上容易，你会幸福一辈子的。"

"嗯——今天……"凤飞飞说，"我差点儿给吓死了。"

戴雪说："飞飞得到真爱了，喜糖，拿喜糖来啊。"

丁蓝蓝听了，也伸手到凤飞飞跟前讨喜糖。

"馋猫，晶姐都……"凤飞飞一手掌朝着丁蓝蓝的手心打去，说，"等晶姐回来，我们再庆贺也不迟啊。"

一个月后的一天上午，红彤彤的太阳坐在远方的山顶上休息。看守所的大门缓缓开了，叶晶摸着发梢从里面走出来。

"晶儿！"林华雀跃着迎上去。

"慢！"丁蓝蓝说，"你再激动也得等晶姐跨火除了晦气啊，肥猫，快点火！"

"好呢。"蹲在一堆干草上的费茅拇指往打火机上一按，"啪"的一声，火苗蹿起来了，他往草上一点，干草呼呼燃烧起来。叶晶见了，左脚往前一迈，右脚紧跟着从火上跳过去。林华身子往前一纵，双手把叶晶搂在怀里。大家蜂拥而上，把林华、叶晶围在圆心。叶晶轻轻推开林华，两眼噙满了泪花，说："谢……谢谢……你……你们。"戴雪和丁蓝蓝见了，也眼泪直落。

"哇……哇……"几声婴儿的啼哭从林华的白色法拉利跑车里传出来。

"孩子！飞飞！"

叶晶喊了一声，朝着车那边望去。容易一手抱着孩子，一手牵着凤飞飞的手，朝着这边走来。

"飞飞！"

叶晶迎着凤飞飞跑去，两人都伸出手，紧紧拥抱，无语，泪长流。

戴雪见了，也跟着流泪，丁蓝蓝也哭起来，费茅和刘离也跟着哭起来。

"大家别哭了，看，太阳在笑你们啦，笑得脸都红了。"林华高声说，"今天是个好日子，除了晶儿安然无恙出来，我还有一个好消息要宣布呢。"

"什么好消息？"费茅破涕为笑，挥舞着两只肥手问道。

林华没有回答，走到车尾拿了一包东西过来。

"喜糖！"费茅一个跨步跑到林华跟前，眯着眼睛看了看，问，"谁的？"

林华说："我和晶儿，还有呆子和飞飞。"

"真的？"丁蓝蓝大声问道。

"这事还能有假的？一会儿我们就回去领证。"

"瞧你说的！"叶晶红着脸问，"领……领什么证？"

"结婚证啊，你不愿意？"林华一边问，一边朝着叶晶望过去。

叶晶的脸立刻摇曳成红太阳，说："这……"

林华的右手往袋里一抓，又往空中一抛，五颜六色的水果糖如一瓣瓣花朵从空中散落下来。

"噢，吃喜糖喽。"大家一哄而上，争着抢糖。呼声直上，响遍行云。

（完）